湖南省作家协会 2022 年度定点深入生活项目

# 最远那个村

韩生学 著

湘潭大学出版社
XIANGTAN UNIVERSITY PRESS

图书在版编目（CIP）数据

最远那个村 / 韩生学著. -- 湘潭 : 湘潭大学出版社, 2024. 10. -- ISBN 978-7-5687-1564-5
Ⅰ. I25
中国国家版本馆 CIP 数据核字第 2024EV1511 号

最远那个村
ZUI YUAN NAGE CUN
韩生学 著

策　　划：蒋海文
责任编辑：李志红
封面设计：李　平
出版发行：湘潭大学出版社
社　　址：湖南省湘潭大学工程训练大楼
电　　话：0731-58298960 0731-58298966（传真）
邮　　编：411105
网　　址：http://press.xtu.edu.cn/
印　　刷：长沙鸿和印务有限公司
经　　销：湖南省新华书店
开　　本：710 mm×1000 mm 1/16
印　　张：18
字　　数：276 千字
版　　次：2024 年 10 月第 1 版
印　　次：2024 年 10 月第 1 次印刷
书　　号：ISBN 978-7-5687-1564-5
定　　价：69.80 元

**【作者简介】**

韩生学，中国作家协会会员，中国报告文学学会理事，湖南省报告文学学会副会长，怀化市作家协会副主席。从事报告文学创作多年，主要作品有《女孩，你别哭》《中国失独家庭调查》《中国人口安全调查》《中国剩男剩女调查》《大国养老》《家是最小国》《生命大决战》等，作品先后入选《21世纪年度报告文学选》《中国纪实文学年度佳作》《中国报告文学精选》等多个选本，多次获奖。

# 目　录

CONTENTS

## 第三章 雪峰“高”村聚飞鸟



## 第四章 崖上“偏”村绽芳华

## 第五章 夜郎“西”村得天佑



## 第六章 雷击“险”村换人间

## 第七章　侗乡“难”村迎巨变



## 第八章　古道“深”村勤耕读

# 引子　一次心生敬意的行走

我行走在山岗之上。

从雪峰山脉一个偏远小村起步，一路走来，两年多时间倏忽而过。

回首留在高高山岗上的串串脚印，突然发现，我终于走过了中国西南地区雪峰山脉、武陵山脉、越城岭山脉、苗岭山脉等四大山脉交汇处的一大片土地，完成了我文学追寻里的又一次远行——走进边远偏僻的“最远那个村”。

之所以要选择这样一次行走，是因为近年来，我国乡村发生了翻天覆地的变化，特别是相继实施的精准扶贫、乡村振兴战略，不但创造了人类历史上彪炳史册的“消除绝对贫困”“实现全面小康”的人间奇迹，而且一大批“产业兴旺、生态宜居、乡风文明、治理有效、生活富裕”的美丽乡村脱颖而出。大国村兴，山乡巨变，欣欣向荣，一路繁华，中国乡村走进了中国历史上从没有过的新境界，成为时代的符号和发展的标签，国人欣喜，世界瞩目。

如此大气象，作为报告文学队伍里的一员，怎能无动于衷？于是，我萌生了走进乡村、走进乡村中“最远那个村”的想法。所谓“最远”，可以是“乡内最远”，也可以是“县内最远”，还可以是“市内最远”，更可以是“省内最远”。一般而言，这些最远村因为“最远”，交通不便、信息闭塞、生产条件差、生活环境恶劣、与贫穷落后相伴随。这样一些村庄的振兴，更具代表性，更有说服力；而对这样一些村庄的文学呈现，也更具典型性，更有影响力。

但是，中国乡村，数以万计，如何在数以万计的村庄里选择我要走进的“最远村”呢？我站到了色彩斑斓的中国地形图前。

猛然间，西南方一大片“深褐色”，深深吸引了我的目光。这片大地上，横亘着雪峰山脉、武陵山脉、越城岭山脉、苗岭山脉等四大山脉。从地形图上可以看出，四大山脉将这一整块地区围成一个巨大的“U”字。“U”字之内，山峰林立，溪河交错，平均海拔800多米，海拔最高处2572米。林立的山峰中，一个个象征山顶的实心黑三角，星星点点般矗立，如一个个大写的惊叹号，醒示着每一双注视它的眼睛；交错的溪河里，一条条蜿蜒悠长的蓝色曲线，左冲右突，在山峰与沟谷之间驰骋、奔腾，仿佛布满大地的一条条血管，让每一个审视它的人，都能真切地感受它的律动和喧嚣。

四大山脉的交汇处，是湖南、贵州、广西三省（区）交界之地。这里生活着34个县563个乡镇9668个村的1560万各族人民。千百年来，这里不仅生长着原始森林，更生长着贫困与疾苦。2012年国务院扶贫开发领导小组办公室公布的680个全国“集中连片重点贫困县”，有31个就出自这里。

如此“特别”的一大片土地，真应该去深入地走一走，认真地看一看。我当即决定，走进这片“深褐色”，走进这片“深褐色”里的“最远那个村”。

记得世界著名战地摄影记者罗伯特·卡帕曾说过一句话：“如果你的照片拍得不够好，那是因为你离炮火不够近。”因此，我做出走进这片土地的决定后，就下定决心，一定要走进“离炮火够近”的地方。于是，我走进了这片土地最“乱”处——“两省飞地”羊角坪村、最“远”处——“三省坡下”骆团村、最“高”处——“一脚四县”雪峰村、最“偏”处——“崖上人家”大坪村、最“西”处——“湖南西极”马宗村、最“险”处——“雷击危村”山背村、最“难”处——“‘五难’之地”古冲村、最“深”处——“深山古村”五宝田村……这些村一律地深居在雪峰山脉、武陵山脉、越城岭山脉、苗岭山脉等四大山脉交汇处的深山老林之中，彼此跨越千山万水，纵横数百公里。不但“最远”，而且正如我想象的一样，交通不便、信息闭塞、生产条件差、生活环境恶劣、与贫穷落后相伴随。走进每一个村落，都要不断地翻山越岭，不断地涉溪过河，不断地爬坡下坡，不断地弯来绕去。其行走的难度可想而知。

好在，山重水复疑无路，柳暗花明又一村。当我翻过一座又一座大山，越过一条又一条溪河，爬上一个又一个险坡，拐过一道又一道急弯后，总会有村庄令我眼前一亮。这些曾经最“乱”、最“远”、最“高”、最“偏”、最“西”、最“险”、最“难”、最“深”的村庄，在新时代里，仿佛变魔法般，一夜之间，变成了一个又一个美丽的村庄，极富个性地鲜活在一座又一座大山深处。一片片生态宜居的土地、一桩桩产业兴旺的故事、一段段乡风文明的佳话、一户户生活富裕的人家、一个个喜笑颜开的村民……一股脑向我扑来，令我耳目一新，赞叹不已。一切的颠簸，一切的疲惫，一切的困顿，均在这耳目一新和赞叹不已中烟消云散，整个人顿时从跋涉的汗水中沉淀下来，心更纯粹，脚更谨慎，人更谦卑，情不自禁地心生出无限的感动与敬意。

记得我刚走进一个村庄时，一位年轻人对我说过这样一句话：“这里，每一天都发生着变化，不知不觉间，生活就改变了方向。”

讲得如此文质彬彬，如此诗意绵绵，如此富含深情。最初，我还在怀疑他在故作高深，故弄玄虚，甚或是在玩弄辞藻，人前显摆。但当我走完这些村庄后，我深深地觉得，一切正如他所说。

这里的每一天的确都在发生着变化——天蓝了，山绿了，水清了，路好了，村美了……

村民的生活，的确在不知不觉间就改变了方向——房宽了，饭饱了，钱多了，人富了，家和了……

行走是艰难的，感受是深刻的，心情是愉悦的，收获是巨大的。

两年多的跋涉，总算告一段落。当我走完最后一个村庄，再回过头去，对所走过的脚印做一次梳理时，耳边又回响起那位年轻人诗意绵绵且富含深情的话，我深深地觉得——

它，既是一个普通村民对自己家乡最直白的感叹。

它，还是一个中国农民对时代乡村最由衷的赞叹！

它，更是我在“最远那个村”里寻找到的最美丽的答案！

# 第一章
# 飞地“乱”村今从容

**【远村提要】**

羊角坪村，隶属湖南省会同县广坪镇，地处云贵高原东坡与雪峰山脉西脉的边缘，为湖南、贵州两省三县六乡镇九村的交界之地。两省土地，犬牙交错，你中有我，我中有你，形成独特的人文地理景观——飞地。飞地之内，村情复杂，矛盾纠纷普遍，矛盾一出便事牵两省，成为省际纠纷。曾是谈虎色变的治安“最乱村”。

从雪峰山脉腹地出发，往云贵高原东坡行进。

汽车在群山之中穿行，一会儿沟壑，一会儿山崖，一会儿隧洞，一会儿桥梁，颠簸大半天，终于在山环水绕的一片开阔地停下。路边一块巨大的牌子醒目地提示我：羊角坪，到了。

正值盛夏。村口的花，正灿烂开着。树木，葱葱茏茏，铺天盖地。禾苗，忙着抽穗灌浆，当众挺起一个个小肚腹，幸福地受着自己的孕。一条小河，从前一个村子活蹦乱跳淌来，在村子里拐几个弯，又欢天喜地去往下一个村庄。藤蔓般生长的柏油村道，伸向每一个团寨，贯通每家每户。一层山水，一层人家。砖屋，瓦房，布满村庄。旧的，古色古香，新的，富丽堂皇。偶有炊烟在屋脊上缭绕，梦呓般，诉说一个村庄的浅浅日常。房前屋后，辟出宽阔的停车坪，各色小汽车，依次排开，井然有序，用集体的方式诉说一个村庄的富足与气场。一群放了暑假的孩子，在村道上来回奔跑，将一阵阵稚嫩的欢笑，丢在透亮的阳光里，生动了整个村庄……

盛夏里的羊角坪，蓬勃生长，一地瑞气。

迫不及待，我迈开轻快的步子，向这个村庄的深处走去。

## 最纯粹的诞生

一进村子，便有村民告诉我：“羊角坪的变，从一顿酒开始。”

“一顿酒？”

“是的，是一顿酒。”村民坚定地说。

一顿酒就能改变一个村庄的命运？ 这是怎样的一顿酒啊！

我深知，在中国，酒文化源远流长。 自它一诞生，就在祭祀、庆典、宴会、交友、聚会等各种场合担当重要角色。 正如《礼记·乐记》和《汉书·食货志》里说的：“酒食者，所以令欢也。”“酒，百乐之长。”“酒者，天下之美禄。”

然而，一顿酒，能改变一个村庄的命运，闻所未闻。

瞬间，我的好奇心被提到了极致，恨不得马上找到喝这顿酒的人。

村民说：“喝这顿酒的，不是别人，就是时任村党支部书记杨汉德和同为村干部的他的两个老表。”

我马上上网去查，在《人民之友》发表的一篇题为《杨汉德：精心培植“民族团结花”》的文章里，有这样的介绍：“杨汉德，会同县广坪镇羊角坪村的党支部书记，一个土生土长的侗族汉子。 从 2002 年起，杨汉德在该村连续担任村支两委主要负责人近 16 年，并于 2007 年 11 月以来连任三届县人大代表。 多年来，他立足岗位，忠于职守，务实创新，服务群众，充分展示了一名共产党员和人大代表的风采。”

刻不容缓，我快步向杨汉德家奔去。

杨汉德的家在羊角坪村三角团组，一个四周都被绿色田野包围的团寨。穿过一条草沙油路，就到了杨汉德家。 杨汉德家是一栋旧木板房，已经有了一些年纪，在周围一律的砖瓦洋房的陪衬里，显得有些“鹤立鸡群”。

留着寸板平头的他，一脸笑容，就像盛开在他家门口的那蓬大丽菊，火红，灿烂，鲜艳。

见面的第一句话，他说：“让您见笑了，村里都修了砖瓦洋房，就我的还是木板屋。”

我心里顿时升起无限敬意。 是的，在许多地方，村干部的房子都是当地修得最宽敞、最豪华、最漂亮的，然而，他的房子竟这样“落伍”，这的确令我想象不到。

我忙称赞道：“村民比你的房子好，证明村民比你生活得好。我们共产党干部所付出的努力，不就是希望群众生活得好吗？从这一点说，您是最称职的好干部。”

顿时，他脸一红，有些不好意思地笑笑，说：“您过奖了。也不是什么好干部。不过，当了十几年村干部，天天围着村民的事转，还真没有时间来考虑修房子的事。木板房就木板房吧，只要干净，住起来也一样舒适。”

我应和着：“木板房冬暖夏凉，住起来的确舒服。”

如此这般聊过后，总算聊上“正题”——那顿酒。

我问：“村民说，羊角坪的变化，是从你们喝的一顿酒开始，那是怎样的一顿酒啊？”

他马上说：“村民的话不假，讲起来，村里这些年的变化，还真是从那顿酒开始的。”

那是2014年冬天，表弟吴展平、李林柏两人来他家里走亲戚。吴展平时任贵州省天柱县地湖乡岩古村村主任，是杨汉德姨妈的儿子；李林柏时任湖南省会同县广坪镇大湾村党支部书记，是杨汉德舅舅的儿子。三人同为村干部，互为老表，且所在的村庄相邻，隔三岔五就会坐到一起，喝一顿。平日里喝酒，除了聊一些家长里短的事外，多数时候都会聊到村里的事，彼此互通信息，分享经验，诉说委屈，也发些牢骚，酒足饭饱后，再散去。

这一次，三老表围坐火堂，就着一口肉火锅，大坨吃肉，大碗喝酒。喝到兴致处，吴展平突然唉声叹气起来：“这两省边界村的村干部真不是人当的……”

吴展平所说的“两省边界村”，就是与羊角坪相邻的湖南、贵州两省边界交界的几个村。

原来，羊角坪所处的位置，是一片特殊之地，不但云贵高原与雪峰山脉在这里交接，而且湘黔两省的会同县、靖州苗族侗族自治县、天柱县的六乡镇九村在这里交界。九村土地，犬牙交错，你中有我，我中有你，形成了独特的地理现象——飞地。

飞地，是指隶属于某一行政区管辖但不与本区毗连的土地。 通俗地说，就是我的一块土地，在你的土地之中，四周被你的土地包围着，与我的其他大片土地不相连，仿佛“飞”到了你的土地之中，我要到这块土地上去，必须经过你的土地才能到达。

羊角坪周边的这些飞地是怎么来的？ 有多种说法。 不过，有一则民间传说传得很广。

相传，有一蒋姓大户人家，早年曾做过官，回乡后在地方上很有势力，掌握着大量的山林和田产。 育有一女，长到成年不会说话。 蒋父焦急万分，四处求医问药，总没有效果。 只得请来算命先生为她算命。 算命先生说：“此女见夫说话。”没多久，从贵州那边来了个卖鱼的青年，女子一见，飞快跑进屋里，对父亲大喊：“有个卖鱼的人来了！”见女儿突然间开口说话，父亲喜不自胜，自然记起了算命先生的话。 跑出门一看，果然有一英俊小伙挑着鱼在门外叫卖。 他马上留青年进屋。 原来青年家住贵州远口清水江边，姓吴，他父亲养了一些鱼，让他挑出来卖，一卖就卖到了这里。 蒋父留下青年，将女儿许配给他，吴姓青年就此与蒋姓女儿在这里生儿育女，繁衍生息。 经过数代发展，吴姓青年的后裔不断富裕、强大。 他们将积蓄起来的财富用来买田买地。 许多年过去，这一带的诸多土地均被吴姓后裔买下。 地随人走，吴姓及后裔均是贵州人，这些田地自然都成了贵州的土地。于是，就有了“包围”在湖南土地之中的这些飞地。

当然，传说只能是传说，每一块飞地的形成，都有它历史的、政治的、经济的、文化的、民族的、社会的等各种原因。 但无论是何种原因形成的飞地，都给当地带来诸多不便。 生活在羊角坪周边飞地之上的人们，总是遭遇各种“尴尬”：“回贵州的家，走湖南的路”；“耕湖南的田，过贵州的地”；“进贵州的山，爬湖南的坡”；“煮贵州的饭，加湖南的水”；“贵州舂米，湖南听响”；“湖南炒菜，贵州闻香”；“上坎属贵州，下坎是湖南”；等等。曾经有一户人家，三间屋从正中划线，分属两省，从左厢房去右厢房，就得跨省。 站在这片土地上，你不经意间往前、往后、向左、向右移动脚步，都极有可能就完成了一次“跨省”之旅。

由此可见，这里土地是何等的复杂。

而更为复杂的，是这里的社会治安。因为两省交界，民风剽悍，社情复杂，矛盾突出。在“王权止于县政”的封建时代，天不管，地不管，人亦不管，这些地区几乎成为社会治理的“死角”，山贼横行，匪患成灾，边界冲突时起，边民矛盾频发，宗族纷争常有，暴力、杀戮、聚赌、种毒、打架、斗殴、流血、死亡骈兴错出，小小一地，矛盾重重，动荡不安。

刚刚解放那阵，土匪将这里作为理想的藏身之所。仅本土土匪就有陈通焕、蒋景洼、傅太和、张伦麒、方世雄等多股，他们出没在两省交界的大片山林里，打家劫舍，奸淫掳掠，杀人放火，无恶不作。人们深受其害，苦不堪言。以至于有人发出“今日四乡之地，道路之间，何地无匪，何时无匪”“居民无一家一户能得一夜安眠，行人无一天一地能得平安”的叹息。匪徒十分猖獗，还不时冒犯县城。比如，1950 年 1 月，匪首陈通焕、蒋景洼、傅太和、方世雄等率匪众近千人，窜犯会同县城，解放军与县自卫队奋起反击，苦战三天，才将县城收复。后在剿匪部队的艰苦努力下，直到 1951 年 2 月，才将躲藏在深山老林里的土匪彻底肃清，根除了百年祸患。

随着匪患的根治，暴力、杀戮、聚赌、种毒等基本绝迹，但山里人的匪气还在，打架斗殴，宗族纷争，时有发生。争地，争山，争水，争树，争屋，争路，争河流……纠纷不断。虽然住在一起，虽然很多人还是亲戚老表、兄弟姐妹，但在人们的潜意识里，总要分个“你湖南”“我贵州”。矛盾发生时，各方村民各自为政，如果不及早处置，稍一发酵，便变成两省械斗，往往酿成不可挽回的悲剧。

改革开放后，田、土、山分到户，矛盾纠纷更多，问题更复杂，处理起来更难，乡村干部叫苦不迭，干部间曾经流传一句顺口溜：“天不怕，地不怕，就怕群众喊劝架。”

三人喝酒喝得正起兴，老表吴展平突然如此唉声叹气，作为表兄的杨汉德忍不住问：“又遇到什么事了？”

吴展平说："还不是些旧事？ 还不是些村民纠纷的问题？"

提起"纠纷"，杨汉德、李林柏两老表也同时皱起了眉头。 作为同是村干部的三老表平日里也无不被矛盾纠纷困扰。 如今，吴展平突然提起，三人的情绪立马从喝酒的快乐惬意里抽离了出来。

吴展平说："这不是快过年了吗？ 在外打工的都回来了，一大堆问题全集中提了出来，要村里解决，特别是事关两省的纠纷，解决起来真难。"

杨汉德马上叹口长气，说："是啊，现在的村干部本身就难当，而像我们这样两省交界、矛盾纠纷又多的地方的村干部更难当。"

李林柏急忙帮腔，说："特别烦人的是，彼此间的矛盾纠纷，稍有不慎，就成省际纠纷。 不知道怎么办。"

吴展平接着说："实际上，也没有什么大不了的事，无非就是：你砍了我一棵树，他占了我一块地，你喝水的水源被他切断了，他家的牛吃了我家的菜，等等。 有时甚至就为一句话，争得死去活来，甚至大打出手。 所有村干部，每天都在为这些鸡零狗碎的事瞎忙。"

杨汉德说："可你是村干部，不忙又不行啊！ 这些虽然是一些鸡零狗碎的小事，但对于一个家庭、一屋人，就是大事。"

"可永远这样下去，也不是个事啊。"吴展平忧虑地说，"别的地方，如今都在谋发展，都在带领群众怎样脱贫致富，都在搞建设，搞产业，我们却天天被矛盾纠纷纠缠，真不是个事。"

李林柏也说："是啊，特别是习近平总书记来到十八洞村后，向全国发出了精准扶贫的号召，各个地方都搞得热火朝天，我们这里却天天在吵架。 唉！"

杨汉德说："一个地方就和一个家庭一样，家和万事兴，只有家和了，才能万事兴。 我们得从源头上将这些矛盾纠纷解决了。"

"可怎么解决？ 而且还不是一个省管。"李林柏说。

杨汉德马上说："问题就出在不是一个省管，两个省，两个爹妈。 各有各的政策，各有各的管法，而且，出现矛盾了还各村为各村说话，问题处理起来，总是绊绊扯扯，不顺。”

“是的，如果只属一个省，只由一家领导，矛盾肯定会少些，就算是有矛盾，也不会这么难处理。”吴展平附和道。

话说到这里，大家都陷入了沉思。

好一会儿后，作为主人的杨汉德打破了这种沉思，举起酒碗，邀两个老表：“来，咱们先喝一嘴。”三人酒碗一碰，猛喝一口。

放下酒碗，杨汉德若有所思地说：“大家都说到了这份上，不如今日我们三个就合计合计，看有没有什么好办法。”

“能有什么好办法？”李林柏有些灰心地说。

杨汉德说：“我看，也不是没有办法，只要能把分属两省的两个‘爹妈’，变‘同一个爹妈’，把‘两省人’变为‘一家人’，问题就好办了。”

“可怎么才能变为‘一家人’呢？”李林柏再次反问。

一直在低头沉思的吴展平，突然抬起头来，看看两个老表，说：“我有一个办法。”

杨汉德马上催道：“什么好办法？ 快说出来听听。”

“成立一个联合党支部。”吴展平果断地说。

他话音一落，杨汉德大腿一拍，说：“对了，就成立一个联合党支部。这事，我也琢磨了很久。 你这一说，我一下亮堂了。 地，可以分湖南与贵州，共产党不分，全中国只有一个，都在她的领导之下，她是全国人民共同的‘爹妈’，有了它，我们自然就成了‘一家人’。 就这么定了，成立一个联合党支部。”杨汉德兴奋地说。

“好主意！”李林柏也兴奋地竖起大拇指。

“我们现在是亲戚，成立了联合党支部，那不更是亲上加亲了？”吴展平为自己的这一提议得到两个老表一致的赞同而高兴。

“是的，亲上加亲。”

三老表同时举起酒碗，响亮一碰：“来，为亲上加亲，喝！”

就此，一项改变羊角坪村和整个边界命运的“重大决策”，在三老表同喝的一顿酒里做出。

三老表的一顿酒，虽然做出了“成立联合党支部”的“决定”。但根据《中国共产党章程》规定，成立党支部必须经上级党委批准。

而三老表又不是属于同一个上级党委领导。杨汉德与李林柏属湖南省会同县广坪镇党委领导，吴展平则属贵州省天柱县地湖乡党委领导。

三老表商定，各自向各自的乡镇党委汇报。

杨汉德与李林柏相约来到广坪镇政府，拿着两人共同起草的《关于成立两省边界村联合党支部的报告》，找到时任党委书记的梁中湘，一边递过报告，一边口头给书记汇报。

梁书记听完汇报，坚定地说：“太好了，你们早就应该走这一步了。”接着，他仔细地询问了一些具体情况，当他得知目前还只有他们三个村参与时，马上说：“只有三个村，力量不够，必须将周边的各村都联合起来，这样才更有效果。你们三个村作为发起人，马上与周边其他村联系，争取更多的村参加。因为牵涉到两省，仅仅我们镇党委支持还不够，我们还必须向县委报告，争取更高层面的支持。”

梁书记随即分派工作任务，他自己负责向会同县委报告，湖南这边的村由杨汉德、李林柏负责联系，贵州那边的村建议由吴展平负责联系，并向上级党委报告，争取支持。

一切安排妥当，分头行动。

梁书记找到县委分管党群的副书记，一汇报，副书记当即表示，这是一件基层党建的大好事，县委坚决支持，这样的联合党支部，不但要建，而且要建好。并叮嘱梁中湘，组织建起来后，要卓有成效地开展工作，充分发挥党组织作用，使之真正成为两省边界平安建设和乡村治理的引路人。

杨汉德、李林柏从镇里“领命”回来后，迅速分头行动，分别与邻近的村联系。杨汉德、李林柏将电话打给邻近村的党支部书记，书记们一听说建立联合党支部，马上说他们举双手赞成，需要他们做什么尽管说。

杨汉德、李林柏告诉他们：“现在还不需要做什么，只要你们先将党员名单报上来，等镇党委批复下来，先召开党员大会，进行选举，选出了联合支部组成人员后，再挂牌成立。成立后，大家可就有事做了，在联合支部的统一领导下，将两省边界的各项工作开展起来。”

他们都说：“没有问题。”

第一次联系了邻近的六个村，六个村全部参与了进来。

很快，湖南省会同县委和贵州省天柱县委“同意建立两省边界联合支部”的批复分别送达。按照上级党委的要求，筹备工作迅速展开。

经过短暂的紧张筹备，2015 年 1 月 29 日，一个春和景明的日子，湘黔边界六村第一次党员代表大会在贵州省岩古村举行，湖南会同县、靖州苗族侗族自治县和贵州天柱县分别派出县委领导对会议的召开进行指导。

会议确定了联合党支部的名称为“中共湘黔朝阳联合总支部委员会”。为什么叫“朝阳”？因为在许多年前，羊角坪这一带就叫朝阳乡，乡公所就设在羊角坪。而且朝阳系指早晨的太阳，象征联合总支部委员会像早晨的太阳，蒸蒸日上，充满希望。

会议通过了两省边界共治共享的“联合声明”——“组织联建、治理联动、治安联防、纠纷联调、生态联保、产业联兴”，最后达到“共建共治、共建共享、共建共富”的目标。

会议选举产生了联合总支部委员会组成人员——书记一人、副书记两人、委员四人。贵州岩古村党支部书记吴宜权当选联合总支部委员会书记，杨汉德和湖南江冲村党支部书记唐帮贵当选联合总支部委员会副书记，其他几村的书记当选为联合总支部委员会委员。

会议结束时，一块系了红绸缎的崭新的“中共湘黔朝阳联合总支部委员会”的牌子在热闹的鞭炮声里挂了起来。之后，又成立了“湘黔朝阳联合调解委员会”，负责两省边界的调解工作。

联合总支部委员会的成立，成为爆炸新闻，在边远偏僻的山村迅速传开，周围其他三村纷纷提出申请，要求加入。最后，加入者达九村，涉及人口 1.8 万，管理党员 470 多名。

三年后又进行了换届，杨汉德当选书记。

至此，一个覆盖两省三县六乡镇九村的基层联合总支部委员会在两省边界完美诞生。

杨汉德说："应该说，它是最伟大的诞生，也是最纯粹的诞生，它的诞生，使山同脉、水同源、人同族、民同俗、山水相连、唇齿相依的两省边界人民终于走到了一起。它的诞生，使两省边界的人民终于有了'同一个爹妈'，终于成为'同一个爹妈'呵护下的'同一家人'。"

## 记忆中的那些年

说起记忆中的那些年，羊角坪人无不摇头哀叹：太难了。

老书记杨云星就是如此。

老书记的家建在绿植满坡的山脚下，房前屋后种满玉米、丝瓜、豆荚、辣椒等，一大园子，蓬蓬勃勃生长，透着碧绿的力量。

远远看去，老书记身板十分硬朗，正躬身喂鸡，见有人来，马上起身，迎过来。握着他老茧密布的手，粗糙中带着硬劲，我忍不住说："您老身体好啊。"

他大声一笑，马上自谦起来："哪里啊，现在是'两差一小'。"

"两差一小？"

"耳朵差了，记忆力差了，胆子小了。"

一句话，透出老人的幽默与睿智。

老书记告诉我，他是丁丑年生的，八十多岁了。

与老书记进一步深聊后，得知，他当了34年村干部，几乎经历了新中国乡村治理的全过程——"土改""互助组""初级社""高级社""人民公社""改革开放"，这一系列的治理，他既是见证者，也是参与者，更是具体操作者。

聊起过去，聊起自己的出身，聊起34年的村干部生涯，经历了这一系列乡村治理实践的老书记杨云星，一下打开了话匣子。

他说，自己从小就是在苦水里泡大的。六岁丧父，母亲带着两个姐姐、一个弟弟和他，一家五口，艰难度日。没有办法，两个姐姐只得去当了童养媳。母亲上山砍柴卖，他则带着弟弟去讨米，没少被人欺负。后来，几岁的弟弟在饥饿中生病死去，就留下了他与母亲相依为命。

总算迎来了解放，母子俩终于过上正常人的日子。特别幸福的是，1951年，14岁的他，还走进了过去只有有钱人才进得去的学堂。

因为苦过，知道这样的日子来之不易。因此，他读书特别发奋，成绩也特别优秀，读完第一册，直接跳级读第三册，读完第三册，直接跳级读第五册。老师、同学都很喜欢他，还选他当学生会干部。可第五册没读完，国家分给他和母亲的两亩多地没人耕种，他只得放弃读书，回家种田。

在与老师和同学告别时，他哽咽了，说：“敬爱的教师、亲爱的同学们，今后我没有机会和你们一起学习了，我分到了田地，我要回去种田了。我一定不会辜负老师对我的教诲，不忘记同学们给我的帮助……”瞬间，班上老师同学哭成一片。就在这一片泪水里，他离开了学校。

虽然已经七十多年过去，再次回忆起当时的情景，老人仍克制不住悲恸的心情。说时，泪水早盈满眼眶，双唇颤动，哽咽得说不出话。我忙递过纸巾，待老人擦干眼泪，停顿了好一会儿，才继续说。

回家当起了农民的他，站到属于自己的那片土地上，他的内心得到了极大的安慰。他做梦也想不到，自己一个讨米娃，竟然有一天，会拥有过去只有富裕人家才有的田地。

当然，那时的他，只知道这一切是共产党带给他的，是新中国带给他的，是一场轰轰烈烈的土地改革运动带给他的，因此，他感恩共产党，感恩新中国。小小年纪的他，激情满怀，热情高涨，一回到农村，就投入火热的革命工作中。

寨子里成立了互助组后，杨云星第一个加入，并积极为互助组工作。在那时的农村，读过几册书的他，成了当时难得的“文化人”。他将自己的文化知识，运用到迫切需要文化的互助组工作中，他给互助组里的人算账、记账、读报纸、学文件，为互助组写宣传标语、出宣传专栏，等等。

从互助组到初级社，杨云星清楚地记得，人们的热情很高，个个像打了鸡血。大家唱着“人走光明道，水向大海流，互助合作有奔头”的歌曲，热情洋溢，激情澎湃，参与到轰轰烈烈的初级社运动之中，纷纷将土地、耕畜、农具交给社里入股。通过互助组，大家看到了集体的力量，看到了合作的力量。土地、耕畜、农具入股还有分红，还按劳分配，个个支持。初级社比互助组规模更大，集体化程度更高。聪明、能干、年轻、勤劳、有文化的杨云星，更加有了用武之地。社里也发现了他这个“苦大仇深”“根红苗正”的“贫雇农”苗子，将他进行重点培养。

1955 年 10 月，县里召开互助合作千人大会，作为“办社积极分子”，他参加了会议。这次会议，让他有了人生中许多的“第一次”：第一次走出大山，第一次走进县城，第一次见到了县委书记，第一次知道了许多党的新政策。

在这次会议后，他成长很快。不久就被选为初级社里的保管员。因为到了初级社，土地、耕畜、大型农具等都集中到了社里，生产出来的产品也由社里统一支配。如此多的“统一起来”的物资，需要一个德行好、有能力、负责任、靠得住的保管员去保管。在酝酿人选时，社员们自然而然想到了杨云星。走马上任的杨云星，没有辜负社员们的期望，将社里的物资保管得妥妥当当。

初级社后，紧接着就是高级社。它以“生产资料集体所有制”为基础，包括土地、农具、牲畜等完完全全收归集体所有，取消了土地、农具、牲畜等的分红，实行集体劳动，按劳分配，各尽所能，同工同酬。高级社较初级社规模更大，集体化程度更高，社里的公共物资更多。保管员的任务更重、责任更大。但杨云星依然干得一丝不苟，卓有成效。

高级社之后，便是建立人民公社。人民公社的建立，来势也非常迅猛，速度也十分惊人。仿佛一夜之间，各地的人民公社便建立了起来。十几个、几十个高级社联合在一起，便成了人民公社。 公社之下设生产大队，生产大队之下设生产小队。 人民公社的最大特点是“一大二公”。 所谓大，就是规模大；所谓公，就是生产资料公有化。

人民公社一建立，杨云星便被推选为广坪人民公社下属的羊角坪大队团支部书记兼三旗团生产队队长。 因工作出色，就在担任大队团支部书记和生产队长时，他光荣地加入了中国共产党。 那一天是 1959 年 6 月 4 日。 他像记住自己生日一样，永远记住了这个特殊的日子。

入党后，他被进一步提拔使用，担任了大队保卫主任，负责全大队的治安管理、治安防范、民事纠纷调解、各种社会矛盾的排摸调处、法制宣传等乡村治理领域的主要工作。 自此，他成为羊角坪村乡村治理的“主角”。

由于工作出色，1961 年 3 月，他又被推选为大队党支部书记，一干就是近 30 年，直到 1991 年离职。

所以说，作为一个新中国的农民，他见证了新中国乡村治理的全过程。作为一个最基层的管理者，他参与了新中国乡村治理的全过程。 对新中国的乡村治理，他最有发言权。

他说：“乡村本来是最活跃的，但过去的乡村治理这块却是滞后的，一般是上面怎么说，我们跟着怎么做，联系实际的少，因地制宜的少，这就走了很多弯路。 我搞了一辈子农村工作，感觉就做了两件事，前一件是吃饭问题，后一件是矛盾调处问题，但两件事都没做好。 尽管自己用心用力了，跟着上面搞了很多运动，但地里就是不多长粮食，村民照样饿。 后来，有饭吃了，矛盾纠纷又多起来。”

对于饿，他印象特别深刻，因为他由此受到过他这一生中唯一一次组织处分。 他清楚地记得，那一年去公社开会，实在饿得抵不住了，就趁会议空隙，去市场上买了一钵老甜酒。 那老甜酒度数很高，饿得不行的他根本感觉不到酒的度数，一口气喝完，当场醉倒，在市场上睡了一下午。 最后，因为耽误了开会，受到组织的严厉处分。

老书记说，因为饿，村里很多人都偷偷逃去了相邻的贵州。 尽管那时的贵州也穷，但那边的山林宽，山上可用来充饥的东西多，再说只要有力气，进到深山老林，一把柴刀，一把锄头，就能讨吃。因为荒山多，选一块荒山开垦出来，种上玉米、粟米、红薯，定有不错的收成。所以，村子里逃出去很多人。有一年，杨书记光从那边接回来的人就有60多个。有的后来干脆在那边结婚、生子，安了家。至今还有几户没有回来。

直到改革开放，分田到户，村民才吃到了饱饭。

杨云星说："可是，饭吃饱了，问题又来了。随着分田到户、分山到户，边界的矛盾一下多了起来。这也难怪，过去是集体化，即便是边界发生矛盾纠纷，也是集体的事。即便发生冲突，也是村与村之间的冲突，与每一个家庭、每一个人似乎没有多少直接的关系，大家也不那么上心。如今，山、林、田、土都分到了户，一点一滴都事关自己的利益，大家争得十分厉害，而且丝毫不让，矛盾纠纷一时频发。"

他说，那段时间，作为村支部书记，他终日为这些事忙得团团转。

我问："当时的市、县、乡等就不想办法吗？"

老书记说："也不是没想办法，办法想了很多，也派出过专门的工作队，住到村里，来解决两省边界的矛盾、纠纷问题，但都是治标不治本，最后都是不了了之。"

他说："从20世纪90年代开始，当时湖南的怀化地区和贵州的黔东南地区都曾经联合多次派出过多支工作队。其中，1992年那次，两个地区派出了好几人，有地区的，也有县里的，在这里长住了下来。当时看到这些，我们一阵暗喜，心想，这回怕是要彻底解决问题了。"

工作队的人也不负众望，一住下来，就马不停蹄投入紧张的工作。每天穿行在田野、山林之间，走进各家各户，摸情况，找问题，做协调，每天从早忙到晚。可是，情况越摸越复杂，问题越找越多，而且有些问题是多年的积怨，不是一下就能解决的。尽管他们没日没夜地工作，最终效果甚微，群众对他们也失去了信心，他们自己也感到在很多问题上束手无策，有些问题还搞得他们焦头烂额。没有办法，两个多月后，摇头走人。

离开时，他们不无遗憾地对老书记说：“我们已经尽力了，但这里的问题，不是一个工作队就能解决好的。”

回忆起这些，老书记突然停顿下来望着远方，许久，才意味深长地叹了一口气，说：“那时，真的是太难了。还闹了很多的乌龙。”

乌龙之一，就是有村民把镇里的书记“锁了”。

羊角坪村的合并村——大湾村，原是一个独立小村，全村 100 多户 800 多口人，2019 年撤乡并村，并入羊角坪村。

如果说羊角坪是湖南会同县通往贵州的门户，那么大湾村就是这“门户上”的那个“门洞”。它与贵州省天柱县远口镇的黄东村山叠着山，水连着水，彼此的田土山林像犬牙一样咬合在一起，形成诸多的“飞山”“飞地”和“飞田”。

其中有一座叫烂泥冲的飞山，有 400 多亩，大湾人说是大湾的，黄东人说是黄东的。两边还都能拿出证据——解放初期的“林权证”。

因过去山多地广，人烟稀少，彼此间对山地的边界并不怎么看重，认为那么宽的山，过来一点、过去一点都无所谓。而那时发“林权证”也是各省发各省的，根本没有通知彼此去边界上共同勘测，只凭当地老人的一些说法，就将边界“勘定”。于是，这些地就此留下了争议，引起纠纷。

大湾、黄东争议的这块山，每十年就要大闹一场。因为每过十年，山中的树木刚好成材，大家就都去砍，一砍就砍出无数的矛盾和纠纷。

有一年，黄东村先下了手，组织村民上山，将刚刚成材的树砍了。大湾村听说后，甚是气愤，就去理论。黄东村说：“那山本来就是我们的，与你大湾村无关。自己山上的树，愿怎么砍就怎么砍。难不成砍自己山上的几棵树还要向你大湾村打报告？还要得到你的批准？”去理论的人不但没有讨到希望中的“说法”，反而受了一肚子气回来。

怎么办？这口恶气非出不可。刚好，黄东村在大湾村的田园中间有一块飞田，有十几亩。此时，田里的稻子刚好成熟，只待收割。受了气的大湾人，看到田野里沉甸甸、黄灿灿的稻穗，马上动起了报复的念想。你黄东人可以私自上山砍树，我大湾人为什么不可以收割这田里稻子？大家一合计，都认为这是好办法。村子里精壮劳力齐出动，一晚上，将这块田里的稻子割了个一干二净。

第二天，黄东人挑箩担筐来田里收稻子，一看，稻子没了，留给他们的是几堆在秋风里瑟瑟发抖的稻草，顿时气得七窍冒烟，站在田埂上骂一阵朝天娘。不用多问，这肯定是大湾人干的。

气势汹汹找来，骂大湾人："你们这是抢！"

大湾人回怼："抢也是你们先动的手，是你们先做了初一，我们才做的十五。"

黄东人说："你们割别人田里的稻子，是犯法。"

大湾人说："你们砍别人山上的树，犯的法更大，乱砍滥伐，牢底坐穿。"

就这样，你来我往，吵架翻天，彼此均不相让。吵了很长一段时间。最后，随着时间的慢慢推移，不了了之。

有了"深刻教训"的大湾村攒着心劲，十年后，当山上的树木刚刚成材，便蹿上山去，把树砍了。

黄东村人听说后，恼怒万分。他们吸取了前面的教训，没有找大湾村理论，他们深知理论也没用。他们只行动，迅速组织人马上山，你砍树，我扛树。黄东村一声吆喝，组织上千人上山，将大湾村砍下还没来得及扛走的树扛走。大湾村村民闻讯，上山阻止，但哪是黄东村的对手？黄东村是人口大村，有近两千口人，而大湾村只有几百口人。黄东村人扛树，大湾村人用双手死死抱住树，有的甚至睡到树上，不让扛。但对方人多势众，你抱，你睡，行，我连人连树一起扛、一起抬。

大湾村辛辛苦苦砍下树，最终又被黄东村抢了去。

大湾村哪咽得下这口恶气？上次是收割了田野的稻子，这回黄东村早做了安排，将田里的稻子收割完了。怎么办？他们发现了黄东村的照明电线经过大湾村的一大片土地。对，他们黄东村这么不讲道理，我们就不让他们的电从大湾村的地盘上过。主意一定，马上出动，一大伙人三下五除二，将黄东村经过大湾村的照明电杆、电线砍断。瞬间，黄东村全村断电。

这还了得？！

要是放在今天，非得有人坐牢不可。《中华人民共和国刑法》第一百一十八条规定：“破坏电力……危害公共安全，尚未造成严重后果的，处三年以上十年以下有期徒刑。”第一百一十九条规定：“破坏……电力设备罪……造成严重后果的，处十年以上有期徒刑、无期徒刑或者死刑。”这完完全全够得上“破坏电力设备罪”啊。

然而，那时的人就有这么横，就有这么狠，就有这么无知。

最后，这事闹到了各自的镇党委、政府。两镇党委、政府非常重视，双方约定时间，镇党委书记参加，在远口镇政府进行协调解决。

协调那天，湖南的广坪镇党委书记如约而至，当他的车一进远口镇政府大门，黄东村一村民立马就将镇政府大门落锁，并高声宣称：“我把湖南的书记关了，这回湖南的书记不把问题都处理了，他休想回去。”

见此，广坪的书记一时火起，问那个村民：“你怎么能这样呢？”

村民说：“莫怪，我们也是被你们湖南人逼的。”

书记问：“湖南人怎么逼你了？”

村民说：“你们湖南人把我们的电杆、电线砍断，让我们通不了电，还没逼我们？”

书记说：“砍电杆、电线确实不对，今天我们不就是赶来解决问题的吗？你这样不更把问题搞复杂了吗？”

村民说：“复杂就复杂吧，先把你锁在这里再说。”

远口镇的书记正在办公室里接待一来访群众，听到屋外的吵闹声，跑出来一看，是广坪的书记。当知道了吵的缘由后，十分生气，这还了得？村民关书记，这不闹天大的笑话吗？当即将自己的村民一顿恶骂，勒令其马上将落锁的门打开，并给广坪的书记道歉。

最后，通过两镇书记的协调，问题得到了处理：大湾无条件为黄东恢复砍断的电杆、电线。 黄东村也归还大湾一些木材。 至于那块山林的边界，在尊重历史、尊重事实的前提下，双方出人，共同勘定，达成一致，写成协议。

虽然问题得到了有效解决，但“贵州村民关湖南书记”的乌龙已经闹出，且越传越远，越传越邪乎。 说湖南的书记当时火冒三丈，大声斥责村民：“你关吧，纠纷不调解了，问题也不解决了，今后你黄东的木材就用飞机去运吧。”因为黄东村很多山林在大湾村的山林中间，进山出山都要经过大湾村的土地。 那意思是，今后你再也不想从我的地盘上运木材了，要运，你用飞机来运。

其实，当时湖南的书记根本没有说这样的话，也不可能说这样的话，全是“民间”根据自己的“臆想”传出来的段子，这样的段子越传越多，而且有多个版本。 由此可见，当时闹的“乌龙”有多乌龙。

我特意去采访了这位“关书记”的村民。 如今，他已经是七十多岁的老人。 对于当年“关书记”的事，他并不避讳。 他说：“也不叫关，我是将门锁了。 他们就说我关了湖南的书记。 关了就关了吧。 那时，真的很急啊，两个村的人，今天你砍我的树，明天我断你的电，哪成个事啊。 我只是代表村民们一种急切的心情，我并不是要对湖南的书记怎么样，只是表明一种态度。 谁教那时这么乱？”

在羊角坪，提起 1992 年秋的那场风波，村民们至今仍心有余悸。

那是秋天的一个下午，羊角坪村两村民上山巡山，看到有人在一块松树林地里忙活。

他们悄悄地靠过去，一看，是相邻的贵州省岩古村两村民正在挖地里的茯苓。

茯苓，就是一种寄生在松树根上的块状菌，是一味用途广泛的中药材，医界有“十方九茯苓”的说法，被誉为“四时神药”。 如此神药，价格自然不菲。

羊角坪周边的山地，松树多，气候也适合茯苓生长，因此，茯苓在当地很有名气，除了野生的外，人工培植的也很多，几乎家家都种。

羊角坪两村民突然出现在岩古村两村民面前，大喝一声：“抓贼！”

正埋头挖茯苓的岩古村两村民被突然而来的大喝声吓一大跳，当看清是羊角坪两村民后，马上镇定下来，解释说：“这是我们种的，是挖我们自己的，怎么算贼？”

“你们种的？ 这山分明是我们羊角坪的，还狡辩不是贼？”

“山是你们的，可茯苓是我们种的，我们挖的是茯苓，又不是山。”

这可把羊角坪两村民惹火了，对着山下村子一阵大喊：“大家都来抓贼，有人在我们山上偷茯苓。”

听到有人偷茯苓，村民们马上放下手头的活，向山上涌来。 这些年，村民们种的茯苓经常被偷，想了许多办法，也无法抓到那些盗贼。 今日突然听说在山上抓到了偷茯苓的贼，大家都恨不得马上赶到现场。

不一会儿，从山下涌来的人，就将挖茯苓的两人团团围住。 见突然来了这么多人，挖茯苓的虽然有些胆怯，但还是坚持说，这些茯苓是他们种的，他们挖的是自己的茯苓，并不存在偷。 羊角坪村民见挖茯苓的人不但不肯认错，还如此强词夺理，一声吼，将他们挖茯苓的工具和所挖的茯苓全缴了，并扭着两人回了寨子。 他们的意思是，回寨子后再慢慢跟他俩算账，过去那么多茯苓被人偷了，如今抓到了他们，就得算到他们头上，由他们赔，赔上了，就放他们回去。

挖茯苓的两人一路喊冤，说这次挖的茯苓根本不是偷，过去他们也没来偷过，这是冤枉好人，是栽赃。

但被激怒了的羊角坪人已经听不进任何话，一心只想找回被偷挖的茯苓。

两人被带回寨子，关在了一间废弃了的仓库里。 两人想，如今被他们抓回了寨子，就是长了一百张嘴也无法说清。 好汉不吃眼前亏，唯一的出路——逃。

等到夜深人静，趁看守的人打盹，两人悄悄地逃了出来。

逃跑？这还了得！羊角坪人发现他们逃跑后，更是义愤填膺。跑得了和尚跑不了庙。走，上岩古村要人去。

一大伙人，连夜直冲岩古村。一进村子，就大喊大叫："交出偷茯苓的盗贼来。""不交人，就交钱。""人钱都不交，叫你们岩古不得安宁。"

叫喊一阵儿，没见有任何动静，他们便一家一户地打窗户、敲房门："今天的盗贼是谁，你们自己滚出来。""不出来我们就撞门了。"

因动静闹得太大，以致全村的狗都跟着狂吠，真有点鸡犬不宁的味道。

这可把血性十足的岩古村人激怒了。寨中头人一声吆喝："今晚强盗进村来了，全寨男女老少都给我起来。不要认为我们岩古村人好欺辱。今天不打断他们几副手脚，他们不心甘。"

迅即，上百个岩古村村民集结了起来，将羊角坪村民团团围住，说："你们一进村，比当年土匪犯村还过余，喊叫就算了，还敲门打窗。今日这事，既然闹到了这个份上，不能就这么算了，得给个说法。"

"说法？你们村的人偷了我们村的茯苓，我们来抓盗贼，这就是说法。"羊角坪人理直气壮地说。

"来抓盗贼？谁是盗贼？你给我指出来。我们这些人中有吗？"岩古村人恶狠狠地问。

"他们早逃回来了，被你们藏起来了。"

"逃回来了？你们看见从哪条路逃回的？藏起来了，你们看到我们藏哪了？我看你们今天就是故意来找茬。兄弟姐妹们，人家都打上门来，我们还忍什么？给我打，打断他们的手脚，让他们长长记性。"

顿时，众人挥舞棍棒，向羊角坪人打来。羊角坪人也并不是吃素的，只是他们来的人少，怎么也敌不过岩古村人的群攻。一阵乱打之后，羊角坪人哭爹喊娘，在一片混乱中逃回。

受了如此大的欺辱，羊角坪人无论如何也咽不下这口恶气。第二天，纠集了全村人，还自制了两副担架，抬着“昨晚被打伤的人”，怒气冲天，向岩古村进发。他们声称，岩古村不交出偷茯苓者，不交出昨晚上打伤人者，决不罢休。

岩古村闻讯，马上集合全村老少。大家操着柴刀、扁担、棍、棒等家伙，“全副武装”堵在村口。他们的口号是：只要有谁敢踏进村子半步，就叫他有来无回。

走近岩古村口的羊角坪人，看到这架势，不敢贸然进村，在离村口不远的地方停了下来。但他们不甘心就这么被堵在这里，于是向岩古村人喊话：“交出偷茯苓者和打人者。”“不交就血洗你们全村。”

岩古人更不服，见对方使出了这种骂大街的下三滥方法，他们也以其人之道还治其人之身，也向对方喊道：“有种的你们就过来，谁不过来谁就是乌龟王八养的。”“我们关门打狗，来一个打一个，来两个打一双。”“血洗我们全村？告诉你们明的，这样的人还没出生。”

剑拔弩张，你来我往，相互对骂，发泄怨愤。僵持了近两小时，最后还是羊角坪人看到了当天自己的劣势，一边叫喊着“回去集合更多的人再来”，一边撤退。

一场眼看就要发生的重大群体性打斗事件，就这样暂时停歇了下来。然而，岩古村不敢懈怠，真怕羊角坪人回去再纠集更多的人来。自此，全村人高度警惕，随时做好战斗的准备，随时听候集合命令。为了以防万一，白天、晚上均安排人在村中巡查，发现陌生人，一律盘查，及时报告。

羊角坪人退回去后，一直咽不下这口气，多次集结人马，多次想再来岩古村讨公道。但当他们一而再再而三地派出密探，了解到岩古人缜密的防范后，又不得不一次次取消行动。

虽然双方没有直接面对面打起来，但自此后，两村之间断了一切往来，彼此间，就连亲戚也都不敢再走动。过去两村之间很多人相互之间都结了姻亲，有的甚至是几代亲戚，亲上加亲，但也只能断了往来，大家都怕在走亲戚的途中遭到报复。

直到几年后，随着时间的慢慢推移，彼此心中的怒气渐渐消了些，再加上大部分青壮劳力都外出打工了，家里没几个人，再也起不成大事，这才有人试探性地走动。又过了一段时间，见这种试探性的走动已无大碍，大家这才恢复亲戚间的来往。

此事到今天，虽然已经过去了三十多年，但羊角坪人仍记忆犹新，只要一提起，就摇头：心有余悸，不堪回首。

走在羊角坪的村道上，正巧碰着一妇人从地里摘玉米回来。头发上沾了玉米叶碎屑，脸上淌满汗水，一根竹片扁担挑了两大袋沉甸甸的玉米，一闪一闪，走得欢快。

我迎过去，搭话："摘了这么多玉米，今年年成怎样？"

她汗水涔涔的脸上顿时露出几分笑意，说："还可以。"

"家住在哪？"

她将肩上的担子换一边肩，指了指不远的一栋洋房："在那。"

"可以上您家坐坐吗？"我试探性地问。

"可以啊，怎么不可以！"她一下变得热情大方。

这是一栋三层楼的砖瓦房，外墙贴了浅红色的瓷砖，阳光一照，闪闪发光。门楣上高悬的灯笼和门框上还新着的对联，透着一种精气神。大门右侧，一张"平安建设明白卡"非常显眼，上面写着：户主蒋永生，全家6口人，家住羊角坪村12组，下面是联系的乡村领导姓名、职务、电话，等等。

见有人来，正在屋里做木工活的男主人马上迎出来，将我请进屋，随即从上衣口袋摸出一包香烟，抽出一根，递我，谦卑地说："马虎烟。"

我连声说着谢谢，解释道："我不会抽。"男主人复又将烟装进盒里，问："领导从哪里来？有什么事吗？"

我告诉他："我不是什么领导，是一个业余的文字工作者，到村里来，想了解一下你们村里的情况。"

他马上说："哦，知道了，你是记者。"没待我解释，他又说开了，"你是记者来我们村算是来对了，我们村是一个非常特殊的村，每家每户都有你写的。”

从外面摘玉米回来的妇人，卸了玉米担子后，来不及洗把脸，便为我送出一杯茶来，接着男人的话说：“你是记者，那可要好好写写我们这里。”

我暗地里惊喜，想不到随意走进的一户人家，两口子竟都如此热情大方，看来真走对了。

我马上顺着他们的话题，说：“听说这里过去矛盾纠纷很多？”

两人同时点头应和：“是的，这里过去就是一块麻烦地。不说别人家，就我们，遇到的麻烦事、窝心事就不少。”

“啊？有这么严重吗？我想听听你们家的故事。”我见机行事，向他们提出请求。

紧接着，他们毫不忌讳地说起了那些“麻烦事”“窝心事”。

蒋永生说，那是好几年前的一天，他从稻田里收割回来，拉了一三轮车稻谷。行至家门口时，早晨出门时还好好的大路，让一大堆石块堵死，连小三轮车都不能通行，拉着一车稻谷的他，急忙下车，看个究竟。他以为是山上塌了方，一看周围，没有塌方的痕迹。再仔细查看，才发现分明是人为堆上去的，显然是有意在断他家进出门的道路。谁如此缺德？连路都不让人走了？今生也没和谁结下这么大的冤仇啊！会是谁呢？想来想去，也想不起谁会这样针对他家。

他跑去问上屋的吴传东。吴传东离他家最近，不足五十米。两人虽然住得很近，但蒋永生属湖南，而吴传东属贵州，分属两省。不过，一直以来，两家来往十分密切。平日谁家做了好吃的都会叫上对方去喝一杯，两家的小孩也经常在一起玩耍，家里的东西都是互通有无。他想去问问吴传东，看他是否看到有谁在这路上堆石头了没有。

未曾进门，他就叫开了：“传东，传东。”

吴传东就是不答应。蒋永生分明看到吴传东就在家里。今天他是怎么了？聋了？突然听不见了？

蒋永生还是边走边叫，而且一声比一声大，吴传东就是不答应。他一脚跨进吴传东家的大门，吴传东正阴沉着脸坐在板凳上抽烟，眼睛看都不看他一眼。

蒋永生被吴传东这一手弄糊涂了："你今天是怎么了？喊你不答应，进屋了也不理人，吊着个脸，像猪肝，你今天是吃错什么药了吧，或者是我是借了你米还了你糠？我什么时候得罪你了？"

"你自己心里清楚。"吴传东猛咕隆咚回这么一句。

这更让蒋永生摸不着头脑了："我心里清楚还来问你？"他本来窝着一肚子火，让吴传东这一说，火更是往上拱，"你今天给我说清楚，我什么地方得罪你了。"

"你什么地方得罪我了？你自己回想一下。"吴传东又蹦出这一句。

哎？这就奇了怪了，这几天自己天天在稻田收稻谷，与他连面都没碰上几次，更没有做什么、说什么，这从何谈起啊。

看他这架势，路上的石块肯定就是他堆的了。蒋永生问他："这么说起来，那路是你堵的？"

"是我堵的，又能怎样？"吴传东头一昂，高声说。

闻言，蒋永生气得浑身发抖："你……你……怎么做出这等缺德事！"

"这地是贵州的，路修在贵州的地上，又是我们贵州人修的，贵州的一条路，想怎么搞就怎么搞，你湖南人管得着？再说，贵州的路不欢迎湖南人走。"吴传东没好气地说。

蒋永生也是个有气血的人，听吴传东这么一说，顿时拳头一握，就要扑上去打人。正值此时，蒋永生老婆听到两个男人粗声大气的吵架声，怕出大事，迅速赶了过来，见蒋永生要扑上去打人，一把抱住蒋永生，一个劲地劝自己的丈夫："动不得手，你还有老、有小，动不得手啊！耐烦点，我给你讲好话了。"

蒋永生气得上气不接下气："太欺人了，太欺人了。"

妻子七扭八扭才将他扭回家，为他倒了杯水，劝他喝了消消气。他一口气喝了个精光，这才稍微平息了些。

他问妻子："是不是你在什么地方得罪他了？"

妻子极力回忆："没有啊，这几天，没说什么，也没做什么啊！"

"那他怎么会说变脸就变脸呢？"

"啊，我想起来了。是不是前几天我对他家孩子说的那些话令他生气了？"妻子突然说。

蒋永生问："你说了什么话？"

"前几天，他家不是到街上剁了几斤猪肉回来吗？因为现在外面到处都在闹猪瘟，我们家养的几头肥猪正准备出栏，我怕被外面的猪瘟传染了，就对来我们家玩的孩子说，你们家吃了外面的猪肉，这几天就不要来我家玩。就说了这个。难怪，这几天他家的孩子一个也没下来玩了。一定就是因为这事。"妻子一边回忆，一边说。

蒋永生并不责怪妻子，觉得妻子说得也不错。现在外面的猪瘟闹得很凶，很多地方的猪都死空栏了。有一些地方，一车车的活猪都拉去土里埋了。从外面买回来的猪肉，谁能保证就不是瘟猪肉呢？猪瘟这东西，鬼得很，一阵风就刮来了。虽然人不传染，但人吃过瘟猪肉，保不准身上、嘴上带着的油星子就不会传染。所以妻子这样说，也不是没有道理。就为这事，他吴传东就去封路？也太过分了吧。

后来，我从蒋永生家出来，找到吴传东了解当时的情况。吴传东说，孩子回家后，将蒋永生老婆说他们家吃了外面的肉要他们不去她家玩的事一说，他就火了。吃了外面的猪肉，就染上猪瘟了？就给你家传染了？你就这么确定我剁回来的肉就是瘟猪肉？假设它就是瘟猪肉，要传，也是猪传猪，怎么会人传猪？你把我小孩当什么了？这分明是不把我家当人看，分明是在侮辱我们一家人。佛争一炷香，人活一口气，这口气实在咽不下。平日里对他家那么好，有什么好吃的，都叫来一起吃，如今，就为在外面剁几斤肉回来这么一点小事，就煞有介事地要孩子不去她家玩。太欺人了。不报复一下，难平心头之气。报复什么呢？想来想去，没有什么可以报复到他家的，只有这条路，这条路是自己修的，且修在贵州的地盘上。将路封了，让他一家过不成路。于是，他从外面运了一三轮车石头过来，趁蒋永生一家不在，将石头倒在了路中央，将路封了。

蒋永生去找村干部，要求村干部解决。但村干部很为难，说这事牵涉到两省，不是他这一边能解决好的，必须报告对方村干部，要两村干部坐拢来才能解决好。可两个村的干部，分属两省，不是说到就能到的。再有，那时，每一方都想保护自己这方人的利益，如果对方明知道是自己这一方的人不对，还来参加调解，这不明摆着是去为难自己吗？不如不参加。

这事，就这么拖下了。

最后，蒋永生只得自己动手，将那些石头搬开一些，搬出一条人能通过的路来。可车子不能进，实在太不方便。

两家也就此成为仇家。直到联合党总支成立后，两村的书记上门，才将问题解决。问题解决后，联合党总支的杨书记对双方进行了批评教育，并告诉他们，现在虽然户口、地籍还分属两省，但大家都在一个党总支的领导下，已经成为一家人，大家必须和和睦睦。如今，两家不但恢复了来往，而且关系又回到了封路前的融洽氛围中。前不久，吴传东家娶儿媳妇，客人多，家里酒席摆不下，还在蒋永生家里摆了好几桌。

蒋永生说："那时，两省之间的人，都像吃了火药似的，实际上根本没什么大不了的问题，有时就是一句话的事，就闹成大矛盾大纠纷。我们与吴传东家不就是对小孩说了那么一句话吗？就这么一句话，他就将路封了，就成仇家了。你说，这不窝心？"

蒋永生老婆插话进来："这样的窝心事还有很多，一时讲不完。不说了，不说了。"两口子的诉说就此打住。

不用再说下去。他们简简单单的诉说已经证明当年的两省边界是多么复杂，多么混乱。生活在边界上的两省村民是多么不易。彼此之间，没有亲情，缺乏信任，相互提防，反复伤害，结仇结怨。一块地、一条路、一片山、一棵树、一蔸药材，甚至一句话，就能成为矛盾纠纷的导火索，直至发酵成武力械斗或群体性事件。而且这些矛盾纠纷事涉两省，处理起来也十分复杂且艰难。

## 山与山的和解

联合党总支成立后的第二天，一起“省际纠纷”就找上门来。

2014年底，贵州省有关部门给了岩古村埂田组一个饮水工程项目，项目的水源地却在湖南的羊角坪村，很多管道也得从羊角坪的土地上经过。

埂田组是一个典型的两省村民杂居地，虽然属于贵州管辖，但里面居住的湖南人还多些。组里共38户，属于贵州的只有18户，而属于湖南的则有20户。贵州的村庄要在如此复杂的一个地方建设饮水工程项目，其难度可想而知。

果然，羊角坪村的村民听说贵州省要在组里建饮水工程，而且选定的水源就在自己的土地上，他们不乐意了。他们说，这怎么行？这水不止人喝，还有一大片稻田都靠它灌溉。建了饮水工程，将水接走了，这片稻田不就荒了？

最后，通过双方村干部做工作，羊角坪村民才勉强答应，但他们提出了一个先决条件：必须让杂住其中的8户湖南居民“搭便车”，共享饮水工程。

这回轮到岩古村村民不同意了，他们说，项目是我们贵州省的，投入的资金也是我们贵州省的，湖南人凭什么要来享受？

羊角坪的村民听说这话后，更是火冒三丈，如果我们那8户不能享受这个项目，他们做梦也别想从我们村的水源上取水，做梦也别想在我们村的地里埋水管，做梦也别想一滴水从我们村的土地上流过去。

针尖对麦芒，矛盾就此升级。饮水工程项目也就此搁浅。

2015年1月30日，联合党总支成立的第二天，双方村民便迫不及待找来。他们说，过去没有联合党总支，他们只有向各自的村支部反映，如今成立了联合党总支，他们把全部的希望寄托在联合党总支上，希望联合党总支尽快出面调处。

杨汉德热情地接待了他们，并答应一定及时调处。

送走了上门的村民，杨汉德马上与岩古村村干部吴宜权、吴展平、吴展燕等人取得联系。大家一致认为，这个饮水工程项目建设迫在眉睫，的确需要马上调处，而且它又是联合党总支成立后收到的第一份纠纷调处请求，调处的结果关系到联合党总支的声誉和发展，必须在第一时间进行调处，而且只许成功，不许失败。他们约定，调处就放在第二天晚上进行，地点就在岩古村埂田组宋秀和家，各村通知各自牵涉到饮水工程的村民参加。

31日晚，寒风刺骨。宋秀和家早早烧好几盆炭火。参加调解的人员三三两两来到，没多久就挤满一屋。

披着一身寒风，杨汉德风风火火走进屋里，向大家打着招呼，大家并不怎么回应他。他用眼睛偷偷扫视一遍，只见大家或抽着闷烟，或将双手操在胸前，不发一声，气氛凝重而沉闷。

他咳嗽一声，打破沉闷的僵局，说："大家不要这样严肃吧，虽然分属两省，但大家都住在一起，有的还是亲戚、家人，平常抬头不见低头见，何必这样呢？你们说，是吧！"这样说过，会场里的气氛才稍微缓和了些。

大家回应着"是的""是的"。

见气氛得到缓解，杨汉德马上切入正题，他说："今天找大家来开这个会，内容只有一个，就是贵州有关部门分给埂田组这个饮水工程项目，但由于水源地是湖南的管辖范围，湖南有8户村民要求参加这个饮水工程，但贵州部分村民有不同意见，因此引发争议。两边村民均向才成立一天的联合党总支交了报告，今天我们代表联合党总支和联合调解委员会，一起来把这个问题解决好。"

吴宜权接过杨汉德的话，说："刚才杨书记已经说了，今天我们联合党总支把分属湖南、贵州两省的两个村的部分村民召集在一起，就是讨论一下你们这个自来水工程，湖南有8户要求加入一事，想听听大家的意见，有什么想法都可以提出来。”

吴宜权话音一落，村民便抢着发起言来。

贵州村民吴恒柏首先发言说：“这个自来水工程是我们贵州安排下来的项目，凭什么他们湖南这边要来享受？ 今后如果他们湖南有什么项目我们也可以享受吗？”

听这一说，参加会议的湖南村民情绪一下激动起来，几个人都仰起了头，伸长了脖子，其中一人嗖地站起来，大声反驳道：“我们凭什么来享受？那你们凭什么去接我们水源上的水？ 你们的水管凭什么要从我们的地上过？我们不享受可以，你们去你们的地里找水源吧，你们的管子也从天上飞过去吧。”

贵州村民听这一说，很不是滋味，马上集体回敬起来——

“你这是屁话，自古以来我们喝的就是这边的水，凭什么要我们再去另找水源？”

“水管不从你们地里过，那你们每天进门出门，还走我们的路呢？ 你们能做到不走我们的路吗？”

“是啊，话说得太难听了，让我们的管子从天上飞过去，那你们进出门也从天上飞吧。”

……

见贵州这边村民气势如此，湖南村民再也坐不住了，他们纷纷站起来，个个面红耳赤，你一句，他一句，大声争吵起来。 瞬间，整个会场闹哄哄的，且火药味越来越浓，如不及时制止，极有可能酿成更大的纠纷。

杨汉德、吴宜权见状，马上站起来，安抚大家的情绪。

等大家情绪稍微稳定了些后，杨汉德说话了：“大家不要吵，今晚请大家来，又不是来吵架，是来解决问题，大家都心平气和一点。 大家都可以发表意见，但绝对不能吵，从现在开始，一个一个地说。”

贵州村民也是埂田组组长吴展银接过杨书记的话，说：“要我说，这个自来水工程虽然是从贵州这边下来的，但也是国家下来的项目，既然是国家下来的项目，我们不能分湖南、贵州，只要住在一起都可以享受。”

湖南村民听这一说，马上接腔：“这话就说对了啊！”

而贵州这边的村民马上反驳：“这话说得不对，是国家的项目，但是是从我们贵州这边争取来的，它就是贵州的。”

更有贵州村民悄悄地扯刚才发言的吴展银的衣角：“你这人是怎么了？胳膊肘往外拐？ 不但不为自己这边争利益，还替湖南人去说话？”

没等大家再多说什么，吴宜权书记马上提高声音说：“我认为展银组长的话说得很在理。 不论你通过什么途径、什么渠道要来的项目，都是国家的项目，都是国家出钱。 既然都是国家的，那么只要是中国人就都可以享受。我们贵州这边的人要有大局观念，心胸要开阔。 现在我们已经成立了联合党总支，大家都在联合党总支的领导之下，都已经是一家人了，不能再分你湖南，我贵州。”

吴宜权书记一说完，杨汉德书记也马上站起来说：“吴书记说得对，成立了联合党总支，大家就是一家人，一家人不能分彼此。 羊角坪这边不能说水源是你们的，岩古村这边也不能说项目是你们那边的，这一切都是大家的。大家和和气气，尽快让项目开工，尽快造福大家。 何乐而不为？”

听两位书记这么一说，会场气氛顿时缓和了下来。

岩古村民吴才顺发言说：“我们搞这个自来水工程，当时你们村干部也没有给我们解释清楚，现在突然说湖南这边的人要参加，我们确实一下接受不了，可能有些误会出现。 现在既然成立了联合党总支，领导的话也都说到这份上了，我说，一切还是可以商量的。”

羊角坪村民朱朝星见吴才顺说话和气了许多，便也发言说：“我们在这个地方共同生活，都是亲戚关系，很多都是长辈，我希望大家相互谅解，共同把我们这个地方搞好。 我们也是与你们住在一个院子里头，加入这个项目，是顺便的事，又不要额外增加很多投入。 别要你们喝自来水，而我们还挑水喝，这样我们心里也不舒服。 你们就让我们参加这个工程项目，该出的工我们出，该投的劳我们投，咱们一起合作将这个工程早日搞好，我们也图个方便。 如果你们答应，我们非常感谢你们。”

湖南村民蒋焕贵接着朱朝星的话说：“我们住在一块土地上，相当于一家人，请贵州的朋友多谅解，让我们共同享受这个项目。”

见湖南村民说话如此诚恳，贵州岩古村村主任吴展平紧抓机会，对双方村民说：“大家都能这样说话就对了。 这个事情当时没有解释清楚，产生了一些误解，现在通过解释清楚了还是不要紧，我们坐在这里就是一家人，什么事都好好地商量，对大家都好。”

紧接着，贵州村民吴展祥发言说：“你们湖南这边参加，行是行，就是有些人说话太刺耳了，听起来很不舒服。”

湖南村民马上说：“人多口杂，可能有些人是讲了不该讲的话。 你们放心，今后这样的话都不会讲了，希望你们谅解。”

主持会议的杨汉德见大家的发言都差不多了，马上说：“我刚才听了几位发表的意见，我认为讲得都很好，都说出了自己想说的话。 话不说不明，理不辩不清。 今天我们联合党总支把大家召集在一起的目的，就是要你们将心里的话都说出来，消除双方的误会。 因为你们是长期生活在这里，要和睦相处。 这次我们成立的湘黔边界联合党总支，目的也是要化解边界矛盾纠纷，共同发展经济，共同享受资源。 过去就算某些人说了一些不利于团结的话，也已经过去了，相互谅解一下，不要再计较，我希望你们共同把这件事处理好。 今后不论是湖南或贵州有什么项目，我们两个村都会去共同考虑。”

杨书记一说完，贵州村民宋秀和发言说：“刚才听了杨书记讲的，讲得很好，我们虽然是湖贵（湘黔）两省，但我们共同生活在这里，有些还是亲戚，说不定今天晚上回去后就捧起酒杯喝酒了。 因此，有些事情只要讲清楚了就可以，还辛苦了几位领导来给我们开会调解。”

见大家都心平气和了，吴展平说：“刚才大家都发表了意见，没有什么分歧就可以了，我建议为了把工程尽快完工，你们这个工程负责的人，再从湖南这边增加一个，贵州这边增加一个，共四人负责，把这个工程尽快完工，不要耽误了工期。 过完正月就要忙生产了，到时就没有时间搞建设了。”

大家频频点头称是。

最后，由主持会议的杨汉德做总结讲话：“经过今天的会议，听了大家方方面面的意见，思想基本得到了统一。整个事通过调解后，双方达成协议，项目由两村共享。今后，希望两村村民要继续保持以前的优良传统，搞好民族团结，共同发展经济，共同建设家乡。”

双方消除误会，达成共识，起草协议：湖南村民同意贵州在湖南的水源上接水、同意水管从湖南的地里经过；贵州村民同意湖南 8 户村民参加饮水工程，并确定湖南这边派 1 个代表参与工程管理。双方签订了“人民调解协议书”。参加会议的所有人员都在调解协议上签下了名字并按下鲜红的手印。湘黔朝阳联合调解委员会、羊角坪村村民委员会、岩古村村民委员会也都在调解协议书上加盖上了公章。

会议结束。散会时，彼此的手亲切地握在了一起。

这事至我采访的 2023 年夏天，已经过去了整整八年，在岩古村，当时参加调处的岩古村书记吴宜权说起当时的情景，还忍不住内心的激动，他说：“这是我们联合党总支成立后的第一次调解，十分成功。它的和解，不但是人与人的和解，村与村的和解，更是山与山的和解，省与省的和解。它的和解，结束了周边村民吵架翻天的历史，它的和解，开启了两省乡亲亲如一家的时代。所以，我们将这次调解命名为‘001 号’调解，双方签下的协议，也排序为‘001 号’协议。我们所要的，就是有一个美好的开始。”

我向杨汉德提出，想看一看那份“001 号”协议书。

他爽快地答应，并把我带至设在羊角坪村部大楼里的“湘黔朝阳联合调解委员会”的“人民调解室”。

走进调解室，眼前的一切，改变了我已有的认知。

近些年来，随着平安中国、司法进村、乡村治理等一系列活动的深入开展，很多村都设立了“人民调解委员会”和“人民调解室”。我也不止一次走进村级“人民调解委员会”的“人民调解室”，但看到如此高规格、高标准的调解室还是第一次。

正面墙上是“人民调解”的标志，象征和平的橄榄枝，两双紧握在一起的手，组成一颗温暖的红心。它暗示着走进调解室的每一个人，都要“和平相处”“握手言欢”“共结同心”。四周悬挂着白底黑字的提示语，让人倍感温馨：“忍得一时之气，免得百日之忧”“得饶人处且饶人，有理也得让三分”“互谅互让，握手言和”“大事化小，小事化了”，每一条都写满劝解和开导，每一条都写满善良与诚意。室内的大型圆桌上，依次摆放了“调解员”“记录员”和“当事人”的座签。看到这一切，即便不听一个字介绍，也已经十分清楚它氛围营造的良苦用心，它工作的规范与严谨。

在我观察惊叹的当儿，杨书记已从档案柜里找到了那份编号为“001号”的协议书并递到我手中。我像接过一件珍贵的文物一样，小心翼翼地打开。虽然只有薄薄的几页纸，但我感觉到了它沉甸甸的分量。虽然在我看到它时，时间已经过去了八年，而且纸张都已经开始发黄，签的字和按下的红手印也都已经开始掉色，但在我手指碰触到纸页的一刹那，我分明感觉到一股火热的激情在弥漫，叫我心生崇敬。

八年过去，它给予我的温暖和感动依然鲜亮。

正当我被手中这份“001号”协议书感动得心潮澎湃时，杨汉德又从档案柜里抽出另一份协议书，有些得意地说：

“你这一份是2015年的‘001号’协议书，我这里还有一份2017年‘001号’协议书，也很特别。”

他将这一份协议书递给我，说：“这一次调解，我们不但将一件有可能演变成重大刑事案件的事件化解在萌芽状态，而且平息了一起眼看即将发生的重大群体性械斗事件。连公安派出所都夸赞我们。”

2017年5月27日下午3点左右，湖南省靖州苗族侗族自治县大堡子镇江冲村女村民张丰梅（化名）在山中放牛，贵州省天柱县地湖乡岩古村村民李满都（化名）路过，看见只有张丰梅独自一人，顿生歹意，对张丰梅进行调戏和骚扰，甚至摸了她上身。当时，张丰梅腰间带有柴刀，她一边大声叫喊，一边手舞柴刀乱砍，得以脱身。

她一路撒腿跑回家，啼哭不止。丈夫问她怎么了。她一边哭诉，一边将被李满都调戏、骚扰的经过一五一十地告诉了丈夫。

闻言，丈夫气愤万分。顿时打电话给房族兄弟，邀集数十人，准备去岩古村李满都家讨说法，并扬言不将他打死，也让他脱层皮。

张丰梅的公公是个老党员，而且当过村里的主要干部，看到事情的严重性，立即打电话给村党支部书记唐邦贵。唐邦贵既是江冲村的党支部书记，又是湘黔朝阳联合党总支的副书记，有着高度的敏感性。他当即认识到此事事态的严重性，马上赶到张丰梅家。

张丰梅丈夫邀集的人，挤满了一屋，个个义愤填膺，摩拳擦掌，纷纷说，先去将李满都家平了，再将他打个半死。张丰梅丈夫更是一脸怒火，牙齿咬得咯咯响，忿忿地说："今日不为老婆出了这口气誓不为人。"眼看邀约的人都到齐了，张丰梅丈夫手一挥，大声说："走，去灭了那个杂种。"大家随即操起棍棒、刀具，跟着张丰梅丈夫冲出门去。唐邦贵见状，马上堵到大门上。

他劝道："我理解你们的心情，可是，你们这一去闹，有理都变成了无理。再说，这么去闹也是解决不了问题的，只会越搞问题越复杂，你们凭一时冲动，气是出了，可你们想过后面的问题吗？假如闹出人命呢？这是一个法治时代，闹出人命是要偿命的，即便是没闹出人命，将别人打伤了、打残了，你们也要负法律责任啊，坐牢是跑不脱的。你们出了一时气，惹下百日忧啊。"

张丰梅的公公也忙过来劝："你们先不急，唐书记来了，看村上怎么处理，如果处理得不满意，再去闹也不迟。"

唐邦贵马上说："是啊，请你们相信，如今我们已经成立了联合党总支，不再像以前了，两边的纠纷没人管，没人理。现如今，只要有纠纷，我们第一时间会赶到，而且都会妥善处理。你们也看到了的，联合党总支成立两年多来，处理了很多问题，各方都比较满意。所以，你们先不急，让我们来处理。"

通过唐邦贵及张丰梅公公一唱一和地做工作，张丰梅丈夫及房族人暂时熄了一些怒火。

唐邦贵见张丰梅丈夫及房族人的情绪得到稳控，便回身来向张丰梅了解事情的来龙去脉。

听了张丰梅的诉说，唐邦贵也很是气愤。他问张丰梅：“你是当事人，你先说说，有什么要求？”

张丰梅怒气难消，说：“他对我的名誉造成了损害，不能就这么放过他，要对他进行严惩！”

唐邦贵说：“好的。我一定帮你伸张正义。”

随后将张丰梅、张丰梅丈夫及其他房族人，叫到一起，坚定地说：“我现在以朝阳联合党总支副书记的身份给你们表态，此事由联合党总支负责调解，三天之内给出满意答复。如果调解不好，我们再支持你们通过法律途径讨回公道。”

随即，当着张丰梅及丈夫的面，通过电话与岩古村支部书记吴宜权、岩古村主任吴展平、岩古村支部副书记潘昌标等人联系，并且在电话中共同商议出几条初步的处理意见：

一、由岩古村村主任吴展平、支部副书记潘昌标马上找到当事人李满都，先进行法律法规条款的教育，让其知道自己违反了哪一条。二、对李满都进行严厉的批评。三、责成李满都写出深刻检查。四、李满都拿出诚意，上门来向张丰梅及一家赔礼道歉，取得张丰梅及一家的谅解。五、江冲村支书唐邦贵做好张丰梅本人和丈夫及家人的思想工作，防止事态进一步扩大和恶化。

见村里领导和联合党总支的领导对此事如此重视，张丰梅及丈夫的怒气又消了一些。他们将邀约来的房族人解散，说：“那就信唐书记一次，看联合党总支怎么处理。”

就这样，一场即将发生的群体械斗事件，在联合党总支副书记唐邦贵的积极安抚、劝解和阻止下，平息了下来。

按照电话上商定的意见，两村支部在联合党总支的领导下，紧锣密鼓地工作。唐书记这边，继续做张丰梅及一家人的安抚、稳定工作。岩古村那边，先对李满都进行法律法规的教育，使其认识到问题的严重性。李满都对自己的行为进行了深刻反省，写出深刻检查，请求村支部看在他初犯的份上，给他一次改过自新的机会，并向村干部保证，今后一定好好做人。在此基础上，他买了贵重的礼品，请求村干部带他去张丰梅家赔礼道歉，并召开调解会，将问题处理好。

5 月 29 日下午，即事发后的第三天，岩古村村主任吴展平、村党支部副书记潘昌标及老党员、村民代表共 5 人带着当事人李满都来到张丰梅家。

见到李满都，张丰梅依然恨得咬牙切齿，只是通过这两天村干部做工作，她将内心的怒火压在了心底。张丰梅的丈夫也像见了仇人般，几次都想上来扇他几个耳光。但看到来了这么多村干部，也就将仇恨狠命地压着。

认错、道歉、调解一并进行。参加人员，除了岩古村来的人外，还有唐邦贵及江冲村的党员代表及张丰梅丈夫家的房族代表等多人。

唐邦贵首先说："根据湘黔朝阳联合总支部委员会和湘黔朝阳联合调解委员会的委派，今天，由我和吴展平、潘昌标等人来调解你们之间的问题，请你们如实陈述事实，遵守调解秩序，如有争议，调解不成，你们可以依法通过仲裁、行政、司法等途径维护自己的权益。听清楚了吗？"

张丰梅说："听清楚了。"

李满都也说："听清楚了。"

唐邦贵说："好的，首先请张丰梅陈述一下那天的基本情况。"

张丰梅将那天下午发生的事，一五一十讲了出来。

唐邦贵问："李满都，刚才张丰梅讲的事情经过是否属实？"

李满都马上回答说："她刚才讲的完全属实。我诚恳地向张丰梅及家人道歉，希望他们能原谅我。"

唐邦贵说："李满都，你在 27 日发生这件事后，张丰梅及家人对你的行为很气愤，当晚房族兄弟数十人就要去你家讨说法，我们听说后，连夜赶到张丰梅家了解情况，并做了他们的思想工作，才避免了一场群体性械斗事件的发生。你的行为对张丰梅造成了严重的心理影响，对她的名誉造成了严重损害，你有什么想法？”

李满都马上说：“今天我当着张丰梅及她家人和你们工作人员的面，我认错道歉。你们批评得对，我现在也很后悔。我希望张丰梅及家人给我一个改过自新的机会。”说完，他站起身来，给大家深深地鞠躬。

唐邦贵问：“张丰梅，今天李满都在这里深刻反省了自己，也对你进行了道歉，你接受他的道歉吗？”

张丰梅恨恨地说：“他的行为太可耻、太可恨了！我当时确实无法接受。但是你们干部都对他进行了批评教育，他也态度诚恳，我愿意接受道歉。如果他以后还犯同样的错误，希望你们把他送到公安机关，对他进行严惩。”

这时，岩古村的副书记潘昌标说：“李满都，今天你在这儿道了歉，张丰梅也已经接受了你的道歉，你还得赔偿张丰梅的名誉损失，修复她的心灵创伤，并且你要回去好好反省自己，以后绝不能再有这种行为。明白吗？”

李满都马上说：“我明白了，一切照领导说的去做，以后绝对不会再犯了。”

唐邦贵说：“你们双方还有什么补充的吗？如果没有，就算调解成功，那就签一份调解协议书，你们双方在上面签字。”

最后，起草了协议，协议明确，李满都向张丰梅道歉，张丰梅接受道歉，李满都赔偿张丰梅的名誉损失，并对修复心灵创伤负责，写出深刻检查，做出一系列保证，等等。

当事双方都对调解没有异议，在调解协议书上签下自己的名字。

一场眼看就要发生的群体性械斗事件甚至酿成重大刑事案件的事件，就这样在联合党总支第一时间的介入和调解下，成功平息、化解。

张丰梅的公公说，这事要放在过去，流血甚至死伤那是肯定的。他清楚地记得，这样的事在过去曾经发生过多起，最后都变成了两省边界间宗族争斗、集体械斗、群死群伤的重大事件。

派出所民警说："联合党总支的及时介入，成功化解了一场即将酿成的恶性群体性械斗和血案，为当地的社会治安做出了重大贡献。"

依旧俗，山里人，坟山是大事。

羊角坪村村民与周边各村村民的坟山纠纷每年都有多起。

这也难怪，中国本就有敬宗睦族、祖先崇拜的文化传统，在人们的潜意识里，普遍认为，"人本乎祖，木本乎根""祖山可弃，祖骨难抛"。因此，安葬先祖的坟山在每一个人的心目中具有十分重要的地位，不少族规中就有"严坟墓"的专条，"祖先坟茔是生身之本，如木之根，水之源，关系最为重也。若抛弃不顾，任其毁伤，是尤伐根塞源而望其枝茂流长，必不能矣。……至保护祖基当亦如之，盖祖宗坟围树石尚禁盗卖，况祖坟墓骸，何敢弃之！各宜猛醒"，中国人对坟山的重视，超出了任何其他民族和文化的想象。

处于大山深处的羊角坪，村人的传统观念尤甚，对坟山看得更重。历史上就曾多次因为坟山纠纷大打出手，诉讼不断，有族谱资料记载："民风好讼，而词讼之间，坟山十居其七。"

联合党总支成立后，坟山纠纷的调处也成了重要工作之一。

羊角坪村村民杨林水的责任山，是贵州岩古村傍山组吴姓人的老坟山，这里安葬了吴姓多位祖先。后辈人都不知道，这座"湖南的山"中为什么独独会有这么一块"贵州的地"，而且还是"阴地"（当地人称居住活人的地叫阳地，埋葬死人的地为阴地），他们只知道，他们懂事时就有了，两边的前辈们都这么告诉后辈人，这山是湖南的，这阴地是贵州的。有一种说法，是当年贵州吴姓前辈与湖南人联姻，湖南的老丈人将这块地作为嫁妆赠送给了贵州的吴姓女婿，吴姓后人将先人葬于此，于是便成了贵州人的坟山；还有一种说法，贵州的吴姓前辈从湖南人手中用钱买来了这片土地，贵州的前辈认为这片地风水好，适合安祖葬坟，于是将一位又一位老人安葬于此，便有了这块葬了多位祖先的阴地。

一直以来，湖南管山，贵州管坟，约定俗成，形成规制。

可是，2018 年春天，问题出来了。这年清明节，吴姓人上山祭祖，看到坟地周围的树越长越大，其茂密的树枝覆盖了坟头。这里的习俗是“明坟山，暗屋场”，坟山就要开阔亮堂，上不能被荫蔽，前不能被阻挡。如今这树的枝枝丫丫伸到了坟头，罩到了坟茔，很不吉利。祭祖的吴姓老少，一阵猛砍，将坟地周围的树木砍倒一大片。这些树，有些是杉树，有些是油茶树。杉树都尚未成材，正是生长期。油茶树正在盛果期，每年每棵树都要收摘数十斤油茶籽。现在的茶油卖 50 多元一斤，可想而知，其损失有多大。

吴姓人祭祖过后，山的主人杨林水上山一看，顿时气愤无比，找到吴姓人的门上去索赔，吴姓人根本没人理会他，并说：“那山是你的，可那坟是我们的，自古以来就是你管山，我们管坟，我们砍我们自己坟山上的树，关你什么事？”

“你们自己去看一下，那是你们坟山上的树吗？”杨林水据理力争。

“不是我们坟山上的树，难道还是你坟上的树？”

窝了一肚子火的杨林水，风风火火赶来讨说法，不但说法没讨到，结果还被对方羞辱一番，窝在心里的火更大。他本来就是个苞谷子脾气，对方这一说，他怒火中烧，动手就准备打人。对方也吃了火药似的，认为他欺人太甚。顿时，两人扭打起来。

眼看一件小事就要酿成流血事件。一位好心人立马给联合党总支书记杨汉德打电话。杨汉德接过电话，跨上摩托，风驰电掣，第一时间赶到现场。

当看到两个扭打在一起，周围的人劝都劝不开时，杨汉德拿出他当书记的底气，一声大喝：“都给我住手！”

杨书记的一声断喝，顿时慑住了两人。两人都用一双充满了仇恨的血红的眼睛怒瞪对方，慢慢松开了扭打在一起的手。

杨汉德将两人带到村部调解室，问清了缘由，再一起赶到山上查看现场，将事情的来龙去脉弄了个一清二楚。 然后，坐下来协调。

杨汉德先是对两人进行了教育，并给他们学习了有关法律法规，讲了一些道理，然后，再听取双方的意见，在此基础上，进行协商处理。 通过杨书记的教育，两人都认识到了自己存在的问题，吴家认识到了不该砍树，更不该砍那么一大片。 杨林水也认识到，自己不该私自找上门去闹，应该找组织进行协调处理。 最后，双方达成协议，吴家赔偿杨林水树的损失，杨林水向吴家说声对不起。

通过联合党总支的调解，两人心服口服。 走出调解室时，两人的手握到了一起。

后来这块坟山再也没有出现过纠纷，而且彼此还都相互照看着，当树木长到快荫蔽坟山时，杨林水主动砍掉一些，而吴姓人每年再去祭祖挂清时，也都不再乱砍伐一棵树。

杨汉德书记告诉我，自 2015 年联合党总支成立，至 2021 年底，短短几年时间，共调解纠纷 171 起，其中比较大的省际纠纷 43 起，一般纠纷 128 起。 2021 年后，便再没有省际纠纷，即便有一星半点小矛盾，大家也都各自忍让，自行化解。

杨书记说：“最大的变化，是心的变化，每一个人都变得心胸宽了，格局大了，矛盾纠纷自然也就少了，没了。 如今，彼此之间不再像以前那样斤斤计较了，过去为一句话就可能大打出手，就可能成为仇家，现在不会了，大家生活在一起，和和气气，仿佛一大家子。”

## 综治，众治

夜幕降临，山村的灯火，星星点点，远远近近，次第亮了起来，整个山村褪去了白天的忙碌与繁杂，静谧了许多。

就在这短暂的静谧里，突然，一阵嘹亮的山歌声，穿过夜幕，在空中回荡。 曲调高亢悠扬，带着几分原始的质朴与粗犷。

我问陪同我采访的杨汉德书记：“这是谁在唱歌？”

杨书记说：“是我们村里的普法宣传员。隔一段时间，我们就要搞一次普法宣传活动。要搞好边界的乡村治理，必须让群众学法、懂法、知法、用法。今晚的这场普法活动，除了我们自己的宣传员外，还请了镇司法所和县法院的法律专家，帮大家答疑解惑。”

“走，我们看看去。”我迫不及待地拉上杨书记往活动举行地奔。

活动在一个叫瑶场坪的侗寨鼓楼里举行，鼓楼是侗族特有的标志性建筑，在侗民族中享有至高无上的地位，是侗族聚众议事、选择款首、击鼓报警和进行各种文化娱乐活动的场所。有侗寨，必有鼓楼。

我们走进鼓楼，这里早已人头攒动，热闹非凡。一条鲜红的条幅挂在鼓楼的两个立柱上，上面赫然写着：法治走进屋场，“典”亮湘黔边界。条幅下，身着侗族服装的一对男女歌手正全神贯注对唱山歌。

杨书记告诉我，唱歌的这对男女，男的是羊角坪人，女的是贵州人，他们同住在瑶场坪。联合党总支成立后，就想着要对村民进行普法教育。过去，村民之间的很多矛盾纠纷都是因为不懂法造成的。于是在镇司法所的支持下，村里成立了普法志愿者协会，成员既有大中小学学生，也有回乡青年，更有年长的老人，既有本村的，也有外村的，既有湖南的，也有贵州的。唱歌的这两位，就是年龄稍长的。他们虽然没多少文化，但他们会唱山歌，山歌是村民们最喜欢的一种娱乐形式，用山歌的形式宣传法律法规，通俗易懂，村民更容易接受。现在他们宣传的就是《中华人民共和国民法典》，告诫村民，邻里之间要和睦，要少纠纷，建房造屋要先协商，不要有私欲，不能碰民法底线，并告诉大家学好《民法典》，碰上不讲礼的人，可以用它去维权，等等。

山歌对唱只是今晚普法的第一个环节，第二环节是“普法大富翁”游戏。在游戏中，普法员提出问题，村民抢答，谁答得多又好，谁就是“普法大富翁”，就会获得奖品。

游戏开始，普法员提问：“土地承包经营权可以转让吗？”

抢答开始。现场一片哗然，纷纷举手，有的生怕提问人看不到，还不断地跳起来：“我来答”，“我知道”，“看这边”，“我，我，我”……

一个中年村民获得了抢答权，他想都没想，坚定地说：“可以。”

出题的普法员说：“回答正确。”同时，他将《民法典》里的具体规定进行了解读：“《民法典》第三百三十四条规定，土地承包经营权人依照法律规定，有权将土地承包经营权互换、转让。第三百三十五条规定，土地承包经营权互换、转让的，当事人可以向登记机构申请登记；未经登记，不得对抗善意第三人。”

解读之后，普法员继续出题：“女方怀孕期间，男方可以提出离婚吗？”

这时，现场里的人几乎同时呼喊：“不可以。”

普法员看到如此场景，忍不住大笑起来：“对，不可以。”之后，他又耐心地进行了解读：“《民法典》第一千零八十二条规定，女方在怀孕期间、分娩后一年内或者终止妊娠后六个月内，男方不得提出离婚；但是，女方提出离婚或者人民法院认为确有必要受理男方离婚请求的除外。”解读过后，他向众人竖起大拇指，说：“真是太精彩了。今天晚上，你们都是‘普法大富翁’。”

现场一片欢笑。

第二个环节结束后，是逛“普法超市”。普法员们将与农村生产、生活息息相关的法律条款，制作成各种宣传资料，摆放在“超市货架”——普法展台上，有折页、传单、册子、书本，有的还制作成围裙、手绢，村民们可以任意挑选。

在“普法超市”一角，还开设了“法律咨询台”，法律专业人员对村民提出的问题进行解答。

其中有一个村民问：“由于边界不清，发生的山林纠纷该怎么处理？”

法律解答人士耐心地为他解答：“边界不清，牵涉到林地所有权和使用权争议，解决这类争议，首先应由当事人协商解决；协商不成的，由人民政府处理。单位之间的争议，由县级以上人民政府处理；个人之间、个人与单位之间的争议，由乡级人民政府或者县级以上人民政府处理。当事人对有关人民政府的处理决定不服的，可以自接到处理决定通知之日起三十日内，向人民法院起诉。”

还有一个村民问：“有两个村民因为山林界线产生口角纠纷，打了起来。打的过程中，一人用锄头将另一人的头顶、右脸打伤，另一人用木棒将前一人额头、大腿、左脚小腿及膝盖、右后肩等部位打伤。你说这两人该怎么处理？”

法律解答人士说：“根据《中华人民共和国治安管理处罚法》第四十三条规定，殴打他人的，或者故意伤害他人身体的，处五日以上十日以下拘留，并处二百元以上五百元以下罚款；情节较轻的，处五日以下拘留或者五百元以下罚款。根据《中华人民共和国刑法》第二百三十四条规定，故意伤害他人身体的，处三年以下有期徒刑、拘役或者管制。犯前款罪，致人重伤的，处三年以上十年以下有期徒刑；致人死亡或者以特别残忍手段致人重伤造成严重残疾的，处十年以上有期徒刑、无期徒刑或者死刑。不知道，这一案件最后是怎么处理的？”解答人士最后问这个村民。

村民说：“有一个人被行政拘留七日，罚款五百元；另一个人行政拘留十三日，罚款八百元。”

法律解答人士说：“我们不论是谁，当与他人发生口角、矛盾纠纷时，要相互忍让一点，冷静一点，这样就可以化解怨恨，平息风波。退一步海阔天空，千万不要采取以暴制暴、打架斗殴等不正当、不合法的行为来维护自己的权益，要通过法律途径去解决问题，否则我们会为打架这个行为付出沉重的代价。”

……

时间过得很快，转眼两个多小时过去。

活动结束时，很多人还不愿离去。其中有一个自称李海波的村民说：“从地里干完农活，路过时，看到这里热火朝天，直接就来了，连晚饭都还没吃。”

“不饿吗？”我问。

“这么热闹，这么吸引人，早忘了饿了。”边说，边憨厚地一笑。

“是被我们送来的这一顿丰盛的‘法治夜宵’吃饱了吧。”杨汉德书记开玩笑式地说。

“真的是一顿丰盛的夜宵，有山歌，有游戏，有抢答，有资料，还有咨询。该有的都有了，真的吃饱了。”他笑得更灿烂。接着，他告诉我，“通过这些年的普法宣传，村民的法律意识普遍增强，知法、懂法、守法的人越来越多，不像从前，因为不懂法，做了违法的事都还不知道。今天你也看到了，那么多法律问题，大家都答得上来，连小学生都不含糊。”

说完这一些，他微微一笑，扛起锄头，快步离去，消失在浓浓的夜色里。

联合党总支的成立，使得几乎所有纠纷都得到了及时处理，然而，仅仅“快处理”并不够，光这样只是起到了“疏”的作用，还必须解决“不发生”的问题，将矛盾纠纷提前“堵”住。

他们想到了“村民自治”。

在中国，最先提出“村民自治”的是广西壮族自治区河池市宜州区屏南乡合寨村。实行土地承包责任制后，生产队名存实亡，合寨村村内乱砍滥伐、赌博闹事、偷鸡摸狗的事情渐多，特别是村前有条河，外村的人总是到河边对洗衣服的妇女唱痞山歌，破坏家庭团结，影响很不好。时任合寨大队书记的蒙宝亮找到本队果地屯的蒙光新，“屯子那么大，得有个正式的组织才好管事。”这个组织既可以管治安的事情，也可以管其他事。比如修路、吃水、集体林场分红，还有一些家庭纠纷也需要有人调解。蒙宝亮说：“叫什么名儿呢？”当过小学教师的蒙光新说：“过去队有队委会，校有校委会，机关有工委会，我们成立一个社员委员会吧。”“生产队都没有了，还叫‘社员’干什么？”“就叫村民委员会！”蒙光新说。1980 年 1 月 8 日中午，果地屯在村口的球场上举行了村委会成立大会，全屯 800 多人，500 多人到会。

会上，蒙光新宣布了 14 条《村民公约》：一是禁止乱砍伐，二是严禁赌博，三是严禁乱放牛羊，四是禁止唱痞山歌……村民们一致举手同意，签字盖章。当天晚上，全屯老小在球场聚餐。饭前，每个户主领到一张白纸，无记名投票，推选村民委员会成员。按照得票顺序，蒙光新被推选为果地屯村委会主任，另选出一个副主任和三个委员。新中国历史上第一个村民自治组织——“村委会”，就这样诞生了。此后，向全国推广。一场“撤队建村”的行动在全国很快开展起来。这也使中国的乡村治理进入一个全新时代——“村民自治”时代。由此，合寨村也被誉为“中国村民自治第一村”。

羊角坪撤销大队建立村民委员会是在 1983 年，村民委员会建立后，选举了村主任，制定了《村规民约》。然而，因为浮于形式，没有什么实质内容，热闹一阵儿后就偃旗息鼓了，没有做到“真正的自治”。

联合党总支开会会商，大家一致认为，要做到“真正的村民自治”，绝对不能搞花架子，要实实在在，要动员每一个村民，让他们都参与进来，使自治成为自愿行动，落到实处。

有人提议，何不借助侗族、苗族传统文化中的“款约”和喝“合款酒”的方式？

醍醐灌顶，大家瞬间受到启发。

在两省九村的这一片土地上，70%以上的人口为侗族、苗族。由于历史的原因，自古以来，侗族、苗族形成一种独特的民族自治联盟组织——款，他们自称为“合款”。“款”分为“小款”“中款”“大款”。相邻的数寨组成“小款”，若干个“小款”组成“中款”，若干个“中款”联盟成“大款”。“大款”“中款”“小款”都设有“款首”（头人），一般由社会经验丰富、德高望重、公平正直、熟悉款词的“乡老”“寨老”担任。款首无薪酬，平时处理“款”内事务，代表本“款”出席、商讨有关事宜，贯彻决议，外敌入侵时，则指挥“款”内成员抵抗。“款”组织的法规称为“款约”，内容十分广泛，生产、生活、社会治安、婚姻家庭均可入“款约”。“款约”十分详细地规定了人们的行为规范以及对违反者的相应处罚。在古代，这里的侗族、苗族村落就是依靠家族组织、寨老组织、合款组织相结合的办法进行群众自治管理的。清朝末至民国，受保甲制度冲击，合款组织土崩瓦解。新中国成立后，中国共产党领导下的基层组织深入到各村寨，合款组织更不复存在。但“款约”精神在民间保存了下来。

如今，要搞好村民自治，必须订立像“款约”一样有实用效力的《村规民约》，以此来规范每一个村民的行为，达到真正的“自治”。

杨汉德带领村党支部一班人，深入各村民小组走访，集思广益，听取众人意见。大家普遍反映，两省边界地区赌钱打牌、打架斗殴、偷砍林木、污染河水等问题是治理的重点。村民们同时反映，“村规”制定出来后，执行是重点，如果不执行，或者执行不了，不如不制定。过去也制定过很多规定，也都明确了罚款细则，但最后都不了了之，主要原因是大家对村干部不信任。说他们罚钱是为了自己的腰包，以致最后，不但一分钱收不上来，制度也成了一纸空文。经合计，大家一致决定，就按过去的“款约”办法——交米、交肉、交酒，交上来后全村人一起吃。

村委会综合大家的意见，紧密联系边界的实际，制定出了羊角坪村的新时代“款约”——《村规民约》，经村民大会表决通过。

羊角坪的新时代“款约”共十条，简称“十不准”：

一、不准信谣传谣，蛊惑人心，破坏边界团结。

二、不准与各级政府离心离德，唱对台戏。

三、不准损人利己，损公肥私，自私自利捞利益。

四、不准组织、支持、参与封建迷信活动。

五、不准赌钱打牌，偷摸扒窃。

六、不准哄蒙拐骗，欺骗村民。

七、不准挑起事端，打架斗殴搞械斗。

八、不准破坏封山育林，偷砍林木，乱砍滥伐。

九、不准乱堆土石，乱挖路坎，堵塞道路、水沟。

十、不准乱倒垃圾、粪便，污染井水、河水，影响环境。

如有违背，罚“一百斤肉、一百斤米、一百斤酒”；如果严重的，还要罚“一百元钱”。 罚缴的东西全村人一起吃，称之为“合款酒”。 全村同喝“合款酒”有三个目的，一是当众惩罚违约者；二是当众警示其他人；三是让大家来共同见证，免得说罚的东西进了干部腰包。 当然，这仅仅是处罚，如果造成损失，还要照价赔偿损失。

“十不准”出台后，有个村民以为这次的村民自治也与过去一样，只打雷不下雨。 他到集体山上砍了几棵杉树，被看山员逮了个正着，交给村委会处理。 村委会严格按《村规民约》进行处罚。

砍树村民十分惊愕：“你们真处罚啊！”

“不真罚，还会假罚？”村委会干部严肃地对他说。

“我还以为这次也和过去一样，只是做个样子，搞搞形式，应付一下上面的检查，想不到你们会来真的。”他懊恼地说。

村委会干部问他：“你又不是不知道，我们侗族人一直有‘合款’的传统，‘合款’是什么？ 就是发誓言。 发了誓就一定要兑现。 今天执行的‘十不准’也就是我们今天的‘款约’，就是通过村民大会发的誓言。 你说，可以不兑现吗？”

面对村干部的批评教育，受罚村民后悔不已：“早知道是这样，我何必去砍那几棵树呢？ 那抵几个钱啊！”

最后，他不得不按《村规民约》的规定，认了罚款。 其中“一百斤肉、一百斤米、一百斤酒”让村民吃了“合款酒”，“一百元钱”则拿去买了树苗，同时责成他栽在了砍树的山上。

喝“合款酒”那天，全村男女老少都来了，大家喝的是酒，但记下的是“村规”，是“警示”，是“提醒”。

自此，羊角坪的乱砍滥伐、偷盗林木之风彻底刹住。 随着偷伐、盗伐林木现象的大幅减少，山林看护的压力轻了、成本减了，不少青壮劳力也能安心投身到其他产业。村里400余亩集体林地上种植的优质“广木”，也不再需要时时提防偷盗。几年后，除去各类开支和村民分红，羊角坪村仅集体林地就为村里创造近30万元的收益。

如今的羊角坪，森林覆盖率达88%，天然古树群有苗冲椆木古树群、大树坪枫木古树群等。

受此次砍树事件“喝款约酒”的警示，其他违规现象也得到根治。

村民告诉我，“款约”制定出来后，大家都有了规矩意识，知道什么可以做，什么不可以做。群众的觉悟也一下高了，过去对一些违法、违规的事视而不见，更懒得去管，如今只要有人做违法违规的事，做违背“款约”的事，都敢站出来制止，也都会站出来制止，真正形成了齐抓共管的态势。

我想，这才是最难得的。

在羊角坪，成立了多个群众自治组织——“老龄协会”“红白喜事理事会”“关心下一代协会”“龙虾花保护协会”等。这些自治组织在羊角坪的乡村治理中发挥了重要作用，真正实现了“多元共治”。

村民们对我说：“你是写文章的，仅我们村的各种协会、理事会，就完全可以写成一篇大文章。”

然而，我还是对第一次听说的“龙虾花保护协会”最感兴趣。这里为什么会成立这么一个协会？专为保护一种花成立一个协会，这花又是怎样的一种花啊？我特别好奇。

村民见我对这个协会如此感兴趣，便兴奋地告诉我，这种花叫龙虾花，是一亿年前的物种，被称为“植物活化石”。由于地质运动，更由于生态环境的破坏，许多年来，这种花在地球上几近绝迹。近几年，随着生态环境的有效治理，此花在多地又慢慢“活”了过来。羊角坪的广坪河边就发现了一大片“活”过来的龙虾花，自广坪河河岸向两边山涧蔓延达一公里，密密麻麻，蓬蓬勃勃。

我马上上网查询，得知龙虾花在一亿年前的中生代白垩纪时期蓬勃生长在地球上，后来，发生的第四纪大陆冰川活动使得大部分地区的龙虾花灭绝，因此龙虾花有“植物活化石”的美称。为什么叫龙虾花？因其外形酷似我们吃的龙虾，人们从而给它取名“龙虾花”。龙虾花的“虾”头有两根卷须，“虾”身有一道一道的花纹，花柄像一根青丝线，所以又称“青丝吊龙虾”。它色泽艳丽，颜色丰富，有鲜红的，红如珊瑚；有金黄的，黄如琥珀；有紫色的，紫如葡萄。近年来，由于生态环境的逐渐恢复，在许多地方均有发现，比如湖南张家界武陵源、湖南郴州市桂东县、广西柳州的三门江国家森林公园、湖南永州双牌县阳明山国家森林公园等。特别是在张家界武陵源，此花广布于金鞭溪、十里画廊西海、天门山、黄石寨等地，一度被认为是张家界从上古留存下来的特有物种。

羊角坪发现龙虾花是在 2016 年 3 月，当时的报道称：“会同县此次发现的龙虾花生长于该县广坪镇羊角坪村和贵州省地湖乡岩古村交界处，当地茂林修竹、河水清澈、生态宜人，龙虾花沿山间无名野涧绵延数里至广坪河河岸‘野蛮生长’。据专家介绍，羊角坪的龙虾花比张家界金鞭溪龙虾花色泽更艳丽、花冠更丰满，更有观赏价值。此次龙虾花的发现，是继会同县发现植物‘大熊猫’、国家一级保护植物——‘中华水韭’后，在该镇的又一重大发现，强力佐证了该镇乃至会同县优良的生态环境。”

羊角坪发现“植物活化石”龙虾花“野蛮生长”的消息一传出，迅速引来了一大批省、市、县专家，他们通过考察调研与对比，发现羊角坪的龙虾花不但开得多，而且开得好、品质优。一则，该花为多头花卉，有别于独朵开放。二则，该花为序生花卉，即花朵有秩序依次开放，因此花期更长，更具观赏价值。

如此珍贵的“花”，肯定需要像宝贝一样保护，因此，他们成立了湘黔边界两省人共同参与的“龙虾花保护协会”，每天在河边巡查。还建起了“龙虾花保护基地”，培育、栽种龙虾花，使龙虾花在广坪河边的更多地方、更大范围、更加“野蛮”地生长。在人们的保护下，如今的龙虾花，更是蓬蓬勃勃，每到夏末秋初，成片的花朵竞相开放、争奇斗艳，在微风中宛如一只只活蹦乱跳的龙虾，吸引各地游客纷至沓来。

在村民的指引下，我来到生长这一“宝贝”的广坪河河畔。广坪河，是这一片大地的母亲河。它从靖州苗族侗族自治县九龙山发源，流程近百公里，流经湘黔两省20多个村庄，养育了湘黔两省十数万人口。历年来，由于沿河居民分属两省，谁也没有管，谁也没法管。于是，滥捕乱钓、滥围乱垦、滥挖乱采、滥排乱放、乱砍滥伐、乱饲乱养，不一而足，一条美丽清澈的河流不堪摧残，日积月累，变成了一条千疮百孔、水质浑浊、臭气熏天的“病河”。河里的石头裸露了，河边的青草干枯了，河里的游鱼绝迹了……

联合党总支成立后，“母亲河”的治理被提上了议事日程。大家一致认为，广坪河是大家的河，它流经地方多、流域面积广，仅靠一村两村、一地两地治理肯定不行，必须从源头开始，沿岸群众联合治理，才能起到效果。于是，联合党总支开展了“联合护河，重点整治”行动。沿河两省居民，统一部署，统一行动，禁渔，禁垦，禁采，禁排，禁伐，禁养……通过努力，河水清了，游走的鱼儿又游回来了，沉睡了上亿年的“龙虾花”也醒来了。

我驻足河岸，对广坪河进行认真观察，发现它的确是一条美得让人心动的河流：河岸青翠碧绿，各种植物竞相生长；河水清澈见底，成群结队的小鱼欢快畅游；河水在石面上流过，像绸缎般丝滑，只发出轻微的响声，仿佛梦中的呢喃；一只翠鸟，展开双翼，从水面上划过，蘸出圈圈涟漪。再看周围，竹丰林茂，溪涧清幽，云雾缭绕，空气清新，风景十分优美，如此之地，当然是龙虾花生长的绝佳场所。

再看“野蛮”生长的龙虾花，郁郁葱葱，像一块绿色的地毯，从河畔往四下里铺陈，直到山涧的尽头。一阵风来，碧涛涌动，绿浪翻滚，甚是动人。

也许是见有人走向了龙虾花，马上有人赶了过来。他自我介绍，是龙虾花保护协会的。我马上说：“我要找的就是你们协会。你们协会有多少人？”

他兴奋地告诉我：“有一百多人。”

“这么多啊！　都有哪些人？”

“都是交叉住在一起的两省村民，最开始只有 23 位村民参加，如今整个沿岸的村民几乎都参与了进来。”

“为什么想到要成立这么一个协会？”

“一来，这个花这么金贵，是植物‘活化石’，必须保护。　二来，这一天比一天好的环境，也得有人来保护。　三来，自从这里发现龙虾花的新闻宣传出去后，大波的人赶来观赏，其中有些修养差的，就偷偷将龙虾花拔走，说是带回家里种。　如果不保护，这一片花禁不住几回拔。　因此，我们就想着成立这么一个龙虾花保护协会。”

“你们平常都做些什么事呢？”

“要做的事可多了，比如看护与培管这些花，为游客做介绍，等等。　为了更大发展，我们还进行栽种，比如今年的 4 月，我们就在这条河的溪涧旁栽种了龙虾花幼苗 12 万多株共 15 亩。”

我忍不住赞叹：“你们为龙虾花做了这么多事，真了不起。”我接着问：“你们做这些有工资吗？”

他马上看不懂我似的，瞪着我看了好久，仿佛在问，怎么会提出这样的问题？　然后，他才说：“都是自己的事，拿什么工资？”

“两省的村民都这么齐心吗？”

他坚定地点点头：“现在两省的村民都非常齐心，再不是过去了，总爱分个我湖南，你贵州，现在只要是做公益，只要有人吆喝，不论哪一边，大家立马响应起来。”

说完这些，他带我来到一丛龙虾花前，眉飞色舞地介绍起来：“我们这里的龙虾花可漂亮了，你来得不是时候，如果再过一段时间，花都开了，那才叫一个好看，一朵朵五颜六色的花盛开在绿叶间，就像一只只五颜六色的龙虾在绿波里跳动，如果你见到，由不得你不欢呼。”他说得声情并茂，我早被他的一番介绍感染，心中涌起了股股暖流。

看着眼前被保护得郁郁葱葱的龙虾花，我想到了整个村的生态环境保护问题，问："你们协会除了保护龙虾花外，还保护其他树木花草吗？"

他坚定地说："保护啊。龙虾花只是一个点，当然是一个重要的点，其他破坏生态环境的事，我们也都管，比如这条广坪河，我们不但管河畔的花，也管河里的水、河里的鱼，只要有人在这河里干不利于生态环境的事，我们都管。"

他进一步告诉我，如今羊角坪，森林覆盖广，空气质量一流，是天然的氧吧。在如此生态环境里生活，人的心情好，人均寿命也长，90 岁以上的老人有一大把。

听了他的叙述，我下意识猛吸了一口空气，顿时有一种清脑醒目的感觉。还真是的，清爽中带着丝丝甘甜，甘甜里又透着点点清香。有如此好的山水，如此好的空气，难怪连沉睡了上亿年的龙虾花都会醒来。

由于治理效果明显，2019 年 12 月，羊角坪村被农业农村部、中宣部、民政部、司法部联合授予"全国乡村治理示范村"；2020 年 12 月，羊角坪村人民调解委员会又被司法部评为"全国模范人民调解委员会"。

昔日连村干部都"怕劝架"的"问题村"，一下拿回两块"国字号"招牌。羊角坪，由一个矛盾重重的"问题村"脱胎换骨，转瞬变成了首屈一指的"模范村"，由一向纠纷不断的"问题边界"一跃而成为远近闻名的"美丽世界"。

## 一个村庄的"诗与远方"

古书上说"上控云贵，下制长衡"，说的就是湘黔古道。这条古道兴于秦汉，至明清更臻完备，一直延伸至南亚、东南亚等国，清朝时称"烟银特道"，被誉为中国"南方丝绸之路"。

羊角坪境内就有这么一段古道，是湖南西南地区通往云贵乃至东南亚的主要通道。仅村内的朝阳界段，至今还保留着1365级古青石台阶；朝阳界顶，还留有古代专门用来守卫古道的军营遗址，当年为守护这里的古道，驻扎了专门的部队，由此可见当年这条古道的地位。

就在这条古驿道旁，一条由湖南通往贵州的高等级公路穿村而过，东起湖南会同县城，西连贵州天柱县城，再一路向西，三穗、剑河、凯里、麻江、贵定、贵阳，通往云南……

早些年，羊角坪村想在这条路上的两省交界处修一座招呼站，因为羊角坪很多村民杂居在贵州的寨子里，他们进县城、去镇里办事都得在路边等车，而这段路又远离住房，周围连个遮阴躲雨的地都没有，以致等车的村民长期日晒雨淋。于是大家强烈要求，建立一座招呼站。

会同县交通局同意立项建设招呼站。他们负责建设资金和建筑材料，建设用地由村里协调解决。

通过现场勘测，最理想的选址为贵州省黄东村刘家寨，是湖南与贵州咬合得最紧的交界地，这里地势平坦，路面直，视角宽，是建招呼站的不二地点。杨汉德信心满满地来到黄东村，找到当时的村支部书记，开门见山地说：“为方便两省边界群众，我们那边交通局出钱，想在刘家寨这地方建一座招呼站，想征一点地。请您支持，帮忙做做工作。”

黄东书记顿时面露难色，迟疑地说：“建招呼站是好事。可这地是私人的，不知道征不征得到？”

杨书记说：“我想应该是没有问题的，我们又不白征，按政府规定的价格付征地费。”

“那好吧，我们去试试。”黄东村书记勉强应承下来。他带着杨书记来到地的主人吴才勇家。

两位书记说明来意后，吴才勇的父母说：“我们做不了主，地是儿子的，你们去找我们儿子。”

儿子在外面打工，每年只有春节才回来一次。老人拨通儿子电话，电话那头，吴才勇说：“全村还有那么多地，为什么偏偏看上我的？我又不在家，怎么征？”说着就将电话挂了。

首战遇阻。杨汉德向黄东村书记求援，要他再做做工作，黄东村书记显然不是很乐意，说：“现在这地都分到了私人家里，地是他的，他不肯征，我们也没有什么办法。”

听到这样的话，杨汉德书记心里很不是滋味。这时，县里又在催工程进度，没有办法，只得在湖南自己的地盘上找。最后，在公路拐弯的凸起处找到了一小块地，刚好够建一个招呼站。

通过努力，崭新的招呼站建成。然而，因招呼站建得不是地方，既拐弯，又凸出，还地窄，建成后的第三天，就被一辆直面冲来没来得及刹车的重型大卡车撞倒。一座崭新的招呼站，还没“招呼”上一个人，顷刻间就化为一片废墟。

看着眼前的一切，杨汉德书记心在流泪。如果建在原来选定的贵州的刘家寨，就不会出现这种情况。杨书记的一片心血付诸东流。

联合党总支成立后，建设招呼站的梦想在杨汉德的心里又复活了。他将这一想法向已经是联合党总支委员的黄东村书记一说，书记果断地说：“行，我们共同努力，把这招呼站建起来。”

杨汉德再次向县交通局申请项目，县交通局马上立项，并要他们尽快实施。

之后，杨汉德根本不用去黄东村，仅与黄东村书记打了几个电话，征地问题就给解决了。又过了不长的时间，一座崭新的“湖南的”招呼站，就屹立在了“贵州的”地盘上。

这些年，农村多地都修建了招呼站。但在我固有的印象中，农村招呼站大多数修得简陋，几根柱子一立，瓦一盖，几条长凳子一摆，一座招呼站就算建成。这样的招呼站，仅能为等车或过路的人提供一个遮风挡雨、临时歇脚的去处。而矗立在眼前的招呼站，竟建设得如此气派，真令我想象不到。它借助侗族房屋的建设风格，穿斗横梁，悬山屋顶，红柱青瓦，飞檐翘角，极具民族特色。“湘黔边界招呼站”几字悬挂其上，笔走龙蛇，苍劲有力。

招呼站里，还安装了供候车群众休息的座椅，座椅上一尘不染。

正当我欣赏招呼站时，“突突突——”一辆摩托车停在了我身旁。车上下来一戴红色头盔的中年男子。杨书记一眼就认出了他，就是这块地的户主吴才勇。吴才勇也认得杨书记。

杨书记上前握住吴才勇的手，说：“很久没见到你了。”

吴才勇说：“我一直在外面打工，昨天才回来，听说修了个特别漂亮的招呼站，今天特意来看看。还真的漂亮。”

吴才勇边说话，边取下头上的头盔。一个精明能干、落落大方的男子出现在我面前。

杨书记说：“这还得谢谢你，如果没有你的支持，没有你贡献的这块地，再漂亮的招呼站也修不起。”

吴才勇马上说：“你客气了，这也是我们应该做的。”

他告诉我们，第一次提起修招呼站，他思想确实不通，因为那时两省人之间有矛盾，打内心里真的不想将地让给湖南。这几年成立了联合党总支，把两省人团结在了一起，感觉亲近了好多，融洽了好多，一有矛盾纠纷就及时得到了处理。不像从前，两省的干部相互推诿，有了矛盾纠纷，老是推，老是拖，总得不到解决。那时两边的干部也都只为自己的村说话，有时还暗地里鼓动自己这边的村民去闹。你说，连村干部都是这样子，群众还能怎样？这几年成立了联合党总支，大家从两省人变成了一家人，什么都好了，加上联合党总支的工作，群众都看在眼里，记在心里。所有大家气都顺了，两省之间的村民也亲近了，搞公益事业也积极了。当时村里的书记来家里做工作，他父亲打电话给他，说湖南又要在他的那块地上修招呼站，问他同不同意。没等他回答，村里的书记就从他父亲手中拿过电话，说，这个招呼站的项目虽然是湖南那边的，但方便的是两边的群众，湖南的地盘上确实没有恰当的地点，最恰当的地点，就是你的这块地。我们想在你的这块上修，希望你支持。他马上说，支持是肯定的，可是不对啊，湖南修招呼站，也该是湖南的人来跟我说啊。书记说，现在我们边界都是一起的了，我来说与湖南人来说都一样。你就不要再分湖南、贵州了。再说，湖南将招呼站修到了我们家门口，方便的是我们啊，我们感激都来不及呢！听书记这一说，他马上说，那行，我父亲在家里，叫他作主就是了。父亲听儿子这样一说，马上答应，修吧。就这样，招呼站的选址很快就确定了下来。

有了地，马上动工。很快，一座气派的“湖南的”招呼站就屹立在了“贵州的”地盘上。

杨汉德说：“我原来以为选址会磨很久，想不到这么快，就一个电话解决了问题。我怎么也没想到，如今两省边界的人竟突然变得如此友善和大度。”

吴才勇说：“这是好事，招呼站又不是为哪个人服务，大家都受益。再说，这土地本来就是国家的，国家要搞建设，你没道理不准啊。后来，我父亲问我，要多少钱。我问，要占多少地，父亲说，也没占多少，就一点点。我马上说，一点点，就不要钱算了。就这样，招呼站就这样修起来了。这么漂亮的招呼站在这一修，这里一下亮堂了，群众出行也方便多了。我父亲说，这还得感谢湖南的项目哩！”

杨汉德忙说：“你们父子客气了，应该感谢你们。剪彩之日，我曾找到你爹，给你付征地款。你爹和你说的一样，说，又没占多少，就算我们家为两省边界做点小贡献。听到这样暖心的话，我当时眼圈一热，差点流出泪来。”

吴才勇忙说：“千万别，这是我们应该做的。今后村里有什么事，尽管吩咐。你们在这里再玩玩，我还有事，先走了。”

说着，戴上头盔，跨上摩托，疾驰而去。

杨书记说，村里的矛盾纠纷少了，人们的心和了、气顺了，边界之地也一天天安宁了，村党支部终于可以腾出手来谋村民的发展了。

发展的第一步，就是找到能带头脱贫致富的能人。

一李姓村民（他不愿意写他的全名——作者注）进入了杨汉德的视野。

这村民，肯想、肯干，还不怕吃苦。年轻时，他本来就想大干一番，搞出点名堂来，但只因当年村里矛盾纠纷多，没有发展的条件和环境，他只得带着妻子逃离般离开羊角坪，外出打工。在外面，他换了多地，干过很多工种，死攒硬攒，手头总算有了些余钱。可天不帮他，老婆一场大病，不但将手头攒下的钱用得精光，还向亲戚借了上万元的债，一夜之间成了村里建档立卡贫困户。

他满身疲惫地回到村里。正值此时，联合党总支成立，市里派出的扶贫工作队也进驻了村里。他从联合党总支纠纷的调处和工作队的真抓实干里看到了希望。他想，欠了那么多债，不去拼死闯一闯、搏一搏，恐难翻身，贫困户的帽子恐难摘掉。他找到杨汉德书记和工作队丁队长。

杨书记和丁队长问他：“有什么打算？”

他说：“想搞种植。”

“种什么？”

他想到离他们不是很远的广西种了一种反季节水果——春橘，属于晚熟柑橘品种，每年春季下树上市，价格不菲，利润可观。他说：“我想种这种橘子。”

杨书记、丁队长都觉得他是一个有勇气、有想法、有办法的人，决定重点扶持他，使之成为脱贫致富的带头人，便说：“行，你先去广西考察一下，看别人是怎么种植的，效益如何，如果可行，回来我们帮你想办法申请扶贫贷款。”

他怀揣村支书与队长的叮嘱，前往广西。在考察中，他发现这项产业周转时间长、资金投入大、技术含量高，不适合草根创业。他顿时泄了气。正当他一无所获打算回家时，从当地一农民口中得知，种罗汉果划算，罗汉果一年就能挂果，投资少、见效快，市场也比较稳定。他突然想起，自己多年前，曾经在广西桂林打工时帮人种过罗汉果，有这方面的技术，只是这么多年过去，他已经不知行情。他马上将考察重点转到罗汉果上，走进当地农民家里，进行深入细致的了解，终于得出结论：种罗汉果比种春橘更合适。

他收获满满地回到家里，将考察的情况与杨书记和丁队长一说，两人都十分支持。马上着手为他筹集启动资金，通过努力，他们为他贷来5万元的扶贫贷款。

拿着贷来的5万元，李姓村民携着妻子，带上铺盖卷，潜入深山，住在没水没电的窝棚里，开荒垦地。每天天未亮上山，天不黑不归，十天半月不回村里的家一次，亲戚朋友都说两口子成了“山中野人”。

“山中野人”在山里一干就是大半年，50亩荒山终于开垦出来。紧接着，整地，挖坑，立桩，拉线，搭棚，下肥，栽苗，抚苗，上棚，留蔓，分藤，点花……十几道工序，每一道工序都必须用手去做，每一道工序都不能有丝毫含糊。不但苦，而且累。几个月没理一次发，真的像山中“野人”。

几年后，我前去他家采访时，说起这一段，他仍然忍不住不断地摇头。他找出当时拍的几张照片递给我，每一张照片都无不显示当时的困苦与艰辛。

第一张照片，是他们居住的窝棚，由几块塑料布和一些杉树皮混搭而成，呈“人”字形，棚后抵着山坎，棚前边就着一棵树，完全就是原始人类的“窝居”。如此简陋的窝棚，不足以遮风挡雨，不知道当年他们是怎么克服春天梅雨的浇淋、夏天蚊虫的叮咬、冬天寒风的侵袭的。

第二张照片，是他们用石块与泥土垒成的简易土灶，一口断了把手的饭锅，孤独地摆在灶堂上。不敢想象当年两口子是怎么在如此简易的灶上用一口断了把的锅完成一日三餐的。

第三张照片，是几个用圆木桩做成的凳子，这就是他们当年全部的“家具”。

第四张照片，一根拴在棚子里的绳子，搭满了春夏秋冬的衣物，这就是他们的“衣柜”。

……

他见我看那些照片时紧锁了眉头，轻松一笑，说：“穷怕了，只有用自己的双手辛苦挣钱。创业哪有不艰苦的？你说呢？”

我坚定地点点头：“是啊。可你们的创业比别人更艰苦。”

他说：“我是农民，我不怕劳累，就怕穷帽子戴着丢人。”

他想起当年“获评”贫困户的情形，说：“心里很不是滋味。谁愿意去当那个贫困户啊，说出来都丢人，没有办法，家里遇到了困难。”

他就是憋着这么一股劲，硬要把这顶“贫困帽子”一举甩掉。

最后，他不但甩掉了“贫困帽子”，还成了当地有名的富裕户。他的罗汉果园，果实累累，秋天采摘时，广西一家生物公司主动上门收购。50亩山地，收入36万元，除去成本，净挣26万元。

他成功的消息，像长了翅膀般，迅速在羊角坪及附近的村子里传开，村民纷纷跑来取经。村党支部与工作队从群众的热情中看到了希望，紧抓这一时机，一边动员村民们跟着他学，一边积极帮助他协调流转土地，将这个产业做大、做强。

在村党支部和工作队的共同努力下，羊角坪“有机罗汉果种植示范基地”脱颖而出，并马上辐射、带动湖南、贵州两省接边地群众种植罗汉果1100余亩。

他的付出再一次获得成功，那一年，基地里的罗汉果获得全面丰收，且全数销出。他得到乡亲们的普遍赞誉，成为公认的致富带头人。

紧接着，村党支部帮助协调，建立起了羊角坪“罗汉果种植专业合作社”，引进国内罗汉果产业龙头企业——湖南华诚生物公司合作，签下种植2000亩的合同，还邀请了德国BCS有机食品认证机构前来进行生态有机认证，获得通过。此后，又建成了年加工200万个罗汉果的加工厂，年总产值达240余万元，使边界各村年人均稳定增收800余元。之后，规模进一步扩大，羊角坪就此成为周边罗汉果种植的核心基地。

而最受益的还是当地的村民。特别是一些贫困户，不但一举脱贫，而且在致富的路上越走越欢。

比如刘声齐，妻子瘫痪在床，自己不能外出打工挣钱，家庭非常贫困。

2017 年，种植罗汉果 4 亩，当年收入 2.5 万元，之后他扩种到 30 亩，用他自己的话说，“每年躺在罗汉果树下数钱”。

再比如陈美光，身患残疾，2017 年试种 5 亩，收入 3 万元，之后他扩种至 10 亩，每年收入不下 6 万元。他说：“作为一个残疾人，有这么高的收益，心满意足了。”

……

“罗汉果种植基地”的建立和“罗汉果种植专业合作社”的成立，为羊角坪及周边各村的经济发展注入了一剂兴奋剂。迅即，一大批产业基地——“香提葡萄种植基地”“生猪养殖基地”“黄牛养殖基地”“魔芋种植基地”“油茶种植基地”等如雨后春笋，次第出现在这片古老的土地上。

这些基地的建立，不但全面激活了羊角坪的经济，而且全方位带动了两省边界的产业发展，使两省边界 1000 多名贫困人口实现脱贫，还产生了一大批像李姓村民这样的专业户，真正的“带活一方”“带富一片”。

一系列爱民、暖民、便民的民生工程也在这“带活一方”“带富一片”中横空出世：

——11 条 40 余公里“同心路”建成。

——7 座“连心桥”通车。

——2 座“同心坝”加固。

——22 条 27 公里“团结渠”通水。

——13 个蓄水池开闸。

——23 口卫生饮水井启用。

——2 个民族边贸市场开市。

——300 盏太阳能路灯通明。

——开发了“得胜寺”“油神庙”“九刀岩”“德政碑”“朝阳界古驿道”“千年古树群落”等数十个乡村游景点。

——打造出了湘黔边界民族文化长廊。

……

羊角坪，一个边远偏僻的穷山恶水之地，终于实现了华丽而气派的转身。

最大的变化，还在村民的精神生活。

正如村民们说的，大家生活条件好了，就又有了更多的追求。

唱歌，就是其中之一。

唱歌，本是这片土地上村民的传统，这里自古就有“饭养身，歌养心”的说法。他们告诉我，两省交界的这一片土地，有四十八个著名的古寨子，俗称“四十八寨”。四十八寨人，生来喜欢唱歌，几乎每个寨子都建有自己的歌场，也称“四十八歌场”，如“岩湾歌场”“天华山歌场”“大贡堡歌场”“两头坳歌场”“阿婆坳歌场”“龙凤山歌场”等。这些歌场，均有上百年历史。过去，每个歌场轮流作庄举行歌会，十分热闹。有一首歌这样唱道：“三月初一天华山，三月初三石榴界，五月初五细草坪，五月十五两头坳，六月土王赶平芒，六月十五龙凤山，七月初七三门塘，七月十五赶麻阳……”每当举行歌会，四十八寨的男女老少齐出动，或男女对唱，或不同寨子对唱，直到唱得分出输赢才罢休。除了这些大型的歌会，还经常举行一些小的集会，进行对歌。即便是红白喜事，唱歌、对歌也是主打节目。生产劳动的间隙，也以唱歌、对歌为主要的娱乐方式。唱完歌，心情舒畅，精神饱满，精力充沛。所以说，饭养身，歌养心。饭与歌，一个都不能少。特别是当吃饱穿暖后，歌便成了“比饭还重要”的东西。

联合党总支根据这一民族特点，筹集资金，对多个传统歌场进行修复，并在羊角坪新建了“湘黔边界民族舞台”和“羊角鼓楼”等文化表演场所，还经常组织歌会，比如在羊角坪举办了“三月三”民间歌会、“九九重阳”歌会、边民文艺联欢会，在贵州岩古举办了“边民春晚”，在贵州新市举办了“七月七”民族歌会，在贵州竹林举办了“四十八寨歌节”，等等。

以“三月三”歌会为例，短短几年，就在羊角坪连续举行了五届，一届比一届人多，一届比一届影响大。

农历三月初三，是侗族、苗族等少数民族的重大传统节日，每到这一天，都要举行盛大集会以示庆祝。

侗族，将这一天定为“花炮节”，是除了春节和侗年之外的最重要的节日。每年的这一天，侗族村寨都将举行抢花炮、斗牛、斗马、对歌、踩堂等一系列活动。相传，古时侗家的原始属地总是以桐树开花时为插秧节。但有一年桐树没有开花，结果误了农时，为了吸取过去的教训，每到三月初三，人们便吹芦笙、唱歌，举行抢花炮、斗牛、斗马、对歌、踩堂等活动，并走访亲友，相互提醒该忙农事了。

侗族青年男女则把这一天作为谈情说爱的日子。因此，在一些地方，又将这一天定为侗族的“情人节”。侗族三月三，节期为五天。三月初一，家家户户便开始准备。初二，姑娘们相邀到河边捞鱼抓虾，并与小伙子们在坡上备办野餐。初三清晨，姑娘们精心打扮后，提上精巧的竹篮，到菜园采来满篮葱蒜，在泉边洗净，排成一字长龙，站在水边小路上，羞涩地挥动篮子，悄悄地向山坡上张望，等待情郎讨取。此时山坡上早已站满了穿着整洁青布对襟上衣的小伙子，见姑娘们来到，便在人们善意的哄笑中，一个跟一个走上水边小路，当众向意中人讨篮。得到者，会迎来一阵“噢噢”的赞叹声，小伙子可与姑娘悄声约定还篮时间。讨不到篮子的小伙子会招来围观者“嘘嘘”的嘲讽声，而后在寨旁的山坡上对歌，以歌声继续寻觅知音，一直唱到天亮。这天中午，人们集中在寨中心的场地上欢歌狂舞。三月初四还要举行盛大的化装舞会。初五下午要为前来观看的邻近村寨的客人举行欢送仪式。

在苗族，“三月三”是与“清明节”“重阳节”并称为“苗族三大节”的重要节日。每到这一天，苗族人民都会换上节日的盛装，举行盛大的活动。对歌，跳铜鼓，斗牛，祭祖，展才艺，做美食，等等。而这一天的来历，也有多种说法。其中一个美丽的传说传得很广。相传在很久很久以前，苗族土官的女儿阿达诺爱上了苗家的一个放牛郎岩诺，土官特别生气，说凤凰鸟怎么会和盯盯雀共舞？就把女儿锁在了吊脚楼里，不让她出去。与此同时，男方的老人也劝男孩说，金银花与地八菜同不了一个心。但是男孩每天赶牛回家的时候，都会到吊脚楼下去看阿达诺。每到这个时候，阿达诺就会用歌声来表达自己的心情，岩诺也用歌声进行回复，两人通过歌声传情、对话，并悄悄约定，三月三见面……他们的爱情感动了天上的仙姑，最后，在仙姑的帮助下，成全了他们美好的姻缘。为了纪念这对追求爱情的青年，从此，每到三月三，苗族人民都会聚集在一起，举行盛大的活动，尤以山歌对唱最受人民喜爱，慢慢地，发展成为盛大的歌会。

联合党总支就是根据侗族、苗族人民的这一些特性，精心组织了每年的“三月三”歌会。

2023 年 4 月 22 日，又一届歌会在羊角坪村举行。羊角坪村部大院，张灯结彩，喜气洋洋。迎着春日的阳光，杨汉德领着身穿节日盛装的 50 多名芦笙队队员，整齐排列在村部大院门口，用悠扬的芦笙曲和欢快的芦笙舞，喜迎四方宾客。

来自湖南、贵州两省“四十八寨”的数千名群众欢聚在一起，仅上台对歌者就达五百多人。大家用“黄桑姑娘”“春天花蝴蝶”“芦笙踩堂”“采茶舞”“铜鼓祈福”“山歌对唱”等一系列节目，展示苗、侗人民热情好客的礼仪文化、欢快激情的歌舞文化、含蓄率真的爱情文化和五彩斑斓的服饰文化。特别是“你方唱罢我接腔”“你起歌头我接尾”的山歌对唱，将活动推向高潮。

在设在羊角坪村部的联合党总支会议室里，杨汉德给我回放了这次歌会的录像，录像里一个个欢快的画面，将我带回那日的现场。

山歌对唱开始，首先是一名羊角坪的群众代表唱响《开场歌》：

“湘黔歌海浪滔滔，两省边界起歌潮；宣传歌颂新时代，苗侗儿女热情高……”

开场之后，进入正式对歌环节，一名身穿侗族盛装的女歌手唱起了《盘问歌》：

"唱歌要问歌的根，歌是哪年哪月生；歌原生下几姊妹，几个姊妹几个名；大的安名叫哪样，小的安名叫哪音；你是哪家唱歌首，请你出来唱分明。"

另一名男性歌手马上接腔，唱《答复歌》：

"唱歌要问歌的根，歌是开地盘古生；自从盘古开天地，三皇五帝到如今；自从老的先唱起，留在凡间诉苦情；大的安名七仙女，小的安名叫嫦娥；祖先文盲唱歌首，从古相传到如今。"

一"盘"一"答"后，对歌正式开始，一大群歌手轮番上场。

甲："彩绸飞舞穿盛装，姑娘小伙俏模样；锣鼓喧腾喜洋洋，欢天喜地大声唱。"

乙："唱出天地多吉祥，唱出好事又成双；唱出时代好声音，唱得心花又怒放。"

丙："这个春天不平常，时代钟声正敲响；乡村振兴威力大，农民挺直铁脊梁。"

丁："这是一个美丽的时代，山乡焕发从未有过的神采；联合党总支团结所有村寨，引领大家走向美丽的未来。"

……

用大量歌曲礼赞过时代后，又回归传统，用男女对唱的方式，歌颂美丽爱情：

一男的高声大喝："高坡头上有块田，挖了三年挖不圆；情愿丢田发茅草，不愿丢妹别人连。"

一女的马上接过腔调："高坡头上栽棵药，当到太阳栽不活；花言巧语哥会讲，不知哥心是如何。"

男的再唱："海上无风浪不成，树上无风枝不移；哥是真心无假意，砍柴不断刀不离。”

女的又唱：“生要连来死要连，不准哪个说慌言；若是真心无假意，愿结金兰万万年。”

男：“海上无风浪不高，树上无风枝不摇；哥是真心无假意，砍柴不断不丢刀。”

女：“生要跟来死要跟，不准哪个起歪心；若是真心无假意，愿结金兰万万春。”

男：“围腰飘带要须多，挽个疙瘩丢过坡；千年不给疙瘩散，万年不给妹丢哥。”

女：“三月秧子嫩悠悠，四月秧子正发蔸；金口玉言说的话，只准成双不准丢。”

男：“围腰飘带要须长，挽个疙瘩丢过墙；千年不给疙瘩散，万年不给妹丢郎。”

女：“三月秧子嫩叶叶，四月秧子正发节；金口玉言说的话，只准成双不准拆。”

……

一天时间很快过去，参加集会的人们还意犹未尽，纷纷表示，明年还会再来。录像里，就有多位现场接受采访的人，表达了自己的心声。

贵州省黔东南州级非物质文化传承人、贵州高级歌师彭泽汉说：“‘三月三’是春天的象征，也是祈求丰收、祈求平安的重要日子。这次羊角坪‘三月三’歌会，贵州来了16支队伍，在这个美好的节日里，我们满怀感恩喜悦之情，穿上节日的盛装，尽情对歌，尽情舞蹈，品尝美食，感受民族文化的独特魅力。明年我们将组织‘四十八寨’中更多的队伍前来参加。”

羊角坪村当地的歌师杨新秀说：“歌就是我们的根，歌就是我们的魂。过去，为了唱歌，村民四处赶歌场。如今，两省边界村民之间的矛盾纠纷少了，大家团结了，心齐了，人们的生活也好了，更想唱歌了。现联合党总支在我们家门口办起了歌会，叫我们怎么不高兴？ 我们不但要把唱歌这一传统传承下去，更要把内心想说的话用歌唱出来。 现在，喜欢唱歌的我们天天有歌唱，天天把日子放在歌里过，幸福得不要不要的。 这一切真要感谢党、感谢国家，感谢这个好时代。 所以，每年的歌会，我都积极参加。 明年，我还会带上我的孩子们都来唱。”

有“四十八寨”“歌王”之称的龙金香说：“在我们这里，也跟东北人‘宁舍一顿饭，不舍二人转’一样，宁愿一餐饭不吃，也要唱歌。 中共湘黔朝阳联合总支部委员会成立后，干了一系列深得民心的事，两省边界的人们赞不绝口。 举办‘三月三’歌会就是被人们称道的大好事之一。 如今，歌会已经举办了多届，活动越办越好，名声越来越大，影响越来越广，参加的人员也越来越多，深得民心。”

杨汉德书记告诉我，这个龙金香不但是四十八寨“歌王”，还是湖南靖州苗族侗族自治县大堡子镇大木村的党支部书记。 大木村虽然没有与羊角坪的土地直接接壤，但离得不远，中间只隔了一个村。 他们村也与贵州的多个村接壤，也属两省边界的交接地。 他们闻讯羊角坪等九个村成立两省边界联合党总支后，也提出申请，想加入进来。 联合党总支同意他们加入，只待派人前去考察和商谈。

看完录像资料，听着杨汉德书记的介绍，我对这个四十八寨“歌王”突然产生了浓厚的兴趣，我对杨汉德书记说：“我想去这个希望加入联合党总支的大木村看看，更想去拜会拜会这个‘歌王’。”

杨书记爽快地答应：“好啊。”当即与龙金香联系。

经过一段时间的跋涉，我们来到了与贵州省竹林村混住在一起的大木村。 见到了“歌王”龙金香，一个头发浓密、皮肤黝黑、全身都充满精气神的女人。

“歌王”龙金香，苗族，天生有一副好嗓子，她唱的歌，声音洪亮，音质好，特别是高坡腔、河边腔等腔调，韵味十足。 而且她还具有即物起兴、随事押韵的本领，对歌时，能信手拈来，好多人都对不上她的歌，十里八乡，没有人是她的对手，曾多次代表乡、县、市、省参加过各种原生态歌唱比赛，获得过诸多大奖。2016 年，被授予县级传承人，后来又被授予市级传承人，目前，已经提交了申报省级传承人的材料，只等省里认定。

龙金香的家族，有唱歌的传统，太公太婆、曾祖父曾祖母、爷爷奶奶，都是村里有名的歌师，经常带领村民参加四十八寨赶歌场。父亲更是当地出了名的歌手，村里每家收亲嫁女打三朝，都要请父亲去唱歌。母亲不但能唱，而且善舞，还打得一手好腰鼓，村里开展活动都是母亲当领队，四十八寨赶歌场“围堂子”，唱款歌，比口才，母亲都能随机应变，三国演义、盘古开天地、屈原等历史事件及历史人物能唱答如流，酒歌、三朝歌，样样精通。龙金香从小就受到父亲母亲的熏陶，小小年纪就会唱许多曲子，初中毕业后，便开始和村里的姐姐们一起去赶歌场，最终唱成了“歌王”。

为了传承苗族山歌，她还收集了 4 本民间歌书，手抄了 200 多首民歌，自编歌词 100 多首。在家里开了一个四十八寨山歌传习所，凭着自己多年掌握的对山歌不同腔调的唱法技巧，每个月用五天时间组织培训，学徒从十多人发展到五十多人。她还专门建了一个微信群，教唱四十八寨山歌，每天有上百人进群学唱。她还把山歌带进小学课堂，从娃娃抓起，一个学期应邀到学校上六节课，如今，三年级以上的孩子基本都会唱四十八寨山歌。

正是由于她对民族文化传承所做的贡献，在前几年的村委会换届选举中，她高票当选为村委会主任，去年在党支部换届选举中，又被选为村党支部书记。当上书记后，她便开始琢磨加入湘黔朝阳联合党总支的事，她说：“早就知道羊角坪等九个村成立了联合党总支，并为群众做了很多实事，使两省边界发生了翻天覆地的大变化。前不久，我们县里的领导来这里调研，也向我们推荐了联合党总支，说联合党总支真正做到了‘共建共治，共建共享，共建共富’。如今，我们已经向联合党总支提出了申请，希望早一日融入到这个温暖的大家庭中去。我把自己的微信名都改成了‘湘黔一家’。改微信名有两层意思，一是我娘家是贵州天柱县竹林乡的，我嫁到了湖南的大木，组成了‘湘黔一小家’；二是如今我们申请加入湘黔朝阳联合党总支，与这个大家庭组成‘湘黔一大家’。”

最后，我们说到了唱歌，说到了羊角坪举行的“三月三”歌会。

她说：“几个月前，听说羊角坪举行‘三月三’歌会，我们都好高兴，姐妹们穿上节日的盛装，风风火火就去了。一到现场，我们就被那热闹的场面感染了，我们情不自禁，走向舞台，开口就唱。”

说着，忍不住模拟当时的情景，唱了起来：“美好时代人民夸，两省边界多变化，和谐稳定日子美，唱支山歌献国家……”

我明知故问：“为什么要这么唱？”

她说：“如今，日子这么好，生活这么美，而且喜欢唱歌的我们天天还有歌唱，我忍不住随口就来了……”

多好！

她唱的是心声，夸的是时代，代表的是人民。

在羊角坪的几天采访很快结束，告别杨汉德书记时，他突然对我说：“我还想带你去一个地方。”

我问：“什么地方？”

“到了你就知道了。”

我随他来到广坪河畔的村民休闲广场，一座美丽的雕像顿时吸引了我的目光。

一位婀娜多姿、赤裸着周身的美丽少女，倚躺于礁石之上，轻蹙双眉，眼含浅笑，香肩凝露，肌肤胜雪。修长的身材，如一条修长的鱼，在水里漫游。圆润的曲线，波浪般起伏，光滑温软，散发着青春的活力。一头美丽的秀发如春云般堆拥，自脸颊流泻而下，淌过胸前，激起阵阵波澜。纤细如嫩笋的手，伸进发丝，轻轻梳理，雅优优，意迟迟。一低头，一回首，一种冰清玉洁、楚楚动人的姿态，流泻而出。阳光穿过尘埃，温暖地照在前额上，世界一片安祥……

我问杨汉德：“在这里竖立这么一座美丽雕像，有何深意？”

杨汉德说：“这是根据发生在此地的一个传说建造的，叫‘仙女梳头’。”

相传，很久以前，有一位美丽的仙女，经常来这河里沐浴，沐浴过后，便以近旁的一口水井为镜，梳头。一天，一正在河边放牛的放牛郎，远远看到了洗浴梳头的仙女，被仙女的美丽深深吸引。回到寨子后，将所见告诉寨里人，有人给他出主意，说下次如果再看到她，就去问她：“十八姑十八姑，为何还不嫁丈夫？”后来，他再次去此地放牛，果然又看到了洗浴梳头的仙女，他怯生生地走拢去，按人指点的问：“十八姑十八姑，为何还不嫁丈夫？”仙女看着他，眉清目秀，且一脸善良，便说：“放牛郎放牛郎，要定乾坤才嫁郎。”

可是，此后，他再去河边，再也没见到仙女。他十分郁闷，有些责怪给他出主意的人，让他去问，一定是仙女不高兴了，才有意不让他看到。

实际上，并非如此。

过去，这里很不安定，不但自然灾害频繁，还经常有妖魔鬼怪出没，加上地处边界，少数民族部落、族群争斗不断，闹得这方天地不得安宁，生活其中的边民处于水深火热之中。仙女经常在这里洗浴，深感这方土地上的百姓的不易，于是想帮这里的百姓。她上天向玉皇大帝禀报民间疾苦，请求少些灾害，并派天兵天将降妖除魔，只要玉皇大帝答应她的请求，她愿意降落凡间，为民除害，团结边民，建设边地。玉皇大帝答应了她的请求，减少灾害，降妖除魔，并将她打入凡尘。来到凡间的她，找到了牛郎，与他结为夫妻。夫妻两人同心同德，团结边民，建设边地，使这一方天地从此安宁，实现了“要定乾坤才嫁郎”的诺言。若干年后，仙女仙逝，化作一块“梳头”状的巨石，倚躺在她经常洗浴梳头的河边，镇守这方土地的平安。从此，河水清澈，井水甘甜，人们用河里的水浇灌庄稼，年年五谷丰登；挑井里的水饮用，个个健康长寿，整个边地的人民过着幸福美满的生活。

后人为了纪念这位仙女，将仙女梳洗的地方称为“仙女湾”，将那一块“梳头”状的巨石命名为“仙女梳头”，是村里的重要景观。遗憾的是，前些年扩建公路，将“仙女梳头”景观填埋了。

乡村振兴开展后，联合党总支决定恢复“仙女梳头”景观，并在“仙女湾”建立村民休闲广场，从外地请来艺术大师，为仙女塑像。

杨汉德说：“塑像有两层意思，一来传承美丽故事，二来礼赞伟大时代。因为有人说，我们联合党总支就像这样一位仙子，呵护着村庄的平安和美丽，呵护着百姓的安康与幸福。”

我恍然大悟。

多么美丽的仙子！

看见了她，就看见了两省边界的美丽；看见了她，就看见了一村人的日子；看见了她，就看见了山乡巨变的灵魂。

美丽乡村在美丽传说中更加美丽。

## 第二章
# 古寨“远”村正年轻

【远村提要】

骆团村，隶属湖南省怀化市通道侗族自治县独坡镇，为湖南、贵州、广西交界处的边远村庄。离省城 665 公里，离怀化 220 公里，离县城 98 公里，是远村中的“最远村”。

一足踏三省（区），三省（区）共鸡鸣。

三省坡，湖南、贵州、广西三省（区）交界之地，越城岭、雪峰山脉和苗岭山脉三大山脉过渡地段的最高峰，海拔 1336.7 米。坡的东面为湖南省通道侗族自治县独坡镇骆团村，坡的南面为广西壮族自治区三江侗族自治县独峒镇林略村，坡的西面为贵州省黎平县洪州镇六爽村，坡的北面为贵州省黎平县雷洞瑶族水族乡培福村。

早晨八点，我从怀化自驾出发，直至下午三点车子才驶入进三省坡的公路。宽阔的马路，依山傍溪，从蜿蜒的山谷进入，一头扎进青山绿水之间，一个远离尘嚣的现实世界呈现眼前。嘈杂、喧哗、浮躁、骄奢、侈靡，等等，完全与这里无关。鼓楼、吊脚楼、风雨桥等侗族独有的文化元素，诉说着它的美丽与尊严。

路上很少有车辆，也很少有行人，偶尔看见几个在田间劳作的山民，还不忘带一只鸟笼，挂在身旁的树枝上，劳作间隙，逗一逗笼里的八哥或画眉。从这一细节上，足可见山民们生活的安闲与惬意。

走完伴溪公路，来到三省坡坡底，抬头仰望，群山烘托，孤峰兀立，山上树木繁茂，翠竹成荫，山顶云雾缭绕，神秘莫测，一条盘山公路，如蛇爬行在树木翠竹之间，弯来拐去里，徒增无限的诗情与画意。迫不及待，我拐上登山公路。越往上，弯越急，坡越陡。经过很长一段时间的艰难跋涉，总算到达坡顶。一股猛烈的山风吹来，一块矗立山顶的三角柱形水泥石碑，突然凸现眼前。

碑为国务院于 1995 年所立，三面分别镌刻着“湖南”“贵州”“广西”等字样。毫无疑问，这是三省（区）的交汇点，三省（区）土地从四面八方奔涌而来，在这一个点上交汇，形成了三省（区）共有的这张巨大的“坡”。站立坡顶，抚摸界碑，往各省方向眺望，均群山逶迤，绵延千里，气势恢弘，让人忽然间就有了“会当凌绝顶，一览众山小”的万千豪情。

三省坡，侗语称“弄基拉维”，意为水牛骨岭山脉。相传，五代十国时期，飞山蛮王杨再思（侗族）率军至此，见此山脉形如水牛，便赐山名为弄基拉维，并在周边招兵买马，随后统一诸峒各部；明初，侗族民族英雄吴勉起义军在北麓通道击败明军主力，统一诸侗，虽然起义最终失败，但是关于英雄抗暴的传说故事依旧在此流传；清乾隆初年，石金元领导的南江、苗江农民起义，以三省坡为大本营，神出鬼没打击清廷官军。以后多次农民武装斗争都利用这块可攻可守，又有退路的有利地势，抗击官军的追剿。时至今日，三省坡区域跨越通道、靖州、三江、龙胜、黎平、从江、榕江 7 县，区域面积达 2 万多平方公里，人口达 170 万。

三省坡是侗族文化保存得最多、最完整和最具民族特色的地区，也是人类学家、生物学家、民族学家等考察研究侗族的必选区域。这里有保存较为完好的原生态环境，其稻作文化历史悠久；这里的鼓楼、风雨桥建筑宏伟壮观，多声部侗族大歌享誉中外；这里的服饰文化艳丽多姿，侗锦、侗族琵琶歌、侗族芦笙为代表的民族传统文化已列入第一、二批国家非物质文化遗产保护名录；这里的三江程阳风雨桥、芭团风雨桥、黎平地坪风雨桥、通道坪坦河风雨桥和马田鼓楼、从江增冲鼓楼、通道芋头侗寨建筑群等跻身国家重点文物保护单位行列。目前，三省（区）交界的柳州市、怀化市和黔东南苗族侗族自治州就共同开发三省坡和申报“湘黔桂三省坡侗族文化生态保护实验区”工作初步达成共识，而且已经向国家有关部门提出申请，各项工作正在有条不紊地进行中。

这里是一个民族的精神“圣地”，这里是一片民族的文化净土。

我决定就从这里出发，走进东坡的骆团村，去聆听这片“圣地”上的时代故事，去感知这片净土上的美丽生活。

## “寨老也听党的”

骆团，是一个美丽的侗寨。

其开寨祖先叫吴仕茂，以打猎为生，在一次打猎中，跟随猎狗发现了尚未开发的骆团这块宝地，举家迁来，开荒造田，立此为寨。经过千百年的发展，如今已成为三省坡最著名的团寨。

一进团寨，首先吸引我眼球的是两座造型独特的鼓楼。两座鼓楼，一南一北，巍峨矗立。一曰“平安精灵”，一曰“团坝吉祥”。

“平安”。“吉祥”。两楼还真像两位端坐在团寨中央的德高望重的老人，精神矍铄，威风凛凛，用特有的气场与威严，镇守着一个团寨的平安与吉祥。

鼓楼，是侗族团寨里十分重要的文化性标志建筑。侗族，中华五十六个民族之一，主要居住在贵州、湖南和广西的交界处，人口有 349.6 万。在侗族民间，有“建寨先建楼”之说，因此，有侗寨必有鼓楼。鼓楼基本建在寨子最显赫的中心位置，外形仿杉树形状建造，远观，如多面体宝塔，是侗族人民聚众、议事、社交、娱乐和节庆活动的重要场所。正如有侗歌唱的那样：“鼓楼是村寨的暖和窝，没有鼓楼没处寻欢乐，高高的杉木竖起鼓楼架，有了聚集的场所有了欢乐的歌。”鼓楼不仅是侗寨的空间中心，还是侗民的精神中心。因楼中悬有牛皮大鼓，故称“鼓楼”，村寨里如有重大事宜，登楼击鼓，召集群众商议。如发生火灾匪盗，也击鼓呼救。一个寨子击鼓，其他寨子跟着呼应，一寨传一寨，迅即传遍整个侗乡。鼓声到处，人们闻声而动，迅速赶来相助。

去过无数个侗寨，见过无数鼓楼，但看到以“平安精灵”和“团坝吉祥”名之，还是第一次。其中有什么讲究和奥秘吗?

好奇的我，找到正在鼓楼里休息的几位老人打听。一位叫吴永桂，一位叫吴通吉，一位叫吴昌林，还有一位叫吴仕堂。老人们看上去都在七十至八十岁，都满面红光，精神饱满，个个热情大方。老人们见我从外地来，很耐心地为我讲起这两座鼓楼的来历。

骆团侗寨，本是一个古侗寨，至今有两三百年的历史，拥有大型的吊脚楼群，是一个著名的原生态侗族村寨。可是，2012 年 2 月 13 日 15 时许，一把大火将骆团侗寨烧成了废墟，大火整整烧了 4 个多小时，共烧毁房屋 70 余栋，直接受灾群众 500 余人，经济损失达 400 余万元。这次火灾，是建寨以来最大的一次火灾，对骆团侗寨是毁灭性的打击。

当时熊熊大火映红了整个天空，昔日繁华的村寨成为一片焦土。有人在还冒着白烟的烂墙角翻捡着烂衣服；有人在漆黑的灰烬里扒拉着已烧成了炭的小谷粒；有人在碎成渣子的瓦砾堆里刨出半张犁耙；有人在废墟上用烧焦了的木头支出居住的矮棚；有人扛起烧得只剩半副架子的棺材……

一名本地网民在微博发出的叹息，引起众多网友无尽的唏嘘：

“那是一种怎样的惨状呢，我只能用‘惨不忍睹’来形容！在满目疮痍的焦土中挣扎的老人，他（她）们还用最后一线希望将废墟中的粮食从地基上扒出来；在一片废墟中，那灾后内心恐惧未平的孩童；苦苦地清理废墟的侗族妇女和青年，每挖一下，浑浊滚烫的泪珠忍不住往下掉；还有被烧毁的粮仓、厨房，火灾后四处破砖烂瓦，暗无天日的天空还冒着黑烟，自己忍不住热泪盈眶了。孩子们，但愿大火不要在他们金色的童年里留下创伤和阴影。火灾后失去家园的孩童，在废墟中想，我们的家呢，怎么不见啦？”

的确是满目疮痍，惨不忍睹！

回忆起当时的火灾，虽然已经过去了十几年，吴仕堂老人还是心有余悸，他说：“寨子几乎烧光了，太可惜了。”然后，话锋一转，说，“不过，要感谢党和政府，感谢爱心人士。当时的大火，经过电视和报纸的宣传，全国的人都知道了，都来支持我们。所以才建起了你现在看到的新寨子。你知道的，建寨必建鼓楼，过去，我们这寨子里有四个房族，按侗族的习惯，每个房族都要建一座鼓楼，共有四座鼓楼，全烧了。政府和爱心人士捐款，给我们建了一座。我们认为，这么大一个团寨，一座鼓楼少了。后在吴奉吉、吴奉东、吴柳信、吴通万、吴正家、吴永辉等族中老人的承头下，又自己动手，捐的捐木头，捐的捐工，捐的捐粮，捐的捐钱，又建了一座。所以，现在寨子里就有了这两座鼓楼。”

我问：“一座叫‘平安精灵’，另一座叫‘团坝吉祥’，取这样的名字有什么讲究吗？”

吴仕堂说：“那场大火，把我们烧怕了。取什么名字，大家最先想到的就是，希望鼓楼能保佑我们平安，保佑我们吉祥。当时，国家也正在搞‘平安建设’，乡里的干部、村里的干部就和族老们商量，就取了这样的名字。‘精灵’又‘精’又‘灵’，完全可以保佑我们侗寨，而团坝就是我们这儿的小地名，所以另一座就取了个‘团坝吉祥’。”

我被老人的解读深深吸引。而更吸引我的是，想不到在三省（区）交界的如此偏僻的小侗寨，一个普通侗族老人，还知道“平安建设”？

我忍不住夸他：“您还很时髦啊！这么大年纪了，还知道‘平安建设’这样的新名词。您是怎么知道的？”

老人一下哈哈大笑起来：“稀奇了吧？我们寨子里稀奇事还有很多哩。你问我怎么晓得的？寨子里开了会，乡里、村里的干部反复地宣传发动。还有‘喊寨’的人，也天天在喊，就知道了。特别是鼓楼的名字挂上去后，天天看到，由不得你记不住。”

在这大山里面，如此一个老人都知道“平安建设”，可见国家“平安建设”还真已经深入人心。

在2012年11月召开的党的十八大会议上首次将平安建设写进党的工作报告，报告明确提出：“深化平安建设，完善立体化社会治安防控体系，强化司法基本保障，依法防范和惩治违法犯罪活动，保障人民生命财产安全。”习近平总书记更是多次作出指示批示，要求各地区各有关部门贯彻党中央决策部署，坚持共建共治共享方向，聚焦影响国家安全、社会安定、人民安宁的突出问题，深入推进市域社会治理现代化，深化平安创建活动，加强基层组织、基础工作、基本能力建设，全面提升平安中国建设科学化、社会化、法治化、智能化水平，不断增强人民群众获得感、幸福感、安全感。各级党委和政府要加强对平安建设的组织领导，研究解决体制性、机制性、政策性问题，切实肩负起促一方发展、保一方平安的政治责任。

通过各级党委和政府的共同努力，如今的中国，人民群众居家更安心、出行更放心、生活更舒心，“平安中国”成为一张亮丽的国家名片，中国也成为世界上最有安全感的国家之一。一些国家政要和专家普遍认为，经济高速发展、社会大局稳定是中国向世界展示的两大奇迹。

我缘着老人关于“平安建设”的话题，问几位老人：“村里开展平安建设以后，寨子里有什么变化没有？”

吴永桂老人爽朗一笑，马上说：“有啊，变化太多了。小偷小摸少了，过去，每年寨子里都要丢失很多牛啊、鸡啊、鸭啊、鱼啊，有时一年要丢十来头牛，都是外面的人来偷的。”

吴通吉老人马上插进话来，补充说：“还有山上种的药材、山上的树，都会被偷，有时守都守不住，跟抢一样。”

吴昌林老人说：“还有搞赌博的，在三省（区）交界的大山上，因为三省（区）交界，名义上属‘三省（区）管’，实际上是‘三不管’，他们在山顶上设赌场，一车车的人拖来赌博，赌输了就打架，乌烟瘴气。”

吴永桂老人又说：“还有，这边的人违法后，跑到贵州躲起来，贵州的人违了法，一步就逃到广西，互相之间，不管不问。过去在这一带生活，很不安全。”

我在查找资料时，也曾看到这样的描述：因这里三省（区）交界，三省（区）不管，成为治安的死角。国民党时期，打架斗殴经常，流血事件不断，加上匪患不绝，百姓们苦不堪言。仅1924年至1927年三年时间，骆团所在的团乡乡长就换了三人，都因为苦于无法治理而辞职。

几位老人同时说：“如今，‘三不管’变成了‘大家管’‘样样管’，团寨一天比一天平安，一天比一天富裕，一天比一天漂亮。从来没有碰到这么好的时代。”

看到一个又一个老人如此交口称赞，我不得不好奇地问：“为什么一下就这么好了呢？”

吴昌林老人说：“靠管啊。”

我又问：“靠谁管？”

吴仕堂老人自豪地说：“村里的年轻人啊。现在村里当事的，全是一帮年轻人。别看他们年轻，都不错，都有十八般武艺，做起事来，一套一套的。”

我突然想起侗族的习俗，大事小事，一般都是寨老说了算。寨老一般都是寨子里德高望重的老人，他们讲话才管用。于是，用一种质疑的眼光看着他们：“过去侗族的习俗，不是都靠寨老管理吗？”

吴通吉老人马上说：“时代不同了。现在寨老都只管一些小事了，大事都由党支部说了算，再说，寨老也听党的。”

吴永桂老人马上补充道：“是的，寨老也听党的。”

寨老也听党的。这是我走进这个偏僻小侗寨，听到的最豪放、最响亮、最骄傲的时代之声。

马上，一旁的吴仕堂指着刚才说话的吴通吉和吴永桂两位老人，说：“他们两个，就是寨老。”

哦？！难怪。

从他们的表情看，他们说的话，是由衷的，发自内心的。

他们怕我不相信，忙说：“你可以到寨子里去走一走，看一看，去问问更多的人，看我们对你说的是真话还是假话。看看这些青年人到底干得怎么样。”

我相信他们说的都是真话。但我走进寨子后，的确打算到寨子里多走一走，多看一看，多问一问，既问群众，也问干部。

看一看老人口中赞美不断的“这些青年”，是怎么样做到让一个村发生变化的。

## 书记正年轻

离“平安精灵”鼓楼数步之遥，就是骆团村党群服务中心，也就是我们习惯称之为的“村部”。

三层楼的砖瓦结构楼房，在全是木结构吊脚楼的侗寨里显得“鹤立鸡群”。一楼大门旁，分别挂了“骆团村总支部委员会”“骆团村民委员会”“骆团村务监督委员会”三片红底金字的大牌子，甚是气派。走进楼里，窗明几净。办公室、接待室、调解室、服务厅、会议室，一应俱全。

这令我想到了一张网上疯传的骆团老村部的照片，新村部与老村部一比，简直是一个天上，一个地下。

照片上的骆团老村部设在杂草丛生的一栋旧木屋里，共两间房，一块白底黑字的“骆团村民委员会”的牌子，孤零零地挂在一根木柱上，牌子上缠满蜘蛛网，门口及屋周围杂七杂八地堆了各色物什，十分凌乱，根本不像一个村的办公场所，倒像是被人遗弃多年没用的烂茅房。

如今，我走进的村部大楼，窗明几净，简约大气，令人眼前一亮。村部大楼，一个村的门面，一个村的形象，一个村的精气神。骆团村的村部大楼，让我看到一个村的精神抖擞与意气风发。

见有人来，一身迷彩服的年轻小伙走出办公室，握着我的手，自我介绍：“我叫吴敏波，是村里的书记。”

“太年轻了吧。”我一时没反应过来，随口一说。

他脸一红，有些不好意思地说：“也不年轻了哩，都过30岁了。我们班子里，还有更年轻的。”

说着将我引进会议室，将村两委班子成员都叫了来。原来，自精准扶贫和乡村振兴工作开展以来，他们就以村部为家，除了上门解决一些问题外，大部分时间都在村部为群众办事。今天刚好大家都在。

他们一进门，我便被一股青春之风吹到。心里直呼，真年轻。一张张被山风吹粗了、被太阳晒黑了的面孔，是那么的富有朝气。我忍不住问起他们的年龄来，他们一一报上：支部书记吴敏波 30 岁，副主任吴荣昌 39 岁，文书吴银宇 24 岁，宣传委员吴秀团 31 岁，妇联主任吴银姐 31 岁，组织委员吴康怀 33 岁，纪检委员吴言根 32 岁，村会计吴解全 38 岁。我给他们一算，他们的平均年龄不到 33 岁。

我一直有一种偏见，认为边远偏僻的小山村，一般年轻人都外出打工了，留下来的都是一些老人，村干部也就只有在这些老人中产生。骆团村村干部的年龄，完全颠覆了我的认知。

与村两委班子成员“集体”见过面后，我提议，大家各忙各的，我想跟书记单独聊聊。大家说，现在乡村振兴任务有点重，手头的事还真是有点多，这样更好。于是各自去忙各自的事了。

书记单独坐到了我的对面，这时我才认真地观察了他一番。一身迷彩服，一张晒得黝黑的脸，脸上总挂着坚毅的笑，全身上下透着一种朝气蓬勃的力量。

我们的谈话从他儿时说起，他说——

小时候算是个有点叛逆的孩子。读书的成绩比较好，小学到初中一直是前六名。小学 120 人，初中 400 人，能进前六名已经不易。可是由于英语没学好，考大学时，上了本科线，因为英语没拿到一半的分，被刷了下来，只读了个专科。专科毕业，参加公务员考试，进入面试，最后还是被刷了下来。此时，家人开始逼婚。家乡有早婚早育的风俗，凡男子过了十七八岁，家人就开始物色对象，就开始催婚甚至逼婚。吴敏波也遭遇了家人的逼婚，家人为他物色好了对象，只等待办一场婚礼。而他有自己的抱负，不想这么早结婚。家人反复地给他做工作，“逼”得他只想逃离。为了逃避这场“逼婚”，那年征兵，他偷偷报了名，偷偷地参加了体检，身体合格，政审也合格。当一纸入伍通知书送家里时，爸妈都懵了。就这样，他参了军，入了伍，在江西一武警部队服役。部队为他提供了全新的发展平台，入党，提士官，当教员，一路前行，顺风顺水。然而，正当他踌躇满志想进一步发展时，他的士官二级转三级遇阻，没有办法，只得退伍回家。

回到家乡，恰逢村党支部、村委会换届。村党支部、村委会原班子成员严重老化，早就应该换，苦于没人。退伍回乡的吴敏波，令乡党委、政府眼前一亮，更令村民们眼前一亮。他既读过大学，又当过兵，还早就入了党，是进村领导班子的不二人选。

于是，在村委会的“海选”中，他脱颖而出，成为该村历史上最年轻的村委会委员。两年后，又被选为村委会主任；再两年，被选为书记；紧接着，书记、主任一肩挑。

他的回乡、当选和出任，带动了本村多位年轻人回乡创业，吴银宇、吴秀团、吴银姐、吴康怀、吴言根，一个一个，如归巢的鸟儿，飞回来了。回到家乡的他们，顺理成章，被一个一个选进了村党支部、村委会的班子。就这样，骆团村村两委班子一下变得“青春亮丽”“生机勃勃”。

虽然“青春亮丽”“生机勃勃”，但缺乏农村工作经验的吴敏波感到压力巨大。压在肩上的，除了职务的担子，更有基础设施建设、经济发展、社会稳定、基层党建、村级治理等各项工作的落实。

他说，接手那会儿，感觉“村里什么都是假的，只有穷、乱、差才是真的”。几乎每天失眠，“失眠的夜里，满脑子都是各种矛盾纠纷和历史遗留的问题”。

然而，他不能辜负选他上来的村民。于是，他在微信朋友圈里发了一条“致自己”的“留言”：“想都是问题，做才是答案。人生没有任何捷径，唯一的捷径就是从一开始就脚踏实地。”

从一开始就脚踏实地。他是这样想的，更是这样做的。

当选村委会委员后上任的第一天，他就碰到了一件十分棘手的事。教乡组一对老年夫妻，都 70 多岁了，闹上门来，找到他，说要离婚。

都 70 多岁了，儿女们也都成家了，这么大年纪还离什么婚？

他将他们迎进屋，才坐下，老两口又吵上了。 从他们吵的内容看，也没有什么大的原则问题，主要是性格不合。 过去，因为有小孩，虽然经常吵，但相互都忍着。 如今，小孩都已经大了，都成家了，没有什么顾忌了，便将离婚“提上了”“议程”。

在这边远偏僻的侗乡，自古以来，人们对离婚是一概不支持的，认为那是一桩不光彩的事，特别是女的，嫁鸡随鸡，嫁狗随狗，哪怕再过不下去，受再大的苦，遭再大的罪，一般是不轻易提离婚的，让苦水往心里流，委委屈屈过完一生。 想不到，如今两位 70 多岁的老人，竟然大胆提出要离婚。虽然是吴敏波不愿意看到的，但读过大学，又当了几年兵，有一定见识且思想解放的他，还是为老人能够“依法维权”而高兴。 看来，农民的法律意识越来越高，这些年进行的农村普法还是很有成效。

不过，俗话说“宁拆十座庙，不毁一桩婚”，吴敏波虽然为老人的觉醒而高兴，但开初的他，也不主张如此大年纪的人还去离婚，因此，想方设法“劝合不劝离”。

他耐心地劝两位老人，几十年都过来了，现在儿女都大了，没有任何负担了，日子也一天天在变好，何必呢？ 相互让着点，相互包容点，将日子过下去。

然而，夫妻俩坚决不从。

男的说，妻子不讲道理，天天吵，他受够了。

女的说，丈夫没本事，没能力，跟着他窝囊了一辈子，不想再窝囊下去。

吴敏波使出了浑身解数，先把两人劝回了家，但过不了几天，两人又吵吵闹闹找上门来。 他还是耐着性子，劝。 此后，断断续续，劝了一个多月。 最后，两位老人都放出了狠话：“如果不给离婚，这样闹下去，保不准会出人命。”

事态十分严重，他只得请来村里的法律顾问——镇司法所司法员，司法员一了解，他们俩年轻时并没有办理结婚手续，仅凭“父母之命”和“媒妁之言”便生活到了一起，没有办理结婚手续，怎么办离婚？

但两位老人就是坚持要办离婚手续。女的说，如果没有办离婚手续，她怕他耍赖。男的说，他更怕她撒泼。

司法员说：“你们本来就是非法婚姻，不受法律保护。不存在什么离婚。”

两位老人坚定说：“必须离。”

司法员又说：“那只有一种办法，你们先结婚，再离婚。”

夫妻俩齐声说：“好。”

这还真成了大山里的稀奇事，闹离婚的两位老人，生活了一辈子，竟然是非法婚姻。按理说，非法婚姻解除就是，可两位老人坚决要那一纸“离书”。

怎么办？只得依了老人。

该说的都已经说了，该劝的都已经劝了，从目前水火不容的现状来看，两位老人还真的不宜再生活在一起。

可结婚、离婚都必须去县城里的民政局，两位老人从来没去过县城，而老人的儿女又都在外面打工。吴敏波只得带着两位老人找到民政局，先办理了结婚手续。过几天后，又带着两位老人去办理离婚。

就这么一件事，他耗时几个月。

我问他：“天天做这种事，你认为值吗？”

他说：“这种事，在外人看来，可能是一件很小的事，但在老百姓那里，在他们家庭中，可就是一件大事啊！作为村干部，只要是老百姓的事，干什么，怎么干，都值。”

老百姓的事，干什么，怎么干，都值。他就是凭着这样一种理念，在几年时间里，为老百姓干下了一件件实事：

比如防火。几年前侗寨那场大火的教训，令他对防火格外看重。而大部分火灾，都因电而起。因此，他领着村两委班子成员，带上电线和胶带，一家一户地去查看，哪家有漏电，就给缠上胶带，哪家线路有问题，就给换上。

比如为老百姓办低保。进村走访时，发现新丰七组吴家贤，自己患关节病，老婆跑了，7 岁的女儿由 80 多岁的老妈带着，住房很烂。山里人老实，之前他没有申请。吴敏波走访时，发现他家的情况，马上帮他申请，后经县乡实地核查，批准他为二类低保户。

比如处理突发情况。有一次，骆团村大暴雨。家住村头的吴光海突然听见屋外“轰隆”一声巨响，他迅速朝屋外走去，见不远处的村道上巨石满地，山边几棵树躺在路中间，道路塌方了。吴光海立即用手机录了几秒的视频，发到村里的“为民服务办事群”。“哪个地方塌了？我们马上叫人来。”不到一分钟，这消息就被身为“为民服务办事群”管理员的吴敏波看到，马上问。看到有村干部回应，吴光海立即回复：“村头牛圈那一带。”吴敏波一边联系挖机和运土车，一边赶往现场。没一会儿，挖机和运土车赶到，迅速投入工作。不到三个小时，塌方清理干净，恢复通车，群众无不交口称赞：神速。

比如修公路。全村所有的组级公路，在他上任后，全部硬化。有些进组的公路，其路基、路面都达到 4.5 米，成为乡里最宽最好的组级公路。还修了好几条产业路，总长达到 30 多公里，将公路修到了田间地头。大家出门做农活，不再需要像老一辈人一样，翻山越岭，徒步而行。进山的农药、化肥和生产出来的稻谷、杂粮、水果、药材等，不再需要肩挑背扛了，一车就运进了山，一车就运下了山。

特别是修好了产业路，那可是大贡献。骆团村的田地是出了名的偏僻，均远在几里甚至十几里之外的山坡上或山冲里，而且十分分散。过去，骆团人做农活，天不亮就得出门，翻山越岭，一走就是大半天，练就了极好的脚力，当地有俗话说，骆团人有十二条脚筋。因为山中多雾，不知道当天是雨天还是晴天，骆团人出门总是披着蓑衣。因为离家遥远，一年三百六十天，有三百天要带饭上山。如今，将公路修到了田间地头，这是过去想都不敢想的事情。

因为修好了产业路，全村产业大发展，如今，已经在各大山头开发出了各种种植基地，如“黑老虎”中药材基地1000亩、油茶3000亩、高山茶叶1600亩等。

说起这一切，吴敏波深有感触地说：“这些年，还真不知道是怎么过来的。村里的事情千头万绪，村民的诉求千差万别。事情确实很多，存在的问题也确实很多，要处理的矛盾就更多。我是一个当过兵的人，应该说，在部队里练就的‘宁愿前进死、不愿后退生’的劲头还在。每当遇到难题做不下去时，或者想退缩时，我就想，怎么样也要坚持到底，不能放纵自己。一个大男人，说过的话，就要一句一句地去实现它。如若万事都那么顺畅，还要你干什么？你的价值又怎么体现？你之所以做得不好，是因为你还不够优秀，是因为你的努力还远远不够。所有的失败，归根结底都是因为自己的不够努力。一个努力去改变、去做事情的人，最终都可以成功，都可以收获自己想要的生活。我永远记得，在我小时候母校的教室前面，挂了一幅标语叫‘吃得苦中苦方为人上人’，这句话一直深深地刻在我脑海里，我时时都用这话来激励自己。想做事的人，没有不苦，没有不累，没有不受委屈的，有时也觉得十分憋屈，把所有的耐心给了别人，把脾气带回了家。但反转一想，这些都是在磨练你，在成就你，也就释然了。其实，生活就像剥洋葱，一片一片地剥开，总有一片会让我们流泪。”

“总有一片会让我们流泪”，说得多好。

如今，曾经“三不管”的侗寨，变成了“世外桃源”般美丽；曾经边远偏僻的田地里生产出来的“黑老虎”果实、油茶果、高山茶叶等，一车车从产业路上运出来，运向四面八方；特别是，曾经累遭盗匪祸害、小偷小摸成灾、打牌赌博成风、矛盾纠纷不断、火灾频频发生的侗寨，变得如此平安吉祥，令每一个生活其中的人，都觉出了少有的幸福和安康。

年轻的书记，干出了年轻人该干出的成绩。难怪老人们那么赞美。

# “喊寨”的副主任

“铛……铛……铛……铛……”

晚上十点，寨子上空，突然响起清脆的铜锣声。因为夜深，更因为山里的寨子过于寂静，突起的锣声，敲开夜幕，在天地之间回荡，格外响亮。

锣声过后，紧接着传出嘹亮而悠长的喊声：“喂——乡亲们，天天防火，夜夜防盗，看好自家的门，管好自家的人——”

从寨头喊到寨尾，声音拖得老长老长，抑扬顿挫，极富节奏，余韵久久。

这是“喊寨”人吴荣昌开始“喊寨”了。

“喊寨”是流行于湖南、广西、贵州等省（区）苗、侗等少数民族地区的一种习俗。最初的“喊寨”是为了避毒驱邪。相传，在这些边远偏僻的少数民族地区，有一种古老的黑巫术——放蛊。《乾州厅志》记载：“苗妇能巫蛊杀人，名曰放草鬼。遇有仇怨嫌隙者放之，放于外则蛊蛇食五体，放于内则食五脏。被放之人，或痛楚难堪，或形神萧索，或风鸣于皮皋，或气胀于胸膛，皆致人于死之术也。”可见遭人放蛊是多么的可怕。怎么办呢？村寨里一旦有人中“蛊”染了病痛，亲人就会沿着山寨喊：“中蛊了，中蛊了！挨刀砍脑壳的，谁放的蛊，我已经知道了，她不赶快收回去，我是不饶她的！”说是通过这种“喊寨”的方式，让“放蛊”的人听见了，心里害怕，就会自动将放的“蛊”收回去。后来，因这些少数民族居住的山寨，都是上百户的大团寨，房屋全是木质结构，防火防盗压力大，人们觉得如果天天有人提醒，会好些，而“喊寨”是比较好的方式，于是，渐渐地，“喊寨”便成了“防火防盗”的宣传与警示。每寨选出一“喊寨员”专司此职。喊寨员每天早晨起床后和晚上睡觉前各喊一次，警示大家出门和睡前灭火，招呼小孩不许玩火，并走家串巷，检查每家住宅是否有不安全因素，是否备好了灭火的沙子和水，等等。其报酬由公田提取。此种优良风习，一直流传了下来。

负责骆团“喊寨”的吴荣昌，是村委会副主任，负责村里的综治维稳工作，兼任调解员。来的第一天，在村部见过。在村班子成员中，他算是“老人”，因为在班子成员中，数他年龄最大。虽然年纪最大，但他身上依然有一股不负韶华的青春之气。

此后几天里，吴荣昌一直很忙，白天一直没有约上，因为他正在调解三省坡山顶上风力发电站占地补偿的纠纷问题。直到一天晚上，我们才有机会坐到一起。

他开门见山第一句话就是：“最近的事太多了。”

我问：“为什么？”

他说：“现在三省坡顶上正在建风力发电站，村民对占地补偿的期望值很高，但国家规定的补偿标准只有那么多，这就出现了矛盾。一边要保证国家重点工程顺利施工，一边要保护农民的利益不受损失，要做的工作实在太多太多。”

他告诉我，三省坡山高风大，有独特的风力资源。某绿色能源股份有限公司分两期共在三省坡山顶上安装40多台风力发电机组，占地面积700余亩，其中他们骆团村就达300多亩，牵涉40多户，要做好这40多户的工作，可谓费尽了心血。好在通过努力，大部分群众的工作都已经做好。今天的纠纷调解，就是扫尾阶段的调解。

顺着他“调解纠纷”的话题，我想到了进村时老人们提到的“平安建设”，于是问他这个负责综合治理的副主任：“你认为，你们村的‘平安建设’搞得怎样？如今的纠纷多不多？”

他稍稍想了下，说：“我们村的‘平安建设’还好吧。平安是一切工作的基础。三省（区）交界之地，边远偏僻，村情复杂，如果不平安，无法谈经济发展，更无法谈美丽乡村。这几年，由于‘平安建设’搞得好，村民基本做到了安居乐业，经济发展了，生活富裕了，精气神都好了，纠纷也就自然少了。如果不是这次搞风力发电建设，群众之间的纠纷，几乎没什么了。

也不瞒你说，过去，纠纷多了去了，不但有争山、争树、争田、争水、争土的，而且有偷牛、偷鸡、偷鸭、偷鱼、偷药材、偷果木、偷木材的，还有邻里不和、婆媳矛盾、打牌赌博、打架斗殴的，等等，村民之间，动不动就打、就骂，有的还闹成安全事故，闹成刑事案件，甚至出动民警，每天不是这里喊，就是那里叫，忙得团团转。”

他为我举起例子来。他说，他们侗族是一个爱树的民族。大家普遍认为，生是一棵树，死也一棵树，树成为人的生命的象征。因此，每一个人一出生，其父母就会为他种下一棵“生命树”，陪伴孩子一同成长。树长人也长，当“生命树”长成参天大树时，人也变成了老人。待老人老态龙钟时，将树砍倒，制作寿木。死后，就睡在“生命树”做成的寿木里下葬。由此可见，“生命树”对一个人是何等的重要。吴荣昌就处理过多起“生命树”的纠纷。其中有一次，他记忆特别深。有一村民，还在集体化时期，他的父亲就为他在集体的山林里种了一棵杉树，并告诉他，这棵树就是他的“生命树”。为此，他特别优待这棵树。小时候，经常在树根部撒尿施肥，如果有谁去砍、去折树的枝丫，他都会站出来保护。长大后，他会经常去为这棵树除草、斩棘，使这棵树在他的呵护下葱葱郁郁地成长。农村实行联产承包责任制后，田、土、山都分到了每家每户。这个人的“生命树”没有分到自己的名下，而分给了别人。但在他看来，大家都知道这棵树是他的“生命树”，不论这山分给了谁，这树永远是他的。突然有一天，山主将这棵树砍了。这还了得？他跑去山主家理论，山主不但不理睬，还骂他不要脸，砍自己山上的树，关他什么事？气得他七窍冒烟，动手与山主打起来。因为一棵树，就这样酿成大纠纷。吴荣昌闻讯，赶去处理。种“生命树”的人说，全村的人都知道那是他的“生命树”，砍了他的“生命树”就是砍了他的人，没给个说法定不罢休。山主说，树生长在自己的责任山上，他砍自己责任山上的树，还砍得不应该了？吴荣昌将两人叫到一起，先给双方学习相关的法律和政策，然后再行调解。山主说得没错，树是他责任山上的树，他砍自己的树，没有砍错。而种“生命树”是侗民族的一种习俗，已经传承了千百年，“生命树”的主人说那是他的“生命树”，应该归他拥有，也有道理。现在的问题是，树已经砍了，砍了就再也生不回去了。那么只能双方面对现实，按法律、按政策进行处理。吴荣昌在耐心做好了双方的工作后，做出调解：山主的所有权应该得到承认，但种“生命树”的传统也应该得到尊重。一件由一棵树引起的纠纷，调解了一整天。最后达成协议：“生命树”的主人按市场价格补偿树木费给山主，而山主将砍回家的树归还给“生命树”的主人。

吴荣昌说：“现在好多了，仿佛大家的气都顺了。再也不会为一棵树什么的去闹出矛盾、产生纠纷。这么多年，从没有发生过什么打斗事件，更没有发生刑事案件，即使有一点什么事，群众也都能做到自我调解。最多也就叫上村干部参与一下，使纠纷调解基本做到了不出村。”

我又问：“你作为村委会负责综合治理的副主任，除了调解纠纷外，平安建设应该也是你的工作重点，你是怎么做的呢？”

吴荣昌说：“平安建设，包括这么一些内容，一是积极预防和有效化解社会矛盾；二是大力加强社会治安防控体系建设；三是继续深入推进‘扫黑除恶’斗争；四是进一步加强社会管理综合治理；五是积极维护社会秩序；六是进一步加强法制建设；七是进一步落实安全生产责任制，包括防火、防盗、防灾等；八是切实加强各种预警和应急体系建设。”他背书般给我说出了这一大堆内容，由此也可以看出，他对自己业务的熟悉程度。

他接着说：“我们根据这些要求，将工作进行细分，责任到人。特别是经历了2012年那场大火后，村民的平安建设意识也普遍得到加强，大家都非常配合工作。因此，我们村的平安建设，不敢说做得有多么优秀，但应该说还可以。这么多年，没有发生安全事故，没有发生刑事案件，群众纠纷基本做到了不出村，先后多次被市、县、乡评为平安乡村。”

了解完这一切，我的话题自然转到他的“喊寨”上：“作为一个村委会副主任，有那么多事要做，为什么还要去喊寨？”

听我提起这一话题，他顿时哈哈一笑：“怎么说呢？小时候，听到老人喊寨，觉得很新鲜，我们几个小屁股，常跟在喊寨人后面，学他的腔调。高中毕业后，回乡当了几年赤脚医生，经常在村寨里出诊。那时的群众对当时的喊寨人不满意，说搞得不好。而喊寨人也不愿意再搞，因为待遇太低，一个月只有几元钱，不够买一包烟。连续换了三四个人，都不行。村主任找到我，说，反正你天天要出诊，天天在寨子里走，顺便把喊寨的活也给做了。我想，自古以来，喊寨就已经形成了习惯，变成了风俗，寨子里的人每天早晨习惯了在喊寨声中起床，晚上也习惯了在喊寨声中去睡，突然听不到喊寨声了，肯定不行。再说，村主任说得也有道理，我每天都在寨子里走，顺便喊一下，没什么不好。就这样，我担负起了喊寨的工作。不想一做就是很多年。如今，我赤脚医生不搞了，当了村干部，但喊寨我还在坚持。为什么呢？当了村干部后，我分管综治维稳，又兼做调解员，这喊寨还真就是我自己的事了。法律法规需要宣传，防火防盗需要提醒，而喊寨是最简便、最直接、最容易被群众接受的好方式，它比广播电视、报纸杂志、宣传专栏、横幅标语等都管用。因此，我就坚持喊了下来。每天早上七点和晚上十点，各喊寨一次。寨子里有 200 多栋房子 300 多户，从寨头到寨尾，喊完一次至少要一个多小时，有时遇到有紧急任务或者有重要法律和政策需要宣传，还要来回反复多喊几次。还要进到一些不放心的‘重点户’去巡视检查，如果发现问题，还要就地整改，时间就在两小时以上。比如前不久，我在巡查中发现，有一户私自乱牵、乱搭电线，而且电线的接头还有裸露的现象。发现这一问题，我十分重视，当场对这一户进行严肃的批评和教育，并责成其当场整改，直到全部整改到位，才离开。所以说，喊寨也不是就喊一下完事，还有很多事要做。就算是纯喊寨，也很有讲究，声音有讲究，语调有讲究，喊的内容有讲究，不是随便说喊就能喊的，有些人喊寨像唱歌，有感情，有腔调，有韵味，群众喜欢听，听后也记得住。而有些人喊出来的，干干巴巴，枯燥无味，群众不但不喜欢听，而且还厌恶，这就适得其反了。我喊了这么多年，已经顺了，群众也听惯了，所以，就一直干了下来。”

原来喊寨还有这么多讲究？ 怪不得他一喊这么多年，原来是群众喜欢。当然，更有他对工作的负责，对安全防范的一丝不苟。

时间过得很快，这样聊着，马上到了他喊寨的时间——晚上十点。

他说："我要去喊寨去了，村民已经习惯了，如果在十点听不到我的喊寨声，他们是睡不安稳的。"

我只得与他告别。

他则操起他的喊寨行头——一面铜锣、一个喇叭，跨出门去。 背影很快消失在浓浓的夜色里。

迅即，"铛……铛……铛……"的铜锣声，在夜空里响了起来。 锣声过后，便是他歌唱般的喊寨声——

"国有国法，寨有寨规，杀人要抵命，抢物要坐班房，不要学偷学赌学嫖，正正经经做人，清清白白做事，尊老爱幼，互助互帮，遵纪守法，做一个好公民……"

晚风吹拂中，嘹亮而悠长的喊寨声，迅速传遍山寨的旮旮旯旯。 声音渐行渐远，寨子慢慢归于安静，整个村庄进入美丽的梦乡。

我想，平安乡村，就应该是这个样子。

## "一个都不能少"

当年有一部电影很火，叫《一个都不能少》。 讲述一位叫魏敏芝的代课老师，去到一偏远学校代课，前任老师临走前吩咐她，不要失去任何一个学生，最后她真正做到了"一个都没少"。

电影感动了无数人，并获得了十余项国内、国际大奖。

当我走进三省坡下的骆团村时，也看到了现实版的"一个都不能少"。它的主人公，也是一个年轻的女性，也是一名代课老师，只是她不叫魏敏芝，而叫王成霞。

在骆团采访时，有人告诉我，村里有一个特殊的地方，叫教乡，是骆团的一个自然村，三面被贵州与广西的村庄包围，只在一面留出一道口子与湖南的山水相连。远离村部，独立成“村”，与骆团村其他团寨没什么往来，就连赶场买卖东西都去广西和贵州的地方，因此，当地人将这里称为“贵州村”，也是骆团村里“最远的‘村’”。

如此一个“最远‘村’”，我当然要去。

在村支部书记吴敏波的带领下，我们乘车爬上了进“村”的路。

吴书记告诉我，这条路就是他当了支部书记后修的，虽然在村内的通组公路中，它最后才修通，最后才硬化，但它的路面是村内组级公路里最宽的，有 4.5 米。

路面的确很宽，但它爬行在崇山峻岭和纵横沟壑间，上坡下坡，弯来绕去，还是很不好走。很少晕车的我，没几下，就被颠晕了。不得不要求司机将车停下，蹲到路边，猛吸新鲜空气，最后还是吐了。

我问吴书记：“还有多远？”

吴书记指着大山底下的一个山窝窝说：“下面就是。”

这时，我才发现，我们站在了一山巅上，极目远眺，群山逶迤，绿茫茫一片，所见之处，除了山还是山，根本看不到人家。

吴书记说，我们现在站的地方是湖南，眼前看到的地方是广西和贵州。这里的人全是苗族，是从广西三江等地迁徙过来的。许多年前，这里野兽众多，作为猎户的苗家祖先，也是在打猎途中相中了这里，于是拖家带口来这里定居。经过若干年的繁衍生息，就发展成为现在这么一个小团寨。目前共有 70 多户，200 多口人。

我突然想起它的地名来，问吴书记：“为什么要叫教乡？”

吴书记说，过去不叫这名字，是后来改的。过去这里生长着一种藤本植物，满山遍野都是。它结出的果子，长长的，像一根根香烟，吊在藤上，每到秋天，小孩们都喜欢将这东西摘来当香烟抽，于是，地以物名，大家约定俗成，就将这里叫“吊香”。后来，因为这里远离村部，像是吊在村外边的一个乡村，有人就干脆叫它“吊乡”。改革开放后，开始重视教育，有人提出，干脆就叫“教乡”，有教之乡。因为在侗族的乡土语音里，“吊”与“教”发音相近，所以就这么叫开了。

教乡，有教之乡，真好。

稍作歇息，继续赶路。虽然在山顶上瞭望，感觉村庄就在眼前，可走起来，还是很费时间。继续在山脊与沟壑间爬行，上坡下坡，七拐八弯，昏昏沉沉中，又不知走了多久，才终于到达。

还未进村，一栋洋气的两层砖房映入眼帘。砖房矗立在村子最显赫的位置，在周围清一色的吊脚楼群的背景里，十分打眼。

我问吴书记：“那是谁家的房子？”

吴书记说：“是学校。”

学校？这里还有这么好的学校？我当即决定，去学校看看。

一步跨进学校的大门，一女老师满面笑容地迎接了我们。吴书记忙介绍：“她叫王成霞，是这里唯一的老师。”

王老师将我们迎进校园，我立马被刷在墙上的几个红色大字所吸引：“教乡雨露小学”。

“教乡雨露小学”，念着如此诗意的名字，我瞬间沉浸在美丽的想象中。雨露滋润禾苗长，让孩子在一点一滴的知识滋润里，一天天成长。雨露小学，贴切，温暖。王老师见状，马上说：“这名是我给取的。”

“你取的？为什么想到要取这么一个名字？”

王老师说：“因为这所学校是政府和爱心人士共同捐款修建的，每一块砖、每一片瓦都写满了政府和各界人士对教乡孩子的关爱，这些关爱，就像一点一滴积聚起来的雨露，滋润教乡人们的心。所以当时取名时，我一下就想到了‘雨露小学’的名字。”

接着，她给我讲起了这所新学校的来龙去脉。

这学校，在几十年时间里，先后搬过多次家。先是在茅草棚子里，后来在寨子中的鼓楼里，再后来就搬到生产队遗弃的旧式粮仓里。每一次搬家，房子都相当破烂，既漏雨，又透风。漏雨，就用烂油纸盖一下；透风，就用旧报纸糊一下。根本不像一个学校。

2012 年，“北京自由天空”的董申宇老师来村小学支教。听说北京来了支教老师，王老师特意跑到村小去找他，邀请他来教乡看看。他是个十分善良而热情的人，当即答应。

那时还没有公路，就从山里的茅草小路上走。那天下了点雨，路很滑，很不好走。董老师摔了好多跤，足足走了 4 个多小时，还走坏了一双鞋，才到教乡。

董老师一到教乡，教乡就轰动了。村民们说从来没来过这么大的官，何况是从北京来的。董老师说，他并不是什么官，只是一个支教老师，一个志愿者。但村民们不管那么多，坚定地认为，从外面来的就是“官”，从北京来的就是更大的“官”。

他们将他迎进门，喝米酒，吃油茶。这家没吃完，又被那家邀了去。董老师被浓浓的乡情深深感染了。他说，长到这么大，从来没有被如此厚待过、礼遇过。

最后，王老师将他带到学校。当他看到学校破烂不堪的惨状时，震撼了。顿时说，待回到北京，一定动员自己更多的朋友为学校捐款，争取修一栋新楼。

得到这一承诺后，王老师跑到县教育局，向局领导汇报。局领导听后，十分高兴，当即表态，不论董老师能募捐到多少，剩下的全部由教育局负责。

回到村里的王成霞，马上着手新学校的筹建工作。她召集村民开会。大家听说修学校，没有不赞成的，纷纷说，虽然没钱，但力气有的是，只要王老师吆喝，大家随喊随到。

得到大家的一致赞同，说干就干。没有钱，王老师向父母求援，将他们存储的 2 万多元养老钱借了出来，拿上钱就去贵州的镇上买砖、水泥、钢材等建筑材料。再吆喝村民们出力，将原来的旧房子拆掉，挖基脚，砌砖墙。很快，第一层楼就砌了上来。

她拍下照片传给董申宇老师。董老师被照片上的一切惊呆了，不敢相信这是真的，打电话过来求证："王老师，有这么快吗？"

王老师告诉他："已经砌上一层了。正准备砌第二层。"

董老师兴奋地说："太神奇了！太好了！我马上加快朋友们的捐款进度。尽快将钱捐拢来，给你汇过去。"

没多久，董老师就汇来了7万元。董老师告诉她，这些钱都是他在北京的朋友和爱心人士一点一点捐出来的。大家听说在边远偏僻的通道还有这么一个连一间完整的教室都没有的学校，纷纷加入捐款的队伍，特别是当看到王老师传过去的自发修建学校的照片后，捐款更加积极。

有了7万元，虽然解决了大头，但显然还不够。她想起了局领导的表态和承诺，忙去给教育局领导汇报，领导当即批给她5万元。

她精打细算，就凭这12万元，修建起了崭新的两层砖混结构教学楼。

当楼落成时，整个教乡欢腾了。因为这是教乡大地上建起的第一栋"洋房"。王成霞的哥哥——青年歌手王成勇，邀请了一大批歌手、演艺人员和新闻记者来到教乡，举行了一场庆祝晚会，同时为学校添置教育教学设备进行募捐。

面对新修的大楼，到底取什么名字好呢？她想到了方方面面的关心与支持，想到这些关心与支持就像雨露一样，一点点汇集，再一点点润泽苗乡孩子的心。她灵感一现，说，就叫"雨露小学"吧。

我不禁为王老师的"灵感一现"拍手叫绝："多好的校名！你功德无量，算是为苗乡做了一件天大的好事。"

接着，我问："现在学校有多少学生？"

王老师一下乐了："别问学生，学生可少了。只有两个。"

"两个？这么大一所学校只有两个学生？"我疑惑地问。

"是的，只有两个。"王老师肯定地说，"一个二年级，8岁。一个学前班，6岁。"

两个学生还分属两个年级、两个班。真是少得可怜。

“为什么学生会这么少？”

“过去学生还是很多的，最多时有 40 多个。 就这几年，学生越来越少了。 一是这几年小孩生得少，学生自然就少了。 二是很多父母都外出打工了，将孩子一起带了出去。”

“这么少的学生，上面还允许开班？”

“这就离不开党委、政府的关心了，离不开村党支部的支持了。 在两个学生中，有一个学生父母离异，跟着爷爷奶奶生活，爷爷奶奶年纪大了，还要种地，根本不可能到山外的学校去读书，我将这些情况与村里一说，村里往上面一汇报，就同意了在这里继续开班。 要不，这个班开不成，这个学生也就失学了。”

说话间，王老师突然记起什么似的，忙说：“别光站着说话，快进屋坐。”

将我们让进屋，她便忙开了——为我们炒起了油茶。 喝油茶是侗乡、苗乡最基本的待客之道。 其原材料为茶叶、大米花、酥黄豆、炒花生、葱花、糯米饭等。 先将煮好的糯米饭晒干，用油爆成米花，再将一把米放进锅里干炒，然后放入茶叶再炒一下，并加入适量的水，开锅后将茶滤出放好。 待喝油茶时，将事先准备好的米花、炒花生等放入碗中，将滤好的茶斟入，就是色香味美的油茶了。 王老师的油茶一炒，顿时满屋飘香。

也许是闻到了油茶的香味，有三个孩子，羞羞涩涩地傍到了门框上，眼睛不住地往里张望，其中一个孩子的脑袋耷拉着，双手曲在胸前，走路摇摇晃晃，要紧贴着门框才能站稳，显然很不正常。

王老师看他们一眼，嗔怪道：“就你们几个鼻子灵。 不会少你们的。”说着，给我们每人一碗油茶的同时，也给三个孩子各泡了一碗。

“不是只有两个学生吗？”我好奇地问。

“不太正常的那个，是我儿子。”王老师幽幽地说。 说到“儿子”两字时，突然哽咽起来，眼里顿时有了泪意。

她一手将儿子揽进怀里，一边给他喂油茶，一边说起了她与学校、与学生、与儿子的故事。

过去，教乡的家长根本不重视教育。大多数孩子都没读什么书，女孩更甚。王成霞的父亲王道军是个开明人，共有三个孩子，一男两女，哪怕自己再苦再累也要送三个孩子上学。最终，儿子王成勇不仅上完初中、高中，还上了大学。大女儿王成霞也初中毕业。凭能力，王成霞完全可以考上高中。可是为了让兄长念大学，她不得不放弃了升学的机会。但不管怎样，她初中毕业，已经是教乡的“女状元”了，在她之前，教乡还没有出过一个女初中毕业生。

苗乡唯一一个女初中生，毕业后，回到了苗乡。

那一年是 1997 年，她 17 岁。

回到苗乡的她，眼看着与她同龄，甚至比她还小的女孩都已经结婚，有的还成了一个或几个孩子的妈妈，她心里特别难受。还有更多的十二三岁的孩子，全待在家里，要么放牛，要么砍柴，要么忙家务，都没有读书，有的甚至一天学堂门都没跨过。

其原因是，这里不但没有学校，而且没有老师。可他们都才十几岁啊，难道就让他们步父辈的后尘？就让他们这么一天天变成文盲？

她跑到县教育局，请求将学校办起来。县教育局领导说，没有教室和老师啊。她说，教室由村民们自己想办法，老师她去担任。

教育局领导当即拍板，同意办学校，由她任代课老师。

回到村里，将消息一宣布，孩子们乐开了，纷纷找她要书读。她去到每家每户登记，竟有 48 个孩子。

她领着 48 个孩子，将废弃漏雨的仓库进行清理，再从山上砍来杉木条加固柱子，动员每个孩子从家里带来一些塑料薄膜作为盖顶……看她领着孩子们干得如此热火朝天，大人们被感动了，放下手中的工夫，前来帮忙。没多久，一栋“崭新”的学校“修建”了起来。

她根据学生的不同年龄，将 48 个孩子分成三个班。三个班在同一间教室里，横着坐两个班，竖着坐一个班。这个班教 20 分钟，布置作业后，再去另一个班教 20 分钟。

除了教学，她还要到山外的镇上为孩子们买课本、作业本、办公用品，这一切，都得靠她脚走肩挑。还得经常上报各种表格、材料。那时没有电话，没有网络，都得她用一双脚奔走跋涉。通往山外的路，坡陡弯多，且布满荆棘，空手走都累得人够呛，去购买东西，一挑就是几十斤，甚至上百斤，其艰辛程度可想而知。脚走肿了，回学校烧一桶热水泡泡；肩磨破了，一个人躲在角落里用活络油擦擦。而她唯一的报酬，就是每月 80 元的代课津贴。

即便在如此艰苦的条件下，她教的学生成绩总是排在全乡前列，全村人对她交口称赞。她也先后被评为县、乡“优秀教师”“教育教学质量评估先进个人”“三八红旗手”和“优秀共产党员”等。

在收获教学成绩和各种荣誉的同时，她也收获了爱情。五年后的她，出落成了一个美丽的大姑娘，离她 20 多公里的孟冲村也是代课老师的一个小伙子向她发起了爱的攻势。因为相同的经历，志同道合的两人很快坠入爱河。一年后结婚时，老公希望她移居孟冲村，过二人小日子。然而，一办完婚事，她又回到教乡当起她的“孩子王”。

此后，接二连三的厄运向她袭来。先是老公遭遇车祸。这场车祸，不但耗尽了家中的全部积蓄，还变卖了家中所有值钱的东西。接着，儿子出生。孩子出生本是一件令人高兴的大喜事。然而，王成霞这个孩子的到来，却给她和整个家庭蒙上了一层阴影——孩子脑瘫。

怀孕后，因为忙于教学，该孕检，没孕检；该产检，没产检；该休息，没休息；该住院待产，没住院待产。预产期正是期末统考时间，她更没有时间顾及自己肚中的孩子。坚持教完所有的课程，坚持为学生们进行复习，坚持将考试完成，直到肚子疼了，发作了，临盆了，才匆忙叫来乡里的接生婆。接生婆在极其简陋的条件下，用传统的接生方法为她接生。

当学生的统考成绩出来时，她的孩子也出生了。她教的三个年级的学生的各科成绩都是全乡的第一名。然而，她生出来的孩子，最终因接生方法欠当和产程过长，导致孩子脑部缺氧受损，成为脑瘫。

学生第一名的成绩，让她十分欣慰。而自己孩子脑瘫的结果，让她十分难过和愧疚。她觉得是自己对不起孩子。作为教师，她爱自己的学生。而作为母亲，她更心疼自己的孩子。她就在这种爱与心疼中辗转腾挪。在教育好学生的同时，她没有放弃对儿子的治疗。每年寒暑假，叫上丈夫，带上脑瘫孩子，四处求医，先后到过北京、上海、广州等大都市的大医院，用了无数的钱，可效果并不明显。

没有办法，她只得将孩子带在身边，一边教书，一边看管孩子。到了孩子该读书的年龄，应该让他读书，可他连坐都坐不稳，怎么读啊？而孩子又特别聪明和坚强，每次看到妈妈教学生认字，他总是用一种渴望的眼神看着妈妈，口里发出呜哩哇啦的声音。当妈的心里当然明白，孩子是希望自己的妈妈也能像对待她的学生一样教他认字。

每当看到孩子这种眼神，她再也忍不住眼里的泪水。躲到角落里，大哭一场，将所有的难受化作滴滴泪水，流出来。待心情平复后，来到孩子身边，抚摸着孩子的双手和双脚，说："孩子，你是妈身上掉下来的肉，妈妈当然心疼你，妈妈也想教你认字、写字，可是你现在这个样子，连坐都困难，妈妈怎么教你啊。"

此后，她总在心里想，怎么样才能做到，既教学生，又可以带着儿子一起学呢？经过一番冥思苦想后，终于想出一个办法来，她自己设计，请来木匠，做了一副能直立在地上的木架子，将儿子的身体绑在木架上，靠墙摆放在教室的最后面。儿子就这样"站"了起来。她教学生认字时，也让儿子跟着念。

她的这一"伟大发明"，终于可以让儿子与学生们一起"读书"了。当听到儿子跟在其他学生后面发出了第一个字音时，她喜极而泣。虽然儿子发这个字音费了很大工夫，虽然费了很大工夫仍然不成字音，可这是儿子"读书"的第一声。只要有了这"第一声"，她就看到了希望。

正常的学生"坐"在教室听课，如果一动也不让动，肯定会崩溃。何况他是一个不正常的孩子，而且还是被硬绑在木架上“站”着，一“站”就是一节课。既要经受肌体上的痛苦，又要经历心灵上的煎熬。这种苦和痛，是任何人都无法想象和理解的。作为母亲，王成霞完全能够体验得到。苦在孩子的身上，痛在妈妈的心里。

一下课，王成霞便将儿子从木架上解下来。看着儿子身上被绳子勒出的一条条青紫的勒痕，王成霞忍不住痛哭。她一边流泪，一边为儿子按摩。她只想尽最大努力，来抚平儿子的痛苦。

时间在一天天过去，学生的成绩在一天天提高，儿子也在一天天成长。所幸的是，学生的成绩仍然稳居全乡第一，儿子也会发“a—o—e”的声音，也能跟着认“1—2—3”的数字了。这一切，是一个老师和一个母亲所期望的。尽管她比别的老师教得辛苦，比别的母亲活得累，但有了这些，便有了些许的安慰。

目前，儿子已经18岁。虽然他的智力水平还在小学一二年级的程度，但他可以认一些简单的字，可以叫爸爸、妈妈，可以跟随小学朋友摇摇晃晃地玩耍，可以倚靠在门框上向妈妈要吃的，有这一些，她也就心满意足了。

说着这一切，王成霞带我来到楼梯下面的杂物间，指着已经蒙满灰尘、结了蛛网的木架，说：“这就是我当年请人做的绑儿子的木架。现在儿子大了，用不上了，就丢弃在这儿了。”

木架由两根竖立的木方与三根横方，通过榫卯铆在一起，再固定在一长方形底座上，底座十分稳固。捆绑在这样的一副木架上，再怎么站立不稳的人都不可能歪下。

看着简单且粗糙的木架子，可以想象，这些年，一对苦命的母子经历了怎样的心路历程。它，令我心绪更是难以平静：这是一个母亲伟大的爱，更是一个母亲锥心的痛啊！

“现在儿子都已经18岁了，都没有去丈夫那边生活过。”说起丈夫，王成霞颇有些愧疚，“因为我放不下这些孩子。如果我走了，这里的孩子又将失学。”

当年与丈夫办理完婚事，就回到了教乡，这一干就是十几年。

听了王成霞老师的故事，我不知道该说些什么话，是该安慰？ 还是该鼓励？ 抑或赞美？ 我觉得都不恰当。 或者说，任何语言都不足以安慰、鼓励和赞美这样一位优秀的教师，这样一位伟大的母亲。

一直陪同着的吴书记这时插话进来，说：“因为太边远、太偏僻，公办老师都不愿意来。 在王老师代课之前，这里也曾办过学校，但总是停停办办，办办停停，前后换了几十位老师。 直到王老师代课后，才稳定下来。”

王成霞补充道：“在我前面一共换了22位，我是第23位。”

王成霞说：“自我来了后，村里就没出现一个辍学儿童。 如今，虽然只有两个学生，哪怕只有一个学生，我也会教。 只要有学生读书，我就要将学校办下去。”

只要有学生读书，我就要将学校办下去。

铿锵的语言，在大山间回响，令我想到了电影《一个都不能少》。 眼前的故事，不就是电影的翻版吗？ 眼前的王成霞，不就是电影的主角吗？

当年的电影感动了数亿观众，受到了世界的注目。 我想，今天的王成霞，也定会被越来越多的人记起，被越来越多的人称颂。

王成霞，又一个值得骆团人骄傲的青年。

## 种“黑老虎”的青年

采访吴言根，是在他的“黑老虎”基地。

他正在基地里做一场关于“黑老虎”的直播。

“黑老虎”，有诸多别名——冷饭团、臭饭团、酒饭团、过山龙藤、大钻、万丈红、透地连珠、紫根藤、外红消、红过山、钻骨风，是一种自然生长在山林里的常绿藤本野生植物，为当地珍贵中药材，全株均可入药。 收录在《中华本草》和《全国中草药汇编》等药典，具有祛风活络、调气止痛、清肝明目、益肾固精、补血养颜、提高免疫力等功效，是治疗风湿、遗精、贫血、痛经、产后血虚等症之良药，更适合女性月经不调、产后体虚、气血亏虚、宫寒、痛经、胸胀、经期量多、经期量少、小腹冰凉、手脚冰冷、爱感冒、脸上爱长痘痘、脸色暗黄、精神不振等症，是美容养颜、健康保健的上品。常食用其果能黑发润肤，清心益智，强身延年。在侗、苗等少数民族地区知名度很高，被称为“布福娜”，意即美容长寿之果。

因为长在深山老林里，且缠绕大树生长，结出的果实，又大又黑，猛一看去，就像藏在树林里的老虎一样，老辈人就此给它一个威猛的名字——“黑老虎”。

三省坡的大山深处，盛产“黑老虎”，并以“果肉绵软清香、口感清甜爽滑”著称。位于坡东的骆团的“黑老虎”品质更优，民间就有“黑老虎果骆团味道最纯”的说法，很多侗族中草药师都来这里采摘果实和根藤。

过去，没有人种植，让其在山林中野蛮生长。除一小部分被当地郎中采来做草药和上山砍柴的孩子们摘来当水果吃外，大部分都成了鸟兽的食物。

如今，“黑老虎”作为一种集食用、药用、绿化、观赏于一体的新型水果，受到广泛关注，许多农民开始种植，市场价格稳定在每公斤数十元，市场前景非常可观。

骆团青年吴言根，小时候就知道这是个好东西，每次上山砍柴，他就专门攀高树，钻刺蓬，去寻来吃，每次都吃得满嘴流汁。只是那时他根本想不到，长在山里的这野东西，除了好吃外，还能给他带来财富，给村民带来财富。

吴言根种植“黑老虎”，是在外面遛了一大圈回来后才开始的。

出生于 1983 年的他，虽然幸逢改革开放的好时代，但终因家居贫困山区，且家庭人口多，使他不得不读完初中就外出打工。打工归来，村里招代课老师，初中毕业的他，参加代课老师选拔考试，考了个第一名，顺理成章走上了讲台。在教书过程中，他深感自己学历太低，知识储备不够，他给当时县高中校长写了一封长信，希望学校能接受他，让他再回到学校读高中。高中校长被他求学的精神所打动，作为特例，批准他入学。此时的他，已经在社会上混了好几年，初中学的那点东西基本都忘了。为了赶上同学们，他在学高中新课程的同时，狠命地补初中的内容。经过一个多月的努力，在当年的期中考试中，他就考了第二名，到期末考试时，仍然稳居前三。高中读了一年，由于没钱交学费和生活费，他只得再次告别学校。

可是，他是一个有梦想的青年，一直想通过自己的努力告别贫穷，走向富裕。从学校回到家的他，先后种过茯苓、养过兔子、修过摩托、理过发、开过商店……通过如此众多的实践与摸索，虽有过失败，但还是有了一些盈余，正当他想一鼓作气，向着自己的梦想前行时，2012 年那场大火，将他开在村中心的店子烧了个精光，让他“一夜回到解放前”。

然而，他并没有气馁。大火烧得了一个人的房子，绝对烧不了一个人的决心。他牙一咬，决定灾后重建，在什么地方摔倒，就在什么地方爬起。过去是租房开店，如今要自己修房开张。从买地开始，重建一个家。此时，他已经是一个妻子的丈夫，两个孩子的父亲，四位老人等着他赡养。尽管一重又一重压力向他袭来，他铁肩担千斤，昂首向前行。

房子修好后，继续开店。但此时的他，已经不再满足简单的“开店”了，他要做一番大事业，不仅为自己，更要为村民。一双犀利的眼睛，四处搜寻，寻求最新的突破，寻找发展的方向。就在这种寻找中，一种小时候经常吃的野果，令他眼前一亮。这野果就是“黑老虎”。

他马上上网去查，一查得知，“黑老虎”全身是宝。不但果可以吃，而且根、茎、叶都可以入药。由于它具有营养、保健、药用等多重价值，“黑老虎”果成了人们眼里的“神果”“灵果”，在有些地方，卖到数十元一斤，还一果难求。

他顿时心里一暖，众里寻它千百度，蓦然回首，那果就在屋后山林中。他肩扛锄头，手拿柴刀，向山林出发。他将野生的“黑老虎”苗挖回来，种在自己的地里。每天天亮出发，天黑归家。那些天，每天要挖苗上百株。挖完湖南山上的，再深入到邻近的广西、贵州的大山里去挖。为了挖苗，他翻越了三省（区）的数十个山头。

他将挖回来的苗细心种植，精心栽培。他边试种边摸索栽培技术，从野生“黑老虎”生长在深山老林和攀爬树木才能枝繁叶茂、才能开花结果等特性中，他总结出栽种“黑老虎”的土地必须深挖沟，确保土壤干燥透风，还必须像葡萄一样，打上高高的架子，让“黑老虎”的藤条有攀爬之处。他完全顺从“黑老虎”的这些特性，建立起高标准的种植基地。一建成功，一炮打响。他基地上的“黑老虎”枝繁叶茂，生长十分喜人，第二年挂果，第三年就获得丰收。

他的成功，带动了一大片人，不但当地人来向他取经、买果、购苗、学技术，就连许多外地人也通过微信向他求果、求苗、求技术。他看到了商机。开始育苗。他从“黑老虎”果里挤出籽来，作为育苗的种子。像育其他苗子一样，精心播种，悉心排管，细心呵护，育苗获得成功。为了得到更多的种子，他大量收购成熟的果子，将果皮、果肉做成蜜饯，将籽晾干，作为育苗的种子。随着需求量越来越大，后来专门有人为他收购种子。从10斤到50斤，到100斤，最多时，他一年播种了500多斤种子，育出种苗200多万棵。

其间，他学会了拍视频，并在抖音、快手等平台注册了用户，他将基地里的“黑老虎”拍成视频，发到抖音、快手的平台上。很快，就受到广大网友的关注。最多时，他一个抖音号的关注人数达8万多人，一个快手号的关注人数也有4万多人。

他还学会了直播，就在他的基地里直播。网友们从直播里看到了他身后长势喜人的“黑老虎”枝条和硕果累累的“黑老虎”果实，甚是羡慕，纷纷要求购买他的果子和苗子。名气越来越大，影响越来越大，生意越做越大。

我找到他时，他就正在基地里直播。没有什么好的直播设备，就一部手机，架在“黑老虎”的藤架上，他站在手机前，用含了浓重地方口音的普通话，向网友们介绍他的基地，介绍“黑老虎”的功用，介绍骆团“黑老虎”的优势，介绍自己的种植经验，回答网友们提出的一个又一个问题……直忙得满头大汗。一个多小时后，他见我等得太久，才不得不向网友们说再见。

我们的谈话就从他的直播开始，我问："是什么时候学会的？"

他说："已经有一年多了，最初是玩微信，交了很多网友，至今，微信好友还有9000多人。当时在微信上发一些'黑老虎'的图片和视频，微信好友们对我的'黑老虎'很感兴趣，纷纷要求我传授技术和经验，纷纷向我购苗、购果。我都十分耐心地向他们传授经验和技术，十分耐心地回答他们提出的一系列问题。这样，我的朋友圈越来越大，结识的人越来越多，生意也越做越好。出果子时，我就向他们推销果子，有苗子时，我就向他们推销苗子。果子只有秋天有，而苗子一年四季都可以销售，像云南一些地方，就连大热天都可以种。有的是栽种在地里，有的是栽种在阳台上的盆里。盆栽要求高些，苗也要求要好些。盆栽的苗最多卖到两三百元一棵。后来，抖音和快手出来了，我又开始玩抖音和快手，拍一些我们这里山水的视频，拍一些'黑老虎'的视频，发到抖音和快手的平台上，每次点击量都是过万。再后来，发现直播这东西更直接、更好玩，对宣传、销售更管用，于是，又玩上了直播。"

"现在，一般你一天直播几场？"

"直播一两场就差不多了。"他说，"多了搞不过来。忙的时候，一分钟要接八九个电话，搞得手忙脚乱。接了电话，收了单，还要准备苗子，还要打包，还要发运。搞多了根本忙不过来。"

我问："你的果子和苗子都销往哪些地方？"

他笑笑，说："那可卖得宽了，销到了全国30多省（区）。"

我又问："年销售额大概有多少？"

"得有200多万吧。"

我又问："最多时，每天销售多少苗子？"

他想了想："上万棵吧。记得最多时，一天销售苗子的收入就有8万多元。我这人容易满足，有了这么多收入，够了。放在过去，这些想都不敢想，这得感谢这个好时代。"

他还告诉我，2018年，他们的"黑老虎"被农业农村部批准为"地理标志农产品”，他种出的“黑老虎”果，还上了中央电视台。那时，可是火了一把。随着名气越来越大，跟随他种植的人也越来越多。如今，村里种植“黑老虎”的人，已经发展到了120多户，种植面积达1000多亩，已经成为村民的主要经济来源。

面对这些，他颇有感慨地说：“自己总算为家乡做了一点点事。”从他说起这些事的表情看，他无不为自己“做了这一点点事”而高兴而自豪。他接着又说：“家乡的每一处改变，都需要有一部分人的辛苦和付出，只要人人都付出一点力，家乡将会有更加美好的明天！”

是的，只要人人都付出一点力，家乡将会有更加美好的明天。

为了这更加美好的明天，2018年3月，渴望知识但没有机会上大学的他，通过成人高考，考取了湖南工商大学，进入该校学习市场营销专业，通过两年半的函授学习，于2020年6月毕业，取得了大专文凭，成为梦寐以求的大学毕业生。

他说：“一个人在社会上的时间总比在学校里的时间多，没有太多的机会在学校里读书，只好在社会上慢慢摸索、慢慢学习。”

他就是在这种“慢慢摸索、慢慢学习”中，一步步走向成熟，一步步走向成功。

实际上，除了做自己的事外，他还被选为村党支部委员，负责纪检、党建等多项工作，很多时候，他还要在村里坐堂值班，处理村里的事情。

我问：“你做了这么多事，不觉得累吗？”

“累是肯定的。但累并快乐着。我这人就是一个不服输的人，一个喜欢不断尝试、不断挑战、不断硬拼的人，特别是遇到了这么一个好时代，我的拼劲更足。”

之后，他给我说出了极富哲理的一段话：“舞台再大，如果你不上台，你将永远都是观众；平台再好，如果你不参与，永远都是局外人；品种和技术再好，如果你不努力地去做，一切都是零！有些事情，不是看到了希望才去坚持，而是坚持了才有希望！”

质朴无华，掷地有声。

几个小时很快过去。他实在太忙，实在有太多的事要做，我不忍心耽误他的时间，便与他告别。

回来的路上，我反复吟哦他说的话：“遇上这么好的时代，拼劲更足！”“不是看到了希望才去坚持，而是坚持了才有希望！”

他说的是他自己，他说的又何尝不是骆团村这一群年轻人？

怪不得一走进骆团，就有那么多老人不住地称赞。这些年轻人还真没有一个懈怠的，都在各尽所能，为自己的村庄增光添彩。

哦，骆团青年！青年骆团！

# 第三章
# 雪峰“高”村聚飞鸟

【远村提要】

雪峰村，隶属湖南省会同县高椅乡，地处会同、洪江、绥宁、洞口四县交界之地，距县城 90 公里，距乡政府 27 公里，最高海拔 1438 米，被称为会同境内“最高的村”。

在未来会同县高椅乡雪峰村之前，有朋友告诉我，它“穷得让人心痛”。

然而，当我在一个夏夜，走近它时，却被它的美深深陶醉。

一尘不染的天穹，像是被水洗过，晶莹明净。天穹深处，稀疏的几颗星星，如苔花般静开，悠闲地生着辉。四面的山，幻化成一种颜色，几片轻雾飘过，时浓时淡，飘飘渺渺，仿佛刚出窑的青花，瓷胎上还流淌着没来得及化开的结晶。躲在草丛中的青蛙，“呱呱呱”地叫着，声音时远时近，时急时缓，时断时续，仿佛合奏的一曲交响，又似温存后的几声呢喃。不一会儿，远处传来“汪汪”两声犬吠，让人感到意外与惊喜。夜色朦胧中，一条条水泥村道，弯进家家户户；一段段自来水管，送进每一户灶台；一个个文化长廊，陪伴着休闲村民；一栋栋特色民宿，吸引着进村游人……

眼前的雪峰村，夜幕下的这片土地，竟如此静美。

一打听，2022 年的村民人均纯收入达 1.5 万元，村集体经济突破 20 万元。

我不得不怀疑朋友的话，打电话过去问他。他说，那是几年前。为了证明他的“对”，随后而来的微信里，给我列举了一组数据：

——会同县 4 个省级深度贫困村之一，贫困发生率一度高达 42.2%。2016 年人均纯收入不到千元，村级集体经济为零。

——为讨生活，大多数青壮年人口不得不远走他乡。全村 676 口人，只有176人留在村里，而这之中，60岁以上的老人90人，18岁至44岁的青壮年仅10人。另有残疾人24人，五保户2人，低保户15人……

的确，它穷得让人心痛。

那么，又是什么让它在短短的几年时间里实现了如此华丽的转身？

慢工出细活。我决定走进农户，走进他们的生活日常，在烟火灶台间和锅碗瓢盆里，寻觅那渐变的脚步。

## 雪峰一梦

带着夜色赐予的这份陶醉，我来到了雪峰界下建档立卡贫困户袁建平家。

走进他家时，虽已晚上10点，但一家人依然为我留着一盏灯。灯光下，两栋木屋呈“L”字型排列。木壁青瓦，翘檐飞角。地面一尘不染，家什井然摆放。灯火如玉，蛙声一片。走进如此家中，愉悦之情油然而生。夫妻二人热情地接待了我，并为我煮开了一壶自采自制的雪峰老山茶。我们一边品茶，一边聊起了家常。

袁建平告诉我，他家之所以贫困，是因为人口多且命运多舛。一家6口，父亲、弟弟相继得癌症，为他们治病花去十多万元，最后人财两空，亲人没了，债欠下了。家里穷到揭不开锅。为了还债，夫妻二人外出打工。不到一年，90多岁的外公和70多岁的母亲需要照顾，只得回家。债务，生活，双重压力，逼得他时常躲在漆黑的夜里抹泪。正当他一筹莫展时，省文旅厅的扶贫工作队来了，为他送来了优质乌骨鸡苗、优质贡米秧苗，并资助他修缮房屋，在家里开起了民宿，还请他在村里当保洁员、护林员，开固定工资。就这样一步步将他从贫困的泥沼中拖了出来。

夫妻俩告诉我，省文旅厅的扶贫工作队，为村里做了很多实事。比如，修建公路，引水入户，加工楠竹，打造高山茶园、山货集市，等等。在此基础上，发挥他们文旅厅“本行”优势，深挖盘活当地“红色”“古色”“绿色”文化资源，开发“红军路”“红军亭”“千年侗寨”“千亩茶园”“万亩竹海”等特色项目，还规划了“竹林七贤”高档民居，着力打造“云上雪峰”，开发乡村旅游。他家的民宿就是为配合乡村旅游开办的。

说到他家的民宿，袁建平彼有几分自豪。他说，工作队为他资助了8000元，他自己又掏了一些，将尚有八成新的木房修葺一新，将整个院子打扫整理，将多出来的房间精心装扮，开起了村里第一家特色民宿。开张第一月，就迎来了多批客人。他说，过去总认为，开旅社只是城里人的事，只有高楼大厦才行，想不到自己这远离城市、土得掉渣的木板房，也能开成旅社，而且还受到城里人的广泛赞誉。在他家住过的湖南大学、湖南艺术职业学院等几所大学的教授和学生，对他家的房子和他老婆做出来的饭菜赞不绝口。去年夏天里，一个月内就收获了4000多元。而且他并没有喊价，都是随他们自愿给，当然，给多了他也不收。袁建平说，赚钱多少无所谓，来到村里的人都是贵客，让他们吃好、住好才是最要紧的。

袁建平还告诉我，他们的家，原在海拔1200多米的雪峰界山顶上，只因需要照顾年迈的外公，才搬来这里。外公只有母亲一个女儿，如今母亲也只有他一个儿子。因此，照顾外公和母亲是他义不容辞的责任。外公是抗战老兵。1945年4月抗战的最后一战——雪峰会战打响，外公和他的战友转战在雪峰山的战壕里，浴血奋战，用血肉之躯，将犯我国土的日军挡在了雪峰界下，迎来了芷江的受降，取得了抗战的最后胜利。外公虚岁活了100岁，直到抗战胜利70周年，受到党中央、国务院、中央军委的表彰后，才离去。说着，他从屋里捧出一大堆外公的照片和勋章来，这些照片和勋章有力地说明了外公向培泮在抗日战争中为民族解放事业所做出的贡献。看着这一张张照片、一枚枚勋章，我对老人的无限崇敬，对这一家人的无限崇敬油然而生。

我们总算聊到了一年的收入。袁建平勾起手指头为我数说了起来，去年卖掉了最后4头浪牛，卖了3.2万元，乌骨鸡收入0.5万元，村保洁员工资0.96万元，高山贡米收入0.5万元，民宿接待游客1600多人收入3万多元，周边做一些临工1万多元。就这么粗略一算，收入9万多元，而儿子在贵阳开手机维修店的收入还不算。

我高兴地说，你这已经是致富的标准了。

袁建平嘿嘿一笑。低调的妻子则一个劲地插话，别听他的，哪有那么多。而袁建平却说，又不是什么丑事，说给老师听听也无妨。

一路聊下来，我们聊到了未来。我忍不住问，今年和今后有什么打算？夫妻俩对视一眼，笑笑，说，也没有什么大的打算，农村做工的人，离不开一个做字，目标再大，打算再多，不做，一切等于零。目前种了8亩水田，还打算从荒地里开出2亩来，种高山贡米。自己做好护林员，争取老婆在村里当个保洁员，再养一些乌骨鸡，办好民宿，吸引更多的客人来住。

说到办民宿，我说，你这民宿还有潜力可挖，你外公是抗战老兵，是民族英雄，这可是你家甚至你们村不可多得的宝贵财富，你完全可以据此深挖，打造出一家具有纪念和教育意义的“抗战老兵之家”的特色民宿，并挖掘出外公的抗战故事，将外公的勋章、照片和生平等一一陈列，定可以吸引来更多的客人。我越说越兴奋，然而他却陷入了沉思。许久，才羞涩地说，这妥吗？

多么淳朴的汉子，多么干净的灵魂！我被他的纯粹深深打动。

晚上睡觉的时候，我做了一个梦。在梦里，雪峰村山山水水面貌一新，各种设施一应俱全，村中公路上车水马龙，村前屋后人流如织。扶贫工作队着力打造的“红军路”“红军亭”“千年侗寨”“千亩茶园”“万亩竹海”等各大项目初具规模。规划中的“竹林七贤”高档民居已全部建成，且迎来一批又一批远方的客人。袁建平也办起了融乡村古民居与爱国主义教育为一体的“抗战老兵之家”特色民宿，游人络绎不绝，他穿梭其中，不厌其烦地讲述本地风俗民情和外公抗战故事。他爱人，在厨房里忙上忙下，乌骨鸡肉，浪牛肉，闪着光泽，香味扑鼻。一位住了多日的游人，再一次续房，并说，已经打电话给城里的朋友，邀请他们一起来住……

梦中醒来，几分惊奇，几分诧异。为何会做如此一梦？古人说，日有所思，夜有所梦，定是这个道理。可喜的是，梦中的一切竟是那么美好，既有现实的反照，更有未来的呈现。这才是梦的全部意义。我想，这样的梦，是我的，也是袁建平的，更是整个雪峰村的。

带着梦境的余韵，推窗而望。远处的山坡上，一望无际的竹林，如海水般铺陈起伏，氤氲成雾。竹林之外的大地，晨光照耀，万物繁盛，青翠葱郁，蓬勃生长。纵横交错的公路，蛛网般伸展在大地上，将每一栋房屋、每一块田土，珍珠般串联在一起。山脚下，道路旁，文化广场、文化凉亭、文化长廊、书香驿站，在初升的太阳底下，人来人往，生机勃勃。早起的农人，或牵牛荷犁，或挑担拎锹，或拒鹅赶鸭，正急匆匆地走向那一片闪着银光的田野。一家一户的瓦背上，炊烟袅袅，恰如一位位向山外张望的婀娜少女，伸出纤柔细指，挥向游客徐来的远方。袁建平家厨房里，炖熟了的牛肉香味，随着早晨的风，一个劲地向四野飘散……

面对这一切，我不禁哑然失笑：梦与现实竟离得如此之近。

## 雪峰山里的“浪牛”

走向张宏元，完全是因为一个新奇的词语——“浪牛”。

日常俗语中的“浪”，一般形容人，表现出一种玩世不恭、自信膨胀、不按常理出牌的行为和心理状态，带有无所谓、我行我素、行为随意、举止轻佻的意味。

难道雪峰大山里还有“玩世不恭”“我行我素”的牛？

一问才知，“浪牛”这名字，是时任会同县长给取的。

那一年，县长来到雪峰村调研，问村民，大家喜欢养什么？村民回答，养牛。并告诉县长，我们这儿养牛，不喂饲料，就在山上放养，春天赶上山，冬天才找回来，一年四季有三季在山中流浪。

听到这里，县长马上脱口而出：“浪牛。”

从此，雪峰村的牛，便有了自己极富个性的名称。

这名称，一下激起了我深入了解的欲望。想去看一看这“浪牛”到底长什么样？与其他“牛”又有什么不同？

张宏元是村里的养牛大户，要想采访“浪牛”的事情，只有去找张宏元。袁建平手一指：“他的家，就在对面山坡上。”

张宏元家离袁建平家不是很远，只有一箭的直线距离。

袁建平先给张宏元打了电话，要张宏元在家等着我。所以，不费什么事，直奔张宏元家，马上见到了他。

张宏元，身材瘦削，脸圆头发少，中等个头。裤脚卷起，一双塑料拖鞋，一身沾满黄土的迷彩服。

一看便知，是个勤劳的人。

我们的谈话从年龄开始。他说：“我是1973年生的，属牛。”

“难怪你养牛。”我马上说。

他嘿嘿一笑，一脸的淳朴与憨厚。

我趁机问：“你一共养了多少头？”

张宏元用他那双粗糙的手在光光的脑门上抓了抓，想了老半天说：“大概有七十头，具体多少头我也不清楚。”

我有些惊愕，牛，不是一只鸡、一只鸭，一头牛少说也要上万元，对于农村人来说，是大资产、大财富。别人家，一只鸡、一只鸭都数得清清楚楚，他自己养的牛，竟然说不清楚？

“牛都在山上。开春送上山，要到冬天才找回来。在山中好几个月，很多时候，母牛都生了牛崽，这一生崽，一头就变成了两头。所以，你根本搞不准，你有多少头牛，只有赶回来才知道。所以，我只能有一个大概的数。”张宏元耐心地给我解释着。

说起养牛，张宏元一下来了兴致。他说：“我养牛，还得感谢扶贫贷款。”

2014年孩子外出读书后，他和老婆去了广东番禺一家织布厂打工，两人一个月有八千多块钱收入，比在家种田划得来，可是一天到晚像犯人一样被关着，不自由。做了一年他们就回来了。回来时，正赶上扶贫贴息贷款，就开始养牛。先是养了20多头母牛，慢慢就发展起来了。

我问：“你怎么想起要养牛呢？”

他说：“过去，我做过很多的尝试，种过木耳、窖过天麻、栽过百合、栽过茯苓、织过竹帘子，听讲哪样赚钱我就做哪样，最后除了茯苓赚了点钱外，别的都没赚到。想来想去，在这大山里，只有养牛容易一些，最主要的是村子后山那片草场空在那，适宜养牛，而且大家也都有养牛的传统。只是过去养牛，每家最多两三头。不像现在，一养就是几十头。另外，我对牛有特殊感情，我看到牛高兴，牛看到我亲切。牛真的通人性，每次我上山去看它们，只要听到我的声音，牛就会叫。”

接着，他给我说起一件他与牛的“神奇”往事。

那一年，他十五岁，家养的三头牛，头天进圈时还好好的，第二天早上有一头就死在圈里。另外两头也有气无力口吐白沫。病急乱投医，他爹以为是撞着了鬼，请来傩师冲傩，傩师身穿巫师袍，头戴黑色尖顶巫师帽，手里还紧紧拿着魔杖，唱什么天神神，地神神，中间还有个牛神神……唱了一夜，他爹还杀了一只大公鸡来拜。他和他爹还给牛下跪、磕头、烧纸钱。折腾了一个晚上，结果什么用都没有。最后，他上山扯了点马鞭草泡淘米水来喂，牛就好了。从此，他与牛结下了深厚的感情。也就是从那时起，他就有了养牛的欲望，只是买一头牛的本钱太大，他养不起。因为那时家里太穷。

说起穷，张宏元眼里顿时有了泪意。

他说，母亲从1989年就瘫痪在床，十多年，直到2003年去世。母亲去世后，父亲又得皮肤癌，2005年左手截肢，2007年去世。记得父亲在去世前两天，提出想吃口面条，可家里找不出，只得向邻居讨。讨回来，用清水煮了，父亲说，崽啊，面好吃，你再给我煮一碗吧！张宏元到哪里再去煮一碗啊！他含泪对父亲说，今天就吃这么多算了，明天再给你煮。

第二天，为了实现对父亲的承诺，他去干了一天活，换回了一大捆面条，高高兴兴煮给父亲吃。可父亲只吃了两口就不要了，拉着他的手说，崽啊，你人勤快，只肯干还不行，要会干才有出息……说着说着，手就慢慢变凉了。

“父亲去世，连身像样的寿衣都买不起，就穿着他干活时的旧衣服走。”他说，“真对不起我爹啊！想起过去的日子，我就想哭。现在与过去比，真是天上地下啊！特别是扶贫工作队来了后，将我们每家每户的房屋进行整修，家家门上刻了对联，板壁油了桐油，干净整洁。路通到了每家每户，公路边上还建了招呼站，招呼站里还建起了图书箱，摆了各种图书，每一个等车的人，伸手可拿，随时可看。更让人有底气的，是每家每户的荷包也都鼓了。”

我马上插话，问：“您现在每年的收入有多少？”

他自信满满地说：“一年有个 10 多万元吧。”

我说：“应该不止吧，你现在光牛就养了 70 多头，就按一万元一头，就有 70 多万元啊。”

他突然笑了：“不能这么算啊，这些牛还没有变成现钱。再说，养大一头牛，一年肯定不行，至少要两三年。”

“就算两三年，拿 70 万元去除，一年也有二三十万元啊！”

他嚯嚯一笑：“你要这样算的话，确实也有那么多。”

这就是中国农民。他们不玩虚的，喜欢实实在在，也不藏着掖着。

我又问：“一下养这么多牛，在这大山里你不愁销路吗？”

他顿时一脸的骄傲，说：“根本不用愁。我们这里的牛，一年有好几个月在山上浪，吃纯天然的草，喝没污染的水，不吃一粒饲料，肉质比什么地方的都好，即使价格比别的地方高出个十元、八元一斤，也卖得出去，还供不应求。每一次杀牛，牛还没杀，就预订完了。”之后，他又补充一句：“现在是‘吃世界’，大家口袋里都有了两个钱，都舍得吃了。而且都要选质量好的吃。”

的确，现在农民手中有了钱，不再节省。记得前年我回农村老家过年，村里人共杀了三头牛，都没出村，几百斤牛肉，50 元一斤，就被村民们分销了，连边边角角的碎肉都卖了。帮忙杀牛的屠夫不断地感叹，这是过去想都不敢想的，现在农民真的富了。

如此好的牛，真想见识一下。于是提议：“想去看看你的牛，看它们是怎么个浪法？”

他说：“牛都在后面的大山里，要登山爬坡，都是茅草路，难走。”

我说：“不怕，我出身农村，再高的山也能登，再陡的坡也能爬。”

我们出发。他递给我一根长木棍，说是当拐棍。我说，不用。他坚持让我拿上，他自己则握了一把长柄柴刀。

去山上，必须经过他专为牛修建的牛舍。牛舍建在一个山湾里，是一座四合院，水泥砖砌就，屋顶盖了绿色的铁皮瓦。四周是牛舍，中间的院落里放满草料，自来水接到了每个牛舍的门口。阳光洒在院落里，清新而宁静。

张宏元说：“这牛栏一年有四分之三的时间是空着的，只有冬天才用一用。我们这大山里，不比平地，更不比城里，一到冬天就结了冰，因此，必须在结冰前上山将牛找回来。”

看到如此“豪华”“现代”的牛舍，我忍不住说：“给你家当牛也太幸福了吧。你家的牛，比过去的人都住得好。”

“是啊，你靠它挣钱，得对它们好一点。不过，得感谢扶贫工作队，得感谢梁队长，是他们贷给我一些资金，才修得起这么好的牛栏。他们还专门给我挖了一条公路，公路修到了牛栏边，有了这条公路，牛的销路就更不愁了，从这里上车，可以直接将牛拉到北京、上海等大城市去。”说着，他愉快地笑了起来，笑脸在阳光下熠熠生辉。

山还真的难登，坡也更加难爬。这时我才明白，他为什么坚持要我拿上一根木棍。不止当拐棍，还可以防蛇。他说，山上蛇多，边走边用木棍敲打，可将脚边的蛇赶走，而他自己拿的柴刀，用途更大，因为少有人走，路两边伸出来的柴草的枝枝叶叶早将进山的路拦了，进山必须得边走边砍。

经过大半天的攀爬，总算到了大山里面。山风徐徐吹来，鸟声此起彼伏，空气里弥漫着淡淡的青草味，深吸一口，整个肺腑瞬间清爽。在风声、鸟声和淡淡的青草味里，“叮当——叮当——”一声声清脆的铃铛声，从草木深处传来。

张宏元说：“到了。”

他告诉我，为了能从大山的草木里尽快找到牛，他们在每一头牛的脖子上挂了铃铛，牛一动，铃铛就会响。听到铃铛声，便知道牛在什么地方，直接去找就是。

他朝铃铛响起的地方喊了一声：“黑妹子，是你吗？”

草木深处的铃铛声迅速停了，随即，一声“哞——”。

一听就明白，这是张宏元与牛的对话。这也印证了他前面对我说的：他与牛有特殊感情，他看到牛高兴，牛看到他亲切。只要听到他的声音，牛就会叫。

我想起他刚才叫了牛的名字：“你叫它什么？”

“黑妹子。”

接着，他告诉我，他给大多数牛都取了名字。这头“黑妹子”全身毛皮漆黑，而且是一头母牛，就叫它“黑妹子”。牛很聪明，它的名字，当着它的面多叫几次，它就记住了。

“刚才你并没有看到牛，你就怎么知道是‘黑妹子’呢？”我好奇地问。

“你可能没看到，我刚才从草木的缝隙里瞄到了一点黑影子，我猜想，可能是‘黑妹子’。我养的牛，我基本懂得它们的脾性，记得它们的样子，只要看到一点影子，就能猜出个大概。”边说着，边用柴刀砍开挡道的茅草，带我朝“黑妹子”走去。

到近前，的确是一头皮毛黑得发亮的牛。张宏元说：“还真是‘黑妹子’。”“黑妹子”长得膘肥体壮。见到我们，只是“哞哞”叫几声，依旧吃它的草。吃完一丛，跃身而起，跳过一水坑，去吃另一丛。虽然体型庞大，但跳跃似猴般灵活，令我大吃一惊。

张宏元说：“它们天天在山中跑来跑去、跳来跳去，与养在栏舍里喂饲料的牛，肯定不一样。它们经常这样运动着，骨头会硬一些，肌肉也发达、紧实一些，再加上它们吃的是纯天然的草，喝的水也是纯天然的，所以肉质要比其他牛好。这也是价格比其他牛肉高，比其他牛肉受欢迎的主要原因。”

说着，张宏元也跳过水坑，站到“黑妹子”身边，拍拍它鼓胀胀的肚皮，又摸摸它滑溜溜的脊毛，似自言自语，又似对“黑妹子”说：“又长胖了。”随后，围着牛转一圈，看被什么咬伤过没有，身上是否长有蜱虫。如此这般，他才放心离开。

离开“黑妹子”，没走多远，铃铛声一声接一声，此起彼伏，不绝于耳。一大群牛，呈现眼前。

张宏元说：“牛是群居动物，喜欢三五成群地待在一起。只要找到了一头，其他牛基本上就在附近。”

牛群里的牛都与“黑妹子”差不多，每一头都四肢健壮，皮毛顺滑，犄角有力，高大威武，煞是喜人。

看着如此场景，我无法抑制内心的激动，情不自禁地对张宏元说：“这可是你‘行走着的大银行’啊！”

闻言，张宏元脸上露出来的，全是幸福的喜悦。

下山的路似乎好走许多。一路上，我脑海里出现的全是牛的影子。

浪牛，自由自在流浪在山中的牛，自由自在游荡在山中的牛，自由自在在山中过着浪漫生活的牛。

为浪牛点赞！

为张宏元点赞！

## 老书记晒出的“成绩单”

在村里的环村公路上，我遇到了当了20年村支部书记的伍永发。

伍永发自2000年起至2020年止，担任村支部书记整整20年，直到全村贫困人口整体脱贫，他才卸任。卸任后的他，喜欢在环村公路上漫步。公路蜿蜒而宽敞，步履所至，耳边的鸡鸣、狗吠、鸟叫和眼前的红杉、绿竹、碧水，青砖、灰瓦、白墙，构成了一幅绝美的山水画。

我们的谈话，就从他漫步的这条路开始。

他说：“现在这条公路，就像城里的环城公路一样，也成了村里的环村公里，串通了全村各组，形成了一个大大的圆环，村民出行极其方便。可是，它来得太不易了，我当书记20年，这条路，在村里堵了18年，也在我心里‘堵’了18年。”

徜徉在这条路上，当了20年书记的伍永发娓娓道来，关于这条路的故事，关于这个村的故事。

他说，雪峰村地广人稀，村民居住分散，全住在大山深处的坑坑洼洼里，这里几户，那里几户。过去，各户之间，各组之间，仅靠不足半米宽的茅草山路连通。那时，每逢入户走访，从村头走到村尾，仅打个来回就得花上一整天时间。若碰上大雨或是冰雪天气，还得备上干粮，在村民家过夜。如有要事需召集村民开会，得提前两天发通知。因为村里较远的那几户，就算一路小跑赶到村部，也得花上近两个小时。

我问：“那时一条公路都没有吗？”

他说：“路是有一条，是一条县道，从村里穿过，只有一两个组的少数几户人家享受得到。大多数组、大多数村民，望路兴叹。即便这样的一条路，也稀稀烂烂，天晴一身土，落雨一身泥。那时有一趟班车，从这路上开过，我们不叫班车司机‘司机’，而叫‘泥瓦匠’。”

“泥瓦匠？”

“是的，泥瓦匠。”伍永发说，“因为路窄，没有硬化，而且坑多，车子动不动就熄火，司机不得不下车，有时是清理道路两旁挡住视线的树枝或杂草；有时是搬来石块、担来泥土，填平路上的大坑；还有的时候，车辆发生故障，司机和乘客协力，有的用麻绳拉车身，有的在车后推。这样一搞，司机常常弄得身上又是泥又是水，可不就成‘泥瓦匠’了？”

原来如此。

小时候，我见过泥瓦匠，他们要和泥，要将没有黏性的黄土加水和成带糯性的能做出瓦的泥巴。因此，从早到晚，他们就在泥巴里打滚，一天下来，全身是泥，甚至连脸上、头发上都是。用“泥瓦匠”来形容开车跑烂路的司机，再生动形象不过。

伍书记继续说：“因为没有路，因为交通闭塞，村里30%的村民从出生至老死，都没有走出过村子，没有看过外面的世界。也因为没有路，村民穷，不少原本计划嫁进村子的新娘也都被吓跑了。当时村里每4个男青年中，就有1个光棍。”

说到这里，这位雄壮的大男人，突然哀叹起来。完全可以想见，作为村书记的他，当年是多么的焦急和无奈。

他给我说起一个故事，这个故事让他永世难忘。

一个年轻小伙子，人长得非常帅气，也非常聪明，初中毕业后，因为贫穷，外出打工。外出时，爸妈说，找没找到钱是次要的，主要的是要找个老婆回来。因为这里的光棍实在太多，他们不想自己的儿子就这么打光棍下去。小伙子将爸妈的话听进了心里。去到广州的工厂后，一门心思地找女朋友。通过努力，真处了一个，是外地的。女的对他也很满意。处了一段时间后，两人就确定了关系，并商量结婚事宜。小伙子将这一喜事打电话告知爸妈，爸妈为他高兴，说儿子有出息，为他们长了脸，也使压在他们心头的一块石头落了地。儿子说，想带女朋友回家来，让他们看看。他们马上说，不要带回来。他问为什么？他们说，带回来，如果她看了我们这地方，一定会嫌弃你的，到时你后悔都来不及。他们也很想看看自己未来的儿媳妇，可为了儿子的幸福，他们宁愿不看。儿子觉得爸妈说得有道理，就依了爸妈的。后来，两人同居了，再后来，有了孩子，且感情也十分好，恩恩爱爱的。这时，儿子向爸妈提出，带媳妇回来。爸妈同意了。他们也认为，如今有了孩子，关系定是稳固了。再说，他们连做梦也都想看看自己的儿媳妇，看看自己的小孙子。那年春节，小伙子将媳妇、儿子一并带了回来。开初，儿媳妇对眼前的一切还比较新鲜，可过不了几天，就感觉不好了，开门就见山，出门靠脚走，村民居住稀散，户与户之间，看得见屋，喊得人应，但要见上一面，得走上大半天。特别令人难受的是，一天到晚遇不上一个人，除了每天在一起的家人，其他连个说话的人都没有。她受不了这种罪。一想到自己将在这样的地方过一辈子，她就害怕。于是在一天上午，当爸妈和自己的男人到山里做农活时，她留下孩子和一封长信，悄悄走了。小伙子及爸妈从山上回来，没见媳妇，而只有哭泣的孩子和孩子身边的一封信，迫不及待地展开信看。她在信中说，她的这一举动，的确对不起他，对不起爸妈，更对不起他们的小孩，但她一想到今后的日子，就害怕。她没得选择，希望他能理解，希望全家人能理解，更希望未来的小孩能理解……读罢信，全家人顿时慌了，马上行动，四处寻找，并租车去了县城的车站，想去拦截。可是，连个人影都没找到。一家人只得认命。谁叫自己生在这么个鬼地方呢?

这是发生在十多年以前的事，虽然已经过去了十多年，但讲起这一故事，伍永发还是忍不住唉声叹气。

那个时候，他也觉得自己这个书记当得窝囊，连条路都修不起，更别说发展什么经济了。他比谁都清楚，要致富，先修路。

实际上，也不是他不努力。为修路，他从一上任就开始奔波。从乡里，到县里，到市里，他报告不知递交了多少，路费也不知花了多少。最终还是因为资金问题，无奈作罢。

终于，盼到了精准扶贫战略的打响，省委派来了驻村帮扶工作队。工作队一来，就将修路提上重要的工作日程。在党的扶贫政策的亲切关怀下，在扶贫工作队的艰苦努力下，路终于修起来了。不但修起来了，而且还进行了硬化，还连通了各组，还入了户，还新修了林区产业路，将一条条宽敞的公路修到了各个山头，形成了把全村各组、各户、各田地、各山头都联结成一体的“环村公路”。过去，只听说城里有“环城公路”，如今，边远偏僻的雪峰村也有自己的“环村公路”。

路一通，百事通。最先通的是经济。

伍永发说，过去，村民的经济来源，主要依靠外出打工和务农。一年到头忙活下来，也仅够糊口。村里也没什么产业，工作队进驻时，村集体经济几乎为零。村民们种点水稻、喂几只鸡鸭、养二三牛羊，看似娴静淡然的农家生活，对于世代生活在雪峰村的村民来说，却满眼都是生活的艰辛与无奈。

本来，这里有得天独厚的南竹资源，是位于洪江、会同、绥宁、洞口等四大“竹海之县”的交汇点，坐拥数万亩竹林。南竹生产周期短，再生速度快，可利用性强，是村民脱贫致富的“宝贝”。然而，早些年，因村里交通不便，南竹难以大规模向外销售，村民只能眼睁睁看着成片的南竹烂在山上。守着“绿色银行”的村民，年复一年过着清贫的日子。

公路修通后，在村“两委”和驻村工作队的努力下，2019 年，雪峰村引进溆浦雪峰山竹业有限公司，与村致富能手和村集体联合成立雪之锋农业有限责任公司，创办南竹加工车间。2022 年又引进浙江省九川竹木有限公司，合作开发南竹资源，生产干簧片、竹丝、竹地板等竹家具制品。每天约有 30 吨南竹制品销往沿海地区。

如今，村里累计通过发放薪资、采购南竹等，带动本村及周边村农户每年增收 700 余万元，加工车间产值达 1000 万元。下一步，村里还计划对竹成品生产进行技术升级，搭乘怀化国际陆港班列，让雪峰村的农产品出口至欧美、东盟等地。届时，预计年产值将突破 2000 万元。

与此同时，还修建了灌溉水渠、防洪堤、拦水坝、排水沟。农户改造了破旧房屋，接通了自来水，用上了抽水马桶，连上了信号稳定的网络。

数说着这些时，老书记伍永发打开手机，给我翻出保存在手机里的一份份雪峰巨变的“成绩单”：

——几年来，村里共完成了基层组织建设、产业脱贫攻坚、人才教育培训、乡风文化传承、生态环境整治五大工程的 12 个大项 29 个小项的奋斗目标。

——修建并硬化了通组路、入户路和新建林区产业路 35.2 公里。

——流转闲置土地开垦高山茶园 553 亩，建立歌郎茶叶种植专业合作社，带动全村 81 户贫困户入股，并覆盖周边 9 个村。

——成立了鑫雪丰种植合作社以订单采购方式种植太子参。

——与四川省湘之农科技发展有限公司合作种植高山辣椒。

——与新有爱农业公司合作打造“云上雪峰”贡米品牌，年销售贡米 13 万多斤，收入约 84.5 万元。

——137 户农户养殖雪峰乌骨鸡近万羽。

——雪峰界养牛专业合作社目前共养殖浪牛近 300 头。

——筹资 82.9 万余元成立了“幸福家园”基金。

——成立了文艺宣传队，从市里先后请来 10 多位专业老师进行指导授课。

——建设了村级文化广场、百姓舞台、文化长廊，在每个村民小组建设文化凉亭、书香驿站。

——组织设计村旗、村标，邀请村民参与创作村歌、产业歌。村里处处“藏着”文化气息。

伍书记说：“以前村里人没事了就是找人喝酒打牌，扶贫队来了后，请了很多专业人士来指导培训，现在村里的大人小孩都有才艺了，没事时，就在一起唱歌跳舞，好热闹。开始的时候，村民们认为是在搞形式主义。现在，文化成为村民生活中重要的一部分。”

而最让伍永发欣慰的是，锣鼓喧天、鞭炮齐鸣声中，村里不少男青年掀起了新娘的红盖头。不但在外打工找到老婆的小伙子们，敢大胆地将老婆带回家，举行隆重的婚礼，而且一波一波外地女子，主动来这里找婆家，在这里安家落户。她们说，这里阳光明媚、山清水秀、空气清新，是居家的最好去处，她们愿意把自己的一生安放在这片山水里。

面对眼前的一切，伍永发忍不住说：“‘堵’了许多年的路通了，‘堵’了许多年的村民的日子也通了。一通百通，一切都成了最好的样子。”

## 飞回村里的那群“鸟”

在雪峰村停留的日子里，让我深深地感觉到，雪峰村的每一天，都是从鸟叫开始的。

这里的鸟醒得特别早，未曾天亮，鸟就开始发声。先是轻哼两下，仿佛清嗓子；接着细语几声，互相打招呼；最后高声大唱，拼命比歌喉。没多一会儿，整个时间与空间都被鸟叫声填满。“咯咯”“咕咕”“嘀嘀”“哩哩”“唧唧”“啾啾”“喳喳”“嘎嘎”……此起彼伏，从这边弥漫开来，又向那边荡漾开去。

沐着晨曦，听着鸟鸣，走在村前的大道上，心里别提有多惬意。我问迎面走来的一村民：“你们这儿为什么这么多鸟？”

他说：“过去可没这么多鸟。前些年连麻雀都绝迹了，这两年，不但麻雀飞回来了，很多过去没看到过的鸟也都来了。”

“为什么呢？”

“树多则鸟多，这几年，树木茂盛了，生态变好了，环境变美了，鸟就都飞回来了。”之后，又补充一句说，“何止是鸟，人也都飞回来了。”

“人也都飞回来了？”

他看我怀疑，便给我介绍起“飞”回来的人来，他们中有林道华、伍云华、邱平、雷楚纲、兰冬梅、杨宏宇，等等。

我一下来了兴趣，决定马上去会会这些“飞”回来的人。

我首先来到林道华家。

林道华是最先“飞”回来的人之一。

因为贫穷，土生土长在雪峰村的林道华只想逃离。16岁那年，初中一毕业，他就毅然决然地离开了雪峰村，至今已经20多年。

逃离村庄的林道华，先是跟人学手艺，继而去养路公班当合同工，接着跑运输、做生意、办工厂，最后，当上了老板，日子过得有滋有味。

2018年，省委派来了工作队，队长梁利平找到林道华，动情地对他说：“雪峰村穷了这么多年，现在翻身的机会来了，希望你能回去，带带大家。”

山高人为峰，建设雪峰村，人才是关键。梁利平带领工作队一来到村里，就感觉到了人才的缺乏。人才如何得？最便捷的路，挖掘本地在外发展的“能人”，将他们引回来，共建家园。有人向他推荐了林道华。

作为省厅领导，梁队长放下大城市舒适生活不过，来到边远山区，为了雪峰村的发展四处奔波，找上门来给林道华做工作。林道华被梁队长的行动深深打动，当即表态：“一定回去。”

一回来，他就投入到村里的产业发展里。

雪峰村盛产南竹，工作队和村“两委”想借助南竹资源，建设南竹加工的扶贫车间，帮助村民就业增收。事是好事，可开起会来，没一个村民愿意投钱入股。林道华见状，第一个报名，不但将自己的全部积蓄投了出来，还从朋友处借了几十万元。他对群众说：“工作队不远千里来这大山里帮我们，我们还这样不主动，这不让人寒心吗？”

林道华一席话，说得村民们羞愧难当，当即行动，有钱的投钱，没钱的投工。没多久，“雪之锋”南竹加工车间建了起来，并很快投入生产运营。

投入运营后，林道华又凭借多年的企业管理经验，提议采用“村集体+公司+致富能手”的模式运营，把扶贫车间搞得风生水起。

如今，“雪之锋”产品远销省内外各大竹器市场。尽管受前几年的疫情影响，每年销售额仍在200万元以上。

看着这一切，林道华笑了，村民们更笑了。

“飞”回来的人——伍云华，是一位耄耋老人。

伍云华于二十世纪五十年代考上师专，成为村里第一个大学生。大学毕业后任教乡中学，当上了校长。工作之余，舞文弄墨，在省级以上报刊发文不少，是当地的“文化名人”。尤其对本土文化研究很深，被群众称为乡土文化的“活字典”。伍云华退休后，被儿子接去城里居住。

从省文化和旅游厅下来的梁队长，比任何人都更懂得文化的重要。的确，文化是一个村庄的灵魂，精准扶贫，乡村振兴，都需要文化的支撑。正在他为“找谁干这事”发愁时，听到了伍云华的名字。

他马上找到老人：“我们想请您出山，为村里的文化建设出把力。”

老人一听搞文化，立马兴奋：“好啊。雪峰村有很多风俗、遗址、典故，如果将这些挖掘整理出来，定是宣传雪峰最好的文化名片。”

梁队长说：“是啊，未来我们要将雪峰村打造成乡村旅游名村，不但要有看的、吃的、玩的，更要有听的，要有文化故事讲给别人听，给这片土地赋予文化内涵。这就靠您老人家了。”

老人爽快应承：“坚决完成任务。”

两人的手紧紧地握在一起。

自此，雪峰村的山野之间，多了一个为挖掘本土文化而不懈奔波的老人身影。雪峰村居住分散，老人的很多时间都浪费在路上。他干脆买来一辆摩托车。耄耋老人骑摩托，这可是稀奇事。梁队长担心老人的安全，一再提醒。老人胸脯一拍：“虽然我年纪大了，但身体还硬朗得很，不信，你看。”说着，跨上摩托，疾驶而去。

在伍云华的努力下，“红坡贡米”“红军亭”“歌郎洞”“团鱼岩”等美丽的故事被挖掘了出来。根据这些故事，打造出了一个个景点。来此游玩的人，赏着美景，听着故事，无不流连忘返。

除此之外，伍云华还积极为村里的文化凉亭、书香驿站等撰写楹联，还为“村歌”写歌词。他写的“村歌”——《我家住在雪峰村》歌词语言质朴，很接地气，深受村民喜爱。

歌是这样唱的："我家住在雪峰山，青青松竹袅袅炊烟，大山深处贡米香，绿色环保味新鲜……致富路上齐奉献，世外桃源在眼前……"

它，唱出了雪峰村的美丽，唱出了雪峰村的变化，唱出了雪峰村的自信，更唱出了雪峰村的尊严和底气。

"飞"回来的邱平，曾在深圳一家鞋厂当厂长，由于父母身体不好，前几年回村，发现村里的光景正以看得见的速度变好，坚定地留在了村里。

他，养鸡、养鱼、养猪、种植贡米……一一尝试，都获得了成功。

最近两年，村里发展乡村旅游，争创3A级景区，他看准商机，将两层老房子改造成民宿，在家里当起了老板，吃起了旅游饭。

由于环境好、卫生好、服务好，客人走了一拨又来一拨，将一个曾经破旧的农家小院，整得热闹非凡。

在他的带动下，村里的民宿迅速发展了起来。

看到这一切，邱平说："这，比在城里当厂长有意义多了。"

"飞"回来的雷楚纲，又是另一番人生经历。他曾经在广州、东莞、衡阳等多个城市的大公司当过高管，每年薪水不菲。工作队来了后，他辞工回村。

回到村里，他养起了山羊，由40只发展到60只，又发展到80只、100只……最后，成为村里山羊养殖的带头人。

看到村里日益壮大的养殖业，他心里总感觉像喝了蜂蜜水一样甜。

兰冬梅，是村里外出打工最早的妇女之一，早在1997年她就告别家乡，来到了广州，在一家上市公司一干就是二十多年。

每年春节回家，看到老人、小孩没人照顾的可怜样，她心里就疼。但是，生活的现实又迫使她不得不忍泪外出。

前年春节，她再一次回来，村里的变化令她惊愕。山变绿了，水变清了，路变宽了，房变美了，人变欢了，还与城市的景区一样，引来了一拨一拨游客。过去卖不出去的东西，都成了宝贝。

她当即决定，不走了。

留下来的她，除了照顾老人与小孩外，还养起了鸡、鸭、猪等，并组织妇女们成立了文艺宣传队，自编自导了一系列文艺节目，在村里的乡村大舞台和村民休闲广场不断演出，吸引了一群又一群人观看。

当她看到在家门口就着业、致着富、唱着歌、跳着舞的妇女们，个个心花怒放时，她高兴地说：“这就是我们想要的生活啊！”

而“飞来”的杨宏宇，又是另一种情形。

杨宏宇，并不是雪峰村人，他在省城长沙经营着一家文化公司，主要从事文化旅游、生态农业旅游、应用软件开发、文化产品的研发、文化旅游产业投资与管理等工作。

受朋友梁利平邀请，来雪峰村玩了一趟，不承想，这一玩，竟爱上了这里。这里的山，这里的水，这里的人，甚至这里的空气，都令他着迷。

回到省城后，雪峰村的一切总在他脑海里萦绕。

梁利平试探性地问，不如干脆来雪峰村“干一番事业”？

他当即应允。

就这样，他“飞来”了雪峰村。

“飞来”的他，一头扎进村里的山水之中。经过一番调研，他发现，这片土地上至今保留着湘黔茶马古道、红军亭、战壕、烈士墓等诸多历史遗迹。有着丰富文旅开发经验的他，决定将这片土地打造成“微长征”红色沉浸式党课体验线路，采取“企业+村集体”模式，开发乡村红色旅游。果然，仅2021年，全村接待游客近万人次，这一项就给村集体经济增加收入超5万元。

2022年年初，村里干脆与他签订合同，将村里的500多亩有机生态茶园交给他运营管理。会同县的野生茶传统制作系省级非遗项目。杨宏宇提出以“手工制茶+非遗”模式经营茶园。他在茶园设立非遗工坊，邀请非遗传承人来这里展演、授课、带徒，既传承了非遗，又给小小的茶叶赋予了丰厚的文化内涵，还提高了茶叶的品质和附加值。茶园不但为村里带来了人气，更带来了无限的财气。

其实，带来财气的何止一个茶园。

杨宏宇助力工作队，将村里的特色优势产业逐步做大做强。“红坡贡米”种植面积从过去的150亩扩大到310亩，南竹加工厂也扩大了规模，“雪峰浪牛”、雪峰乌骨鸡等养殖基地正在壮大，以“云上雪峰”冠名的农产品品牌越来越响。

杨宏宇说：“当时想着，干两年就回长沙，没想到扶贫工作队撤了，我还没走。”

他说，他早已把雪峰村当成了第二故乡。

……

村里对“飞”回来的本地“名人”进行了统计，一年内就回来了27人。面对如此众多“飞回”或“飞来”的人，我有一种难以言说的感动，他们已完全构成了一种难得一见的“城归”现象，这种现象的根源和动力，就是正在发生着的山乡巨变。

## 留下一支不走的“工作队”

走在雪峰村的山山岭岭中，村民们无不说着扶贫工作队的好，无不说着梁队长的好。

在雪峰村溜达了几天，是该会会这个反复被村民提及、反复被村民称道的工作队和梁队长了。

在崭新的村部大楼里，我见到了队长梁利平和他的两位队员。

梁队长留着一个平头，穿着迷彩衣，皮肤黝黑，目光如炬，全身上下充满不服输的精气神。

他告诉我，他们从省文化和旅游厅下来，于2018年3月16日进的村。来雪峰村之前，他们就有了充分的心理准备。因为这次扶贫，不同以往，是要去到最边远、最困难的地方“攻坚”。但当他们来到雪峰村之后，还是被眼前的现实所惊到。至少有三个没想到：“没想到这么远”“没想到这么边”“没想到这么穷”。

按照这次扶贫工作的要求，工作队在一个扶贫点至少要干三年。也就是说，从现在开始，他们要在这令他们怎么也没想到“这么远”“这么边”“这么穷”的地方生活三年。

尽管有这么多没想到，充满斗志的他们，仍然没有被眼前的一切所吓倒，一放下行李，他们就往田间地头跑，就往村民家里跑，去做他们进村的第一件事——摸情况。

翻过一山又一山，走过一地又一地，挨家挨户，日夜兼程，可是，这“情况”一摸，竟摸去了37天。不是他们不努力，不是他们不积极，而是这个村的村域面积太大，村民居住稀散，贫困人口多，村情尤为复杂。仅从他们进村做的这第一件事上，就可以看出，雪峰村工作的艰难程度到底有多大。不过，梁队长说：“虽然用了37天，但这37天花得值。”因为他们把村里的所有情况和贫困户的所有家底都摸得一清二楚。做任何工作，只有全面了解了情况，才能做到有的放矢。扶贫工作更是如此。既要了解村里的基本情况和经济发展状况，还要了解村民的生产、生活情况，更要了解每一个贫困户的家庭、儿女、住房、入学、就医、种养、收入、劳动力、潜在能力、个人诉求、脱贫打算及思想状况等各种情况。每家每户必须走到。

在走访过程中，梁利平发现，雪峰村地广人稀，村民居住分散，各组之间交通十分不便，村里的通信信号弱，村民喝水也是问题，等等。于是，梁利平立马着手完善村里的基础设施，尽快解决村民的最基本的生活需求。很快，修路、通网、通水、通电、改房、改厕等一系列与群众生活密切相关的基础工程同时上马。

修路——通过几个月的艰苦努力，共计35.2公里的包括通组路、入户路、林区产业路在内的全部硬化的“环村公路”就修好了。硬化的环村公路一修，让雪峰村发生了“换了人间”般的巨变，过去出门行路难，突然之间变得畅通无阻。正如村民们所说，“如此好的环村公路一修，即使塌方也不会被堵在山里了”“以前出门都要穿雨靴的，现在只有去山里做事才穿了”。

通网——在如今这种信息爆炸时代，没有网络怎么发展得起来？通过调研，要使全村通信网络全覆盖，至少得加建两个基站。为了这件事，梁利平从县里跑到市里，市里跑到省里，磨破了嘴皮，终于说服联通公司，在村里建起了两座基站。如今，尽管雪峰村偏僻边远，尽管村民居住稀散，但网络畅通，实现了全村通信网络零死角。当村民得知，这一切是梁队长等人跑上跑下，好不容易才得来的时，他们感动了，纷纷说：“这么负责，这么细致，难得呀！我们是幸福了，委屈的是我们的工作队啊！”

通水、通电——雪峰村村域面积宽，水情十分复杂，有些地方每年都有洪水灾害，而有些地方却干得死田螺。面对如此复杂的水情，他区别对待，因地制宜，带领村民，在经常深受洪水之害的地方，整治河道，修建防洪堤、排水沟；在干得死田螺的地方，修建拦水坝、灌溉水渠，将一股股水源引进田里。同时，在全村实施安全饮水工程，将自来水送进家家户户，让每家每户喝上了干净清凉的自来水。对全村农网线路和入户电线进行全面改造，新牵电线，新装电表，保障了家家户户的用电安全。

改房、改厕——全面进行危房改造，旧屋翻新，穿衣戴帽；全面开展厕所革命和垃圾无害化处理。如今，村里的每一栋房子，都清爽亮丽；每一个角落，都干净整洁；每家每户，都使用了卫生厕所；每一片垃圾，都收进了垃圾分类箱进行统一处理。群众说，如今的雪峰，变得如此整齐、干净、美丽，做梦也想不到。

梁利平说：“让村民过上好日子是我们一切工作的出发点和落脚点。”本着这一宗旨，在全面提升基础设施的基础上，他根据雪峰村的村情民情、资源条件等实际情况，整理制定出了《雪峰村全面发展的三年规划》，该规划涵盖基层组织建设、产业脱贫攻坚、人才教育培训、乡风文化传承、生态环境整治等方方面面。

梁利平说：“随着种植和养殖业规模日益扩大，如何把雪峰村农产品搬出大山、畅通销售渠道，又成为我心中一直悬着的巨石。”

他只得亲自上阵，带领村里的销售团队，走县城、进省城，开拓市场，全力推销雪峰山里的土特产。2018 年大年三十，他还舍不得休息。他说，越是这样的大节，越是销售的旺季。在他的努力下，雪峰村 2018 年一个冬天，就销售贡米 13 万多斤，收入约 84.5 万元；销售雪峰乌骨鸡近万羽，收入约 117.6 万；销售浪牛肉、冬笋、土鸡蛋等 30 多万元。浪牛养殖大户张宏元笑呵呵地对梁利平说：“多亏了你们扶贫队，一个冬天就卖了十几头牛，除去成本，一次就赚了几万元。”村民雷太发更是对工作队感激不尽，他说：“你们帮我把贡米卖了个好价钱，后来又帮我销售雪峰乌骨鸡，还是卖了个好价钱，你们的人怎么这么好呢？”

种养业发展起来后，梁利平又领着村民向加工企业发展。就在村民家门口，有 6500 亩南竹，加上周边村镇，全村周围的南竹面积有两三万亩。南竹的生产周期短，再生速度快，很适合加工。过去，因为交通不便，南竹很难大规模向外销售，只能眼睁睁看着它腐烂，如此优质的资源，最后成了乡亲们心里的痛。如今，林业产业路修到了各山头，开展南竹加工，是创办企业的最佳选择。梁利平通过引进优质企业，请能人回村共同投资建成了“雪之锋”南竹加工扶贫车间，不但合理利用了资源，发展了经济，而且吸纳了 32 名贫困户劳动力在家门口就业，深得村民称颂。贫困户之一的雷太明，之前很长一段时间，他都只能留在家中照顾高位瘫痪的妻子。妻子不幸过世后，他只身一人到怀化洪江打工，虽然能挣到一些钱，却不能顾及家里。南竹加工扶贫车间建立后，他在车间上班，既照顾了家里，又赚了钱，很是感激。他说：“如今能回到家门口工作，每月有三四千元工资，加上我种的五六亩云上雪峰贡米，生活已十分富足。”

梁利平说：“在搞好基础设施建设、大力发展产业的基础上，充分挖掘本土文化资源，以文化人，发挥好文化在乡村振兴中的作用，激发村民脱贫致富的内生动力，是我们工作的又一大重点。”

从省文化和旅游厅下来的梁利平，以独特的眼光发现了雪峰村有着独特的文化旅游资源。红军长征从这里经过，留下了诸多的红色印记。他将这些印记串在一起，并植入长征途中重要场景的“微缩”景观，打造出“微长征”线路，开展“微长征”沉浸体验式党课活动。第一月试运营，就吸引约2000人参与。“微长征”线路上的村民雷晚英烧得一手好菜，开起了“微长征农家菜餐馆”，2019年七一前后的几天时间，就接待了800多人，收入一万多元。

雪峰村侗苗风情浓郁，历史古迹多，但一直“养在深闺人未识”。梁利平带领工作队引导村民挖掘村寨文化古蕴，耕耘一方“看得见山、望得见水、记得住乡愁”的沃土，彰显“云上雪峰”古色魅力。他们在保护文化遗迹的基础上，发掘文化内涵、加强文化建设，保护和修复红军亭、长征路、歌郎洞、扁担坟等历史文化遗迹，挖掘整理团鱼岩传说、歌郎洞传说等乡土故事7个；举办尝新节、端午节等传统民俗活动，请民间艺人向村民传授傩戏、苗鼓、斗牛舞等；请湖南省诗词楹联协会、书法协会会员为村民撰写制作嵌名楹联；举办“探寻千年高椅，行走云上雪峰”系列徒步文旅活动，让传统文化在传承和创新中兴旺。此外，还建设村级文化广场、百姓舞台、文化长廊，在每个村民小组建设文化凉亭、书香驿站；组织设计村旗、村标，邀请村民参与创作村歌、产业歌；成立了文艺队，文艺队成员由刚组建时的10多人发展到80多人；成立了苗鼓队、广场舞队和曲艺队，梁利平从市里先后请来10多位专业老师进行指导授课。现在，村民们能跳几十支广场舞，会多种苗鼓打法，能唱很多首歌，包括《我家住在雪峰村》《春风吹进雪峰村》等自己的歌，还代表雪峰村去市里和县里演出。

梁利平说，如今，走入村中，一路都是与文化为伴，与书香为伴：一座座古朴的凉亭上挂着一副副笔锋流畅的对联，比如，“挥墨雪峰染异彩，牧笔南楚绽新颜”，让人一看便如走进了诗的世界；每个亭中还置有一个小书柜，书柜里有藏书可供在此小憩的行人阅览；住入民宿中，也有供游客翻阅的枕边书。村里处处“藏着”文化气息：村部前的一片操场，散布着几十个球形石墩，绘着二十四孝图；村民们的房屋前都挂有对联，而且都是书法家精心构思的嵌名联，比如“来富堂”：“来路祥和车载福，富源深远浪推潮”；比如“太林居”：“太美清心流碧水，林森满目列青山”。傍晚时分，夕阳西沉，村民们就聚集在操场上跳广场舞，还用方言唱着村歌，别有一番意趣，那是自信，也是一份自尊自强的真实流露。

随着一项项工程的完成，村民的收入一步步提升，生活的幸福指数一步步提高，村里也收获了一项项国家、省、市、县的各种荣誉。

2018 年当年，村民的人均年收入就增至了 5390 元，贫困人口占比降至 0.02%，基本实现了全村脱贫摘帽。

2019 年，村民人均纯收入又进一步增加，达 11632.5 元。所有贫困人口全部告别贫困，并开始走向富裕，还先后被评为怀化市“美丽乡村示范村”“同心美丽乡村示范村”和“湖南省乡村旅游重点村”。

2020 年 11 月，被中宣部、文化和旅游部等部门评为“全国服务农民、服务基层文化建设先进集体”。

2021 年，村民人均纯收入再次增加，达 14830 元，成为脱贫致富的“网红明星村”。

这一切的一切，正如一位诗人游览雪峰村后所赞美的那样：“山水间，诗画里，雪峰依旧，等您许久。走进美丽的雪峰村收获一路的憧憬……黑黑的雪峰乌骨鸡，黄色的雪峰浪牛，清澈的溪流井水，千年侗寨的风情，恬静的乡村生活，丰富的民俗文化，美味的特色小吃，这里的一切会让你沉醉。”

面对这一系列成就，我情不自禁地对梁队长说：“雪峰村应该感谢你们。”

梁队长说：“感谢谈不上。雪峰村的变化，首先离不开党的扶贫政策，其次离不开各级领导的支持，最后离不开全村人的共同努力。作为工作队，我们只是起到了一些引领和推动作用。”

我说："在村里走访，听到的都是对你们的肯定和赞美。个个都说舍不得你们回去。"

"感谢村民的深情厚意。说到回去，我们还真接到回城的通知了，没几日就会走。不过，我们走了，还有人会来。即便没人来，我们也已经为村里留下了一支'永不带走的工作队'。"梁队长说。

"永不带走的工作队？"

"是的，就是村党支部和村委会。我们在前不久就进行了村党支部和村委会的换届选举。老书记伍永发因为年龄大，换了下来，换成了年富力强的林道华，两委班子其他成员也都是年富力强的能人，整个班子都是能干的班子，一个充满朝气活力的班子。他们都是土生土长的雪峰人，他们的父母在雪峰养老，他们的孩子在雪峰读书，他们的根在雪峰，是一支永远不会走的工作队。"梁队长颇有些自豪地说。

梁队长说，当脱贫攻坚取得胜利，工作重点转向乡村振兴后，他就在想，如何让脱贫攻坚与乡村振兴有效衔接？如何使村里的工作一年接着一年干？一届接着一届干？如何把"外力"转化为"内力"？唯一的办法，就是建好建强村级两委班子。实际上，在他们进村后不久，就着手了班子建设，按照"引'能人'党员回村""把党员致富能手培养成村干部、把村党支部书记培养成标杆"的原则，着力为村支两委班子培养新生力量。比如林道华、邱平等人，一回到村里，工作队就着手对他们进行培养。如今，新的村支两委班子中的 4 名干部均是"城归"，都曾在外地当过老板或经过商，都有一技之长，都有建设好雪峰的雄心壮志和方式方法。因此，他们是一支真正能够带领村民不懈奋斗的永远也不会走的工作队。

梁队长接着说："从目前情况看，新的班子已经完全接过了我们的接力棒，各项工作正在有条不紊地开展。我们完全可以放心地走了。"

我忍不住赞叹起来："了不起。你们连雪峰村的'后来'都想到了，这是你们对雪峰村做出的又一大贡献，而且是全新的贡献。"

的确，农村工作的重点从脱贫攻坚转向乡村振兴后，如何巩固脱贫攻坚的成果？ 如何使两者之间做到有效衔接？ 如何使乡村振兴走深走实？ 这一系列问题，都是摆在广大农村的重要问题，甚至是难题。 唯一的办法，就是建好建强村支两委班子。 如今，梁队长他们做到了，雪峰村做到了。 这是比什么项目都重要、比什么投入都重要的大事。

听我这么一说，梁队长忙说：“也谈不上什么贡献，至少解决了我们的后顾之忧，解决了雪峰村的后顾之忧。”

说完，梁队长爽朗大笑。

# 第四章
# 崖上“偏”村绽芳华

**【远村提要】**

大坪村，隶属于湖南省怀化市鹤城区黄岩管理区，因建村于海拔千米以上的山顶，俗有“鹤城西藏”之称。大部分村民居于怀化大峡谷的悬崖峭壁之上，因此，被人们称为“崖上人家”，为鹤城区“最偏僻的村”。

“悬崖绝壁几千丈，绿萝袅袅不可攀。”唐朝诗人刘长卿的咏崖名句，正是怀化大峡谷悬崖的生动写照。

怀化大峡谷，古木参天，怪石嶙峋，壁陡如削，深渊千重，就像结痂脱落、疤痕残留的一道刀伤，兀立在雪峰山脉的后脊上。

怀化大峡谷悬崖，形成于距今约 5.7 亿年开始的“加里东运动”及距今约 1.34 亿年的“燕山运动”等造山运动。大地挤压、隆起、抬升、拗陷、撕扯、褶皱、断裂，大峡谷和悬崖横空出世。

怀化大峡谷，原名鸭利江峡谷，旧时为豺狼虎豹和土匪强盗的藏身之地，有人叫它“野狼谷”。相传，800 多年前，寻求食物的十里八乡穷苦人们攀岩而上，来到这悬崖之顶，刀耕火种，开垦出一大片平地，人们以地命名，于是有了峡谷之上的村——大坪。

然而，近年来，勤劳、勇敢的“崖上人”，利用海拔高、石头多、树木茂等优势，在石头缝里开花田，在悬崖壁上架溜索，在古树林里修栈道，众筹发展乡村旅游，村民人人当股东，将昔日的穷山村，打造成为远近闻名的“网红村”，并荣获了“国家 4A 级旅游景区”“国家农业科技园区”“国家森林乡村”“国家文明示范乡村”等诸多“国字号”荣誉称号。

我决定走进大坪，走进生活在悬崖上的这些人家。

## 山路十八弯

与朋友约好，一个雪后初晴的上午上山去大坪。

然而，朋友来电说，山上还是一片冰天雪地的世界，路上连人行走都十分困难，车辆根本无法通行。

我推窗而望，屋外，阳光普照，春风吹拂，一地暖意。虽然前几天下过一场大雪，但雪早已融化，极目寻找，即便阴暗的角落，也看不到一星半点雪的影子。我当时就想，山上、山下不过一座山的距离，怎么就有如此大的区别呢？那该是怎样的一座高山？该是怎样的一个峡谷？又该是怎样的一村崖顶人家？

一星期过去，才终于成行。

因为山势陡峭，进山的路只得依山而筑。一道坡叠着一道坡，一个弯连着一个弯。我偷偷瞄了一眼驾驶室前的车载导航电子显示屏，显示屏里的“路”更直观，七拐八弯，缠前绕后，折来扭去，恰如一团乱麻。

人说山路十八弯，这路，何止十八弯！

车，开足马力，低档前行，才爬过几道坡，便有些力不从心，如拉犁老黄牛，令人时刻提心吊胆它的能量与耐力。

路顺山转，车跟路转，人随车转，没几下，同车的人都坚持不住了，有几人开始呕吐，我也被转得晕头转向。

我在心里一直默念，快点到顶，快点到顶。

渐次走高，草少了，树疏了，空气似乎也变得稀薄了。推窗而望，极目山上山下，一山享四季。大山之下，绿植覆盖，春色撩人；半山之中，草木萧疏，凉风戚戚；大山之巅，童山濯濯，一派荒凉。

真是山上山下两重天。

怪不得上山的日期，要一推再推。朋友说，山顶的气温比山下的气温至少要低 6 摄氏度，每年春天，山下已是春暖花开，山上仍是冰天雪地。

又爬行了许久，路，总算由陡到平，由弯到直。同行的朋友终于惊呼：“总算到了！”

极目远眺，千山万峰隐踪迹，一马平川现山头。可以想见，在刀耕火种的年代，要在这山顶上开垦出如此大的一块平地，当年那些为寻求食物攀岩而上的先人付出了怎样的艰辛。

看着眼前这一片美丽的大地，同行的朋友介绍说，因受地理条件的限制，过去这里十分贫穷，到 2014 年，改革开放都 30 多年了，这里的人均纯收入还不到 2000 元，贫瘠的土地十分艰难地养活着贫困的人口，本地的人只想往外面跑，外面的干部也派不进来。他指着车窗外闪过的庄稼说：“你看，这些庄稼，栽种了一两个月，如在山下早已是绿油油一大片了，但在这里，还在土旮旯里窝着，长不起来。这里的气温太低了。就连田里的水稻，也要比山下晚熟一二十天。”

我随着他手指的方向看去，一大片焦黄的土地上，零零碎碎，星星点点，长着绿色的小菜苗。我问：“这种的啥？”

朋友说：“是油菜。”

我忍不住可怜起它们来：“山下的油菜都开始开花了。它们还是这种可怜兮兮的样子。”

朋友马上说：“过去这里的油菜的确被人看不起，如今却大不一样了。自从景区开发后，这里每年都要举行油菜花节。这里的油菜开花迟，等其他地方都见不到油菜花了，它们就开了，刚好打了一个时间差。所以，每年的油菜花节格外热闹。”

这样聊着，车停在了一巨大拱门前，拱门是用水泥浇注的，仿古树造型。门楣上大书“怀化大峡谷”几字，笔酣墨饱，苍劲有力。

朋友说：“车只能停这里了。跨过这道门，就是峡谷了。”

跳下车，一股清新的空气扑面而来。我深吸一口，复又重重呼出。一路上的颠簸，一路上的难受，就在这一吸一呼中烟消云散。

山路十八弯，总算到了。

## 走对路赢一生

在大峡谷里迎接我们的是峡谷景区开发发起人杨英兰。

杨英兰，四十岁上下，一头乌黑的头发，一口雪白的牙齿，一看就是乐观开朗的人，喜欢笑，笑起来眼睛眯成一条线，眼角堆出一堆鱼尾纹，乐呵呵的样子，自带一种亲切感。

朋友介绍，别看他总是一副笑呵呵的样子，他的能量大了去了，是当地有名的高级园艺师，鹤城区政协委员，鹤城区科技特派员，曾获得“全国科普惠农兴村致富带头人”“湖南省科技示范户”“怀化市创业人气王”等多项荣誉称号。

我顿时对他生出无限崇敬来。

寒暄过后，乐呵呵中，他给我介绍起了自己的“发家史”。

1970 年 9 月杨英兰出生在大坪村的一个农民家庭里。 由于家里穷，简简单单念了几年书，便回到了峡谷的崖顶上，守着几分薄田度日。 但他不甘心，不甘心像祖父辈一样做一辈子面朝黄土背朝天老实巴交的刨地人。 不安分的他，先后种过天麻、弄过花卉、干过苗圃，有过严重的失败，但最终都取得了成功。

就拿种植天麻来说，天麻培植是一项资金、技术要求都很高的活。 他一无资金、二无技术，怎么办？ 决心一下，将家中唯一一头用来育种的母猪卖掉，揣着几百元钱踏上了艰难的拜师学艺之路。 浙江，湖北，广州，四川，行程达数千里，学习笔记记了几大摞。 学成归来，在自家地里小规模试种，首战失败。 因大坪属高山气候，其土壤也与其他地方有异，最后连菌种钱都没收回。 试种失败，使贫穷的家更是雪上加霜。 父母的不理解，乡邻的冷言冷语，一股脑儿地向他砸来。 但他没有被砸倒，跑到城里，找到区科技部门、农口部门等单位，向专家们请教。 专家们纷纷给他支招，要他根据天麻的特性，改良土壤，并选择和培养适合高山气候的天麻菌种。 又买回一大堆各种各样种植书籍啃读，白天下地干活，晚上挑灯自学钻研，边干边学，有不认识的字就查词典，一遍看不懂的他就多看几遍，再看不懂就找人求教。 皇天不负有心人，第二年，终于成功，并给他带来了 5 万多元的利润。 自此，他一发不可收。 第三年扩大种植，面积由几亩到几十亩，由几十亩到上百亩，由上百亩到几百亩，最终成了当地的天麻种植大户，年收入近 200 万元。

在种植天麻的同时，他又开展花卉苗木的培植，建立起花卉苗木基地，面积也由十几亩到几十亩，最后达几百亩，总产值达 1000 万元。

就此，他成了当地有名的富裕户。

然而，他并不满足。特别是当他看到本村那些仍然在贫困线上挣扎的人们时，他心里难受。他们可都是自己的亲人和左邻右舍啊。他决心带领大家走出贫困，共同富裕。

怎么走？如何富？他陷入了深深的思索中。

这时，邻近的白马村在岩石中开垦出一小块一小块土地，种上格桑花，引来了一拨又一拨游客，给村民带来收益。

白马村的经验，使他大受启发。他一头钻进了村里平地后面的大山中，钻进平地下面的峡谷里，攀岩、钻洞、涉溪。峡谷属典型喀斯特地貌，山势险峻，奇峰林立，溪涧密布，溶洞众多。小时候，他与小伙伴们经常进山下谷砍柴、扯笋、打猪草，对这些悬崖、峭壁、奇峰、溪涧、溶洞以及生长其上的原始森林再熟悉不过。那时候，这一切完全是偏僻、贫穷、落后的象征。今天，当他再一次置身其中时，突然觉得，这一切都是难得的宝贝。他坚定地认为，就旅游开发来说，自己村的先天自然条件比邻近白马村不知要好多少倍。白马村在山峰上的几个石头缝里种几朵花，就能吸引那么多人旅游，如果将自己村下边这些悬崖、峭壁、奇峰、溪涧、溶洞全开发出来，不知会给村民带来多么大的经济效益。原来，这么多年来，大坪村民们“捧着金饭碗，到处要饭吃”。

干。就在脚下的这片土地上，打造出集避暑、登山、攀岩、吸氧、探险、游乐、休闲为一体的生态旅游胜地。

他马上召集本村在外经商的彭宏军、彭开寿、杨贤春、向子秀、向小菊等能人商议，并组织六人前往云南、重庆、洛阳等地考察。考察归来，信心倍增。大家一致认为，用好用活本地资源，大搞旅游开发，是发展经济的好主意。但开发需要钱，钱从哪来?

杨英兰坚定地说："我们众人筹，搞成股份制。我带头，入一百万元。你们愿意入多少就入多少，五千元，一万元，五万元，十万元，都可以。"

杨英兰话音一落，大家马上回应："我五万元。""我十万元。""我二十万元。"……

杨英兰见大家如此积极主动，心中的石头一下落了地，他抱拳感谢大家："谢谢大家的支持。我相信，只要我们大家共同努力，我们的目的一定能实现。"

接着，他又说："光我们几个人参加还不行，大坪村是全村人民的大坪，还得动员全村人参加，吸收全体村民都来入股。有钱的用钱入股，没钱的用地入股，既没钱也没占地的投劳投工入股。"话音一落，迎来了热烈的掌声。

广泛发动，全面动员，广大村民积极响应。第一批入股人就达 22 人，最少的 5000 元，有的人将存款交上还去银行贷了一些款。很快，600 多万元原始股金汇集到了一起。

有了启动资金，他们马上注册公司，一家由农民自发组建的"辉皇旅游开发有限责任公司"在大坪村应运而生，杨英兰被推选为公司董事长。

2016 年农历正月初二，当举国上下都还沉浸在春节的喜悦里时，大坪村大峡谷旅游开发项目正式动工。一时间，沉睡千年的大峡谷，红旗招展，锣鼓喧天。全村男女老少齐上阵，按区域划分全部上山劳动。劳动者不拿工资，将全部的劳务报酬转为股份。项目实施过程中需要占用土地，户主也不拿租金，将全部土地租金也转化为股份。最后，全村所有村民都入了股，各种入股折合成人民币达 3000 多万元。

经过 5 个多月的紧张施工，首期工程 5000 米悬崖栈道、横跨峡谷的 358 米高空滑索、深入地下 500 多米的天然溶洞和 900 亩石林花山植物园等基本建成。一切就绪，只等客来。

2016 年 8 月 13 日，一个极不平凡的日子，一个全新的景区——"怀化大峡谷”景区对外试营业。 试营业当天，门票收入达 25 万元。

杨英兰成功了，怀化大峡谷成功了，大坪村成功了。

试营业第二年，全村就接待游客 15.7 万人次，实现旅游产值 2000 多万元，带动全村 14 家农家乐和农产品的销售，解决 168 人就业机会，共为村民增加 4721 个就业岗位，其中贫困户就业岗位 2411 个，带动全村 187 户 825 人增收，86 户贫困户 324 人通过旅游扶贫脱贫致富。 全村 326 户 1635 人的生活及村貌发生了历史性的变化，确保了 2017 年年底实现整村脱贫。

杨英兰也赢得了社会的广泛赞誉，被任命为怀化市旅游学会副会长，先后被评为鹤城区“2016—2017 年度旅游扶贫先进个人”“劳动模范”“脱贫攻坚工作先进个人”等。

此后，开发不断进行，景点不断扩大，游客不断增多，收入不断增加。到 2021 年年底，该村集体经济达 70 余万元，是 2015 年的 14 倍；人均纯收入达 3 万多元，是 2015 年 10 多倍。

每年前来旅游打卡的人逾百万，昔日贫困村，瞬间蜕变成远近闻名的“网红村”。

我问杨英兰：“你当年怎么就有这么好的眼光？ 是怎么做到的？”

他说：“时势造英雄，主要是遇上了一个好时代。 没有这样的好时代，我个人能力再强，也是空事。 当然，有了好时代，就要走对路。 勤奋的双脚，一定要踏在正确的道路上。 做对事赢一局，走对路赢一生！”

听完杨英兰的话，我突然发现，他的眼神里闪烁着智慧与哲学的光芒。

## 抱奖牌的老人

告别杨英兰，我走进大峡谷景区深处。

峡谷广场上，正在举行村里的“三八”妇女节庆祝活动。

我走过时，刚好碰上了活动的颁奖环节。 主席台上一大排获奖代表分别怀抱着“五好家庭”“幸福家庭”“最美家庭”“文明家庭”的奖牌，脸上洋溢着无限的喜悦。其中怀抱“幸福家庭”和“五好家庭”奖牌的两位老人，笑得格外灿烂，她们不时看看自己怀里的奖牌，都小心翼翼的样子，生怕掉了，更怕被别人碰着似的，像护着一块宝贝一样用手臂护着。

我想，一定要听听她们的故事。

从台上领奖下来，我马上将其中的一位叫到一边。

她告诉我，她叫田方梅，出生于 1963 年。说起现在的生活，她说：“太幸福了。吃不完，穿不完。过去连鸟雀都嫌弃的地方，今天都变成了旅游景点，一波一波的人来旅游。”而回忆起过去，她用了重重的三个字来形容：“太苦了！”

她是家里老大，下面还有五个弟弟妹妹，家里兄弟姊妹多，负担重，到 13 岁她才开始有机会读书，然而，只读了两年，读到小学二年级，最小的妹妹出生，妈妈要她回家带妹妹，她不答应。她特别想读书，而且成绩也很好，经常受到老师的表扬。妈妈说，读书也可以，必须带上妹妹。那时妹妹还刚半岁多一点，坐都坐不稳，怎么能带到学校去呢？如果不带妹妹去，就得回家。没有办法，她只得将半岁多的妹妹和书包一起背着去上学。老师讲课时，她将妹妹抱在怀里，一边听课，一边哄着妹妹不哭。下课后，老师帮她抱一会儿，她才能空出手来做作业。即便如此，她还是不能继续读下去。因为妹妹太小，更因为妹妹饿，没奶水吃，总是在老师讲课时突然大哭，哄都哄不住，影响了老师讲课，更影响了同学们的学习。没有办法，她只得含泪辍学。

回到家里，除了专职带妹妹外，还要帮忙做家务。因为爸妈要出集体工，家里的事没有人做，就全交给了她。那时的苦和累，是现在的年轻人无法想象的，怎么说也说不完。

后来，村里开办“夜校”扫盲班，迫切希望读书的她，又去了。她十分认真，在这里，她捡回了许多字，还学到了许多新字，自己也才有了一点文化。这些字，她记落了底，再也没有忘记。至今，报纸、杂志、电影、电视上 90%的字她都认识，只是写不出来。

从回忆中出来，她复又说起现在的好：“现在的时代几好啊，望都望不来的。你看我们，老都老了，还有这样的好日子、好生活，还跟我评个‘幸福家庭’，真的搭帮共产党的好领导。”说着，将怀里一直紧紧抱着的那块“幸福家庭”奖牌又抱紧了些。

见她如此，我要过来，试了试它的重量，正准备放在旁边的凳子上，她不让，马上接过去，继续抱在怀里，满脸是从不停歇的笑容。

她如此看重这块牌子的样子十分可爱。

我忍不住问她：“知道为什么村里将这块奖牌颁给您家吗？”

她哈哈一笑，笑声里储满自谦：“不知道啊。可能是村里领导对我家的关心吧。”

“村里那么多家庭，为什么只关心您呢？”

“我也不知道。我认为村里其他人确实都比我做得好。而村里将奖牌给了我们家。应该感谢村里的领导。”

在进一步的聊天中，我了解到，她家共有 6 口人，她、老头、两个儿子以及公公、婆婆。她与老头在家里种了 12 亩田，每年可收谷子 7000 多斤。老头还兼景区公路的保洁员，她农闲时则在景区做些零工，两人每月有大几千的收入。两个儿子也很听话，他们在景区上班，工资不比在外地打工差。

她说：“小时候那么苦，现在的时代这么好，一家人的日子这么好过，很是心满意足。想不到自己老了，还能在家门口挣到钱，真是太谢谢共产党了。”

说话时，我注意到，她爱笑的脸上，自始至终流淌着永不消失的幸福。她告诉我：“村里自从开发景区后，群众富裕了，村里的钱也多了，每年都评各种先进，又是发奖牌，又是发奖金。评这奖，很过劲、很认真的，先在组里评，群众投票。评好后，再报到村里，村里还要评。村里评上了，才能得奖。我家是第一次得到，好高兴。”

说着，她又轻轻地去抚摸奖牌上“幸福家庭”四字，边摸边认真地说：“这几个字含义很重，压力也很重，我今后会更加努力，不浪费了这几个字的含义，不浪费了村民和村干部的一片好心。”

说完，笑容更加灿烂。

与田大姐聊完，我又找来另一位被授予“五好家庭”的老人。

她叫丁玉荣，已经79岁，除了头发苍白外，身体硬朗，耳聪目明，根本看不出是一位耄耋老人。

小时，丁玉荣老人的命比田方梅更苦，八岁就跟父亲讨米来到这大山上，十几岁就嫁了人。嫁的人家条件很差，连裤子都没得穿。但她哪有选择的余地啊！只得认命。本想嫁了人有口饱饭吃，不想，连这最起码的愿望也没有实现。不但如此，丈夫家还有一个大哥，残疾人，做不了事，吃空饭，要养着他。她和丈夫生了三男一女，女儿得了神经病，四处求医都没治好，连饭都不会做，也要养着。还有年纪大了的公公、婆婆，都得养。就她两口子做工，要养这么多人，成为当地出了名的困难户，不但经常饿肚子，还被人看不起，在人前总抬不起头，连走路都躲着人。你说，这样的日子苦不苦？后来，送走了公公、婆婆两位老人，又送走了大哥，小孩也都大了，才慢慢松活了些。

她本对这松活了些的日子已经心满意足了。想不到这几年还有更好的日子在等着她。村里搞旅游开发，她家用土地入股，每年都有分红，家里养的鸡、鸭和地里种的菜什么的，都卖给游客，价钱是过去的好多倍。政府还给她和80多岁的老伴发养老钱，一月有几百元。生病的女儿也有补助，买药也只要出一点点钱。日子看着看着一天天好起来了。

我问：“你俩老一年有好多收入？”

她想了想说：“那怕莫有几万元呢。”

我又问：“有几万元？”

她看看我，坚定地说：“两三万元是有的。”

我再一次试探性地问：“每年这么多收入，一定存了不少吧？”

她顿时谦虚起来：“是存了一点，也没好多。”

我伸出一个指头，问：“有10万元吗？”

她爽快地说：“那还是有。”语气里，让我感觉到“实际”比这多很多。

我不便再深问，便岔开话题：“儿子们每年也给你们孝敬一点吧。”

她说：“他们要给，我们不要。我们手上又不是没有钱用。”

最后，我们总算聊到村里奖给她的“五好家庭”奖牌上来。我问：“你知道村里为什么评你家为‘五好家庭’吗？”

她笑笑，说：“也不知道。今早上，村里来车到我家接我，说我家被评为‘五好家庭’，在景区里开大会，要我去上台领奖。我还以为是有人故意摆我龙门阵，开我玩笑。来到这里后，才知道是真的。”

我说；“‘五好家庭’包含了很多方面，可能是你老两口这么多年来，孝敬老人，照顾兄长，关爱孩子，勤俭持家，家庭和睦，因此村里将这一荣誉给了你们。”

她一下大笑起来：“那莫不就是。”

我问她：“得到这个奖高兴吗？”

她头一昂，胸一挺，彼有几份自豪地说：“当然高兴了。这是我想都想不来的。你说，我过去一个讨米的，一个被人看不起的困难户，今日上台领奖了，村里领导给我发奖，下面几百号村民给我鼓掌。你说，我高兴不？”

从她自豪的表情里，我看到了一个山区农民从物质到精神的涅槃，看到了一个山区贫苦老农从耻辱走向尊严的突变。

送走老人，我又随意找了几位参加会议的村民。说起村里的变化，一律地赞不绝口。

一个叫胡清梅的，她对过去的生活有着深切的痛：“穷！最困难的那几年，5 公斤菜籽油省着吃一年。亲戚都看我们不起。儿子读初三那年，他爸到一个表亲家借钱，还没开口，对方就说没钱。他爸恨不得地下有一道缝钻进去。”她接着说，“村里旅游业发展起来后，除了种地，我们夫妻俩还都到景区上班。去年全家总收入近 30 万元，当年我家是村里最穷的，现在一家人挺起了腰板！”

一个叫董静的，过去一直在外地打工，这几年村里旅游开发搞起来后，她回家搞直播，卖当地的干笋和土猪腌制的腊肉，后来随着农产品的不断丰富，订单也是如雪片般飞来。她告诉我：“如今，我在4个平台上忙活，网友关注量达30多万，仅4个微信群就有固定客户2万多人，不少网友还特意从各地驱车前往我们村体验乡村生活。”

一个叫杨贤友的，他说：“大坪村旅游业发展起来后，我是最早一批发展农家乐的。生意很不错。旅游旺季，每天要接待十多桌，忙不赢。现在是淡季，每天也有两三桌，加上商店、住宿收入，平均每天有2000元以上的收入。旺季最多一天赚1万多元。去年只赚了30来万元，如果不是疫情影响，游客更多，收入也许能翻倍。”

一个个普通村民，一句句掏心窝子的话，令我强烈感受到，他们的生活、他们的日子由内而外的巨大变化。

伟大时代，山乡巨变，要的就是这一个个小人物从物质到精神的涅槃与突变。

## 阳光里的青年

见到彭华，是在他家还散发着桐油香味的木房子前。

房子是旧木房，但一洗刷，一打磨，一上桐油，远远看去，与新屋别无二致。下午的阳光，很温暖地照射着房子，仿佛为房子涂抹了一层淡黄色的彩釉。

青春勃发的彭华，就坐在房前的坪地里。我走近他时，他并不知道，因为他正在全神贯注地看一本书——《中华人民共和国民法典》。

见他如此着迷，不便叫他，我在离他几米远的地方停下，专注地观察起他来。一头自然卷曲的头发，一双清亮有神的眼睛，一个阳光下青春勃发的青年。

之所以找他，是因为有人向我介绍，他是村里回乡青年中“最突出的那一个”。

旅游开展起来后，山上的反季蔬菜一下成了游客们的最爱。因为山上气温比山下低很多，山上的作物比山下成熟晚，于是就有了反季蔬菜。彭华就是回乡规模种植反季蔬菜的第一人。

在村干部的引导下，我走进了他家。

许久，他终于抬起头，看到了我，脸上顿时飘过羞涩的笑：“对不起，不知道你们来。现在大棚里的工夫还不是很忙，就在家里晒晒太阳，看看书。”

我走拢去，拿起那本厚厚的《民法典》，好奇地问：“为什么要看这书？”

他笑笑，说：“《民法典》被称为‘社会生活的百科全书’，好多法律知识都在里面。而我们搞景区旅游、开发产业，出门找销路、做生意，都离不开它。就买来看看。”

从他说的这些话来看，他是一个聪明能干有想法的青年。

彭华，1995 年出生，中等师范学校毕业后，去外地打工两年，先后到过广东、浙江等地，没赚到钱，只好回家。

肯想肯干的他，发现家乡山多草丰，适合养殖，调出家里所有积蓄——养羊。养了两年，发展到 300 多只，正当他满怀信心一步步向自己梦想抵达时，羊肉价格暴跌。加上临县的几个青年用猎枪将他的羊打去 30 多只。那时的他，不知道用法律武器保护自己，不知道报警，打去就打去了。面对自己倾注了两年心血而又赚不到钱的羊，他伤心地哭了，一狠心，不养了！将剩下的羊全部处理。

养羊梦破灭。怎么办呢？他看到了父亲种的芹菜，五六月份挑到山下卖，价钱是平常芹菜的两倍。因为这里是高寒山区，芹菜生长慢，等山下的芹菜都断货了，这里的芹菜刚好上市，成了反季蔬菜，价钱当然好。

再说，如今村里开发怀化大峡谷景区，每天上山旅游的人络绎不绝，他们要吃当地的菜，吃过后，还要一大捆一大捆地带走。市场前景十分可观。

就种芹菜。

除了自己家里的地外，还从别人手里租了几亩地，共 13 亩，投入 15 万元，建起大棚，利用大棚培育，科学施肥，科学管理，首战告捷，获得成功。不但产量比传统种植方式提高 50%，而且价格也卖出了平常的两倍多，最高还卖到 12 元一公斤。

尝到甜头的他，一不做二不休，成立了“芹菜种植合作社”，专门生产“高山有机反季芹菜”，他不但自己扩大种植面积，由 13 亩扩大到 60 亩，而且动员全村人都来种芹菜，一时发展到 150 多户，种植面积达 900 多亩，年产芹菜 150 多万公斤。

合作社统一收购，统一销售。他则摇身一变变成了“高山有机反季芹菜”的销售经理，除了满足山上游客的需求外，还将芹菜销往了上海、广州、杭州、长沙等各大城市，年销售额近 600 万元。不但圆了自己的“致富梦”，也圆了村民的“致富梦”。

我们正谈着，一个扎羊角辫的女孩走出屋来，彭华马上介绍：“这是我女朋友，姓唐，溆浦人。”

我问小唐：“你也种芹菜？”

小唐脸顿时绯红：“我不会种菜。我给他当会计。”

我马上为他们点赞：“了不起啊，小彭，还请了私人会计。”

彭华有些害羞地笑笑：“也不是什么私人会计，现在业务量一天天加大，需要这么一个人来管理账目。”

看到他们阳光灿烂且甜美幸福的样子，我忍不住问：“你们是怎么认识的？”

彭华高兴地说：“是在怀化的一次同学聚会上认识的。”

小唐马上补充说：“他说他是怀化大峡谷里面的，我一下对他就有了好感。因为我到大峡谷里玩过，觉得这里很美，环境好，景致好，空气好，人也好，吃的、住的都很好，当时就喜欢上了这地方。人还真是讲缘分，想不到在他的同学聚会上认识了他。慢慢地，我们就谈上了。”

我故意问小唐：“你真的认为这地方好？这里山这么高，路这么远，是真正的边远山区啊！”

小唐一点都不怯弱，大声地反问我：“这地方不好吗？ 现在搞旅游开发，连石头都成了美丽的景点，农产品都成了紧俏的商品，村民都当了老板，整个村都成了‘网红’打卡地，就连我们住的这老房子，也吸引着一批批游客前来和它合影。 你说这地方好不好？ 你说我看不看得上这地方？”

从她说话的语气和表情看，她是死心塌地爱上了这个地方。

这令我想到了许多边远山村，本地女子一个劲往外跑，外地女子一个也娶不进来，大龄单身汉一大把，村庄变成“光棍村”。

我忍不住问彭华：“这里光棍多吗？”

彭华肯定地说：“现在很少了。”

“过去呢？”

“多了去了。 就在前几年，光棍还很多，这两年来，一个一个都找上了。 只要不是身体残疾的，基本都找了。”

他还为我说了一个特例。 有一个贵州的女孩，到这里旅游后，就不想走了，留下来后，就嫁给了村里在景区上班的一个小伙子。 如今，两人生活得很幸福，可把小伙子的父母乐坏了。 他们说，信都没得，媳妇就进了门。

在结婚率连年下降、剩男剩女随处可见的今天，村里没有什么光棍，这可真是村民的一大幸事。

看着他们幸福满满的样子，我忍不住问：“你们俩打算什么时候结婚？”

彭华与小唐对视一眼，会心地一笑，说：“准备今年年底。”

我又问：“现在手头有钱了，准备在城里买什么样的房子作婚房？”

小唐马上指着彭华说：“他说不去城里，就当农民。 他已经在村里修了房子。”说着，指了指房前 20 多米处的一栋新砌的尚未完工的砖房，“这就是我们的婚房，下半年完工。”

彭华补充说：“现在大家一窝蜂都往城里涌，城里有什么好？ 我觉得，现在我们农村也不比城里差。 你看我们村，马路通到了各家各户门口，自来水牵到了灶台上，厕所全部是水冲的，洗澡房也安上了热水沐浴器，城里有的，我们哪一样没有？ 反而我们有的，城里人不见得有。”

彭华告诉我，因为村里变好了，他们村里很多跑到城里的人又都回来了，比如彭丽，中南林业科技大学酒店管理专业毕业，2019年就回来了，现在在景区上班；曾丹丹，2015年以前在外打工，虽然有一定的收入，听说村里搞旅游开发后，义无反顾地回来了，现在也在景区上班，还当上了办公室主任；黄秋秋，利用景区知名度，开办养鸡场，做起了电商，卖起了土鸡蛋，在芒果“扶贫云”超市收获大量客户，去年，她光销售土鸡、土鸡蛋就收益7万多元。

说着这一切时，这个阳光下的青年，眉飞色舞，愈显阳光。

## 百姓尽开颜

在未上山前，有人告诉我，大坪村，不但穷山恶水变成了美丽的景区，变成了游客蜂拥而至的“网红”地，而且村里的各项工作也做得有声有色，多项工作多次被评为全国、全省先进。

在感受它经济腾飞的同时，我也想了解一下其他方面的工作，走进村部，遇到了治保主任杨清华。

杨清华才在景区的道路上处理好一起小车祸，气喘吁吁赶回村部，还没来得及喝口水，就不断有电话打来，他怕冷落了我，忙对我说：“对不起，今天游客有点多，事情也多。”

见他如此之忙，也就免了过多的客套与寒暄，我直奔主题：“我想听听你的故事。”

他告诉我，他已经48岁，是土生土长的大坪人。 先是在村里当了三年辅警，后村委会换届，群众信任他，选举他进村委会担任了治保主任。

我好奇地问：“人说，当家三年狗都嫌，你在协警位置干了三年，不但群众不反感你，还那么拥护你，选你进村委会，凭的是什么？”

他看看远处，又看看近处，再看看我，也许他根本想不到我会提这样的问题，不知道怎么回答，好久才说：“也没什么特别的啊，就是在农村里做了一些普普通通的事。”

“做了些什么普普通通的事呢？ 我想听听这些普普通通的事。”

他沉思了一会儿，说：“我就给你说一件吧。”

我们五组的冯青与一外地老板合作，他出地，对方出钱，共同创建一个蔬菜大棚基地，由冯青负责管理，得的利润均分。 可是合作了三年后，两人吵上了。 出钱的外地老板说他投入了那么多钱，没分到一分钱利润，找冯青麻烦，冯青也觉得委屈，自己出了地，又出了工，种的蔬菜没卖得什么钱，连开工资都不够。 外地人来查他的账本，查来查去，没查出什么。

一天，两人在大棚里扭打了起来。 冯青的儿子见状，马上给我打电话，说他爸跟人打起来了。

我觉得事情紧急，边接电话，边往外跑，还一边指示冯青的儿子，叫你父亲千万不要动手，动了手，再有理都是亏的，等着我过来。

我的电话没挂，一直与冯青的儿子保持着通话，要他劝他爸爸冷静冷静再冷静。 因五组离村部不远，十几分钟，我就赶到了现场。 只见两人还扭打在一起，正如两头斗红了眼的公牛，怒目切齿，忿然作色，谁也不让谁，一场血案只在须臾之间。

我跑过去，命令冯青先将手放下。 我骂冯青，村里开展了那么多的法律宣传和教育，你都听到哪里去了？ 你知道你动手打架是什么行为吗？ 弄不好就成为刑事案，你不想去吃四两米的牢饭吧。

冯青见我发火了，慢慢地松下了扭打的手。

见冯青松了手，对方也将手松开。

两人手虽然松开了，但吵还没有停止下来。 我先将外地那个人叫到一边，向他了解情况。 他说，他投入 10 多万元，几年了一分钱的利润都没有拿到，问冯青，总是说没赚到钱。 我告诉这外地老板，可能是技术问题，也可能是管理问题，还可能是市场问题，这几年冯青种菜没赚到什么钱可能也是真的。有话好商量，你们不能打，打伤了谁，都不好。我问那外地老板，现在有什么要求。老板说，他只要钱，要么将三年的利润分给他，要么退他的本钱。我说，你这不是将冯青逼上绝路吗？有钱，他不早给你了？还等得你用打架的方式来要吗？老板说，那怎么办？难道他投入那么多钱就这样打了水漂？我想来想去，这问题必须得解决，不解决，一定会是一颗定时炸弹，今天劝开了，说不定明天又打起来。我反复思考解决问题的方法。我说，这地你们干脆轮着来种，一个一年地种，种得好坏，赚得多少，看自己的能力和运气。老板说，可以啊，那前面冯青种了三年，该怎么说？我马上说，你再种三年不就得了？他一下笑了，说，你这样讲，还有点良心。

这边说了，还得去冯青那边做工作啊。冯青是自己村里的人，应该好说话一些。我将对方的要求说了，两人轮流种，前面你种了三年，让他也种三年。冯青开初死活不让，说不行，那这三年的土地我白让给他做了？我劝冯青，你不是前面种了三年吗？这说到哪里去都公平合理啊。只有这样，你们双方才没有矛盾，他才不会经常来找你麻烦，你才有安稳日子过。最后我说，不就是地吗？就让给他种三年，你要种，就种别人的地，那些外出打工的人，巴不得有人将地种着呢。我这样一说，冯青总算答应下来。

一场打了起来的纠纷，就这样给处理了下来。

冯青特别感谢我，说我帮他解决了一块心病，还了他安宁的日子。过去，那个投资人经常打电话骚扰、恐吓他，甚至威胁他，弄得他不得安宁，如今这么一处理，一下安宁了。

如今，冯青还当上了我的网格员。我们开展法治乡村建设，将全村分成了 16 个网格，确定了 16 个网格员，他就是其中之一。他工作特别主动积极，经常在他所负责的网格里巡查，一发现什么问题，及时向我报告。比如，前不久下了一场大雪，他天天晚上在网格里巡查，哪儿压断了树枝，哪儿的房屋有危险，他都在第一时间拍照片发给我。还比如，有一个人晚上喝多了，跟妻子大吵大闹，他巡查看到后，马上进屋进行劝解，平息了一场家庭风波，真正担负起了一个网格员的责任。

最后杨清华才说到他自己。当治保主任每月工资1904元，比当辅警每月要少1000元左右，而且基本天天在村里上班，因为事多，家里的几亩田都只好请工。好在儿子已经大学毕业，在外找到了工作，老婆也在景区谋到了一份事做，如果要靠这点工资来养家，那肯定不行。不过，每年田里能打3000多公斤稻谷，吃饭没有半点问题，家中有粮，心中不慌。有这几亩田，他就可以安心地当好他的治保主任了。

他说：“群众的信任是无价的，尽管工资比当辅警少很多，我也乐意干，而且一定要干好，不辜负群众的这份信任，你说是吧。”

我说：“是的。我为你骄傲！你完全是一个称职的治保主任。”

他脸一红，口里忙说：“不敢，不敢。只是做了一些鸡毛蒜皮的工作。”

就是从这些“鸡毛蒜皮”的事上，我看到了一个普通基层干部的担当与作为。

随后，他话锋一转：“不过，虽是些鸡毛蒜皮的事，可它们牵涉到一地的社会治理，牵涉到一地的平安创建。如今村里的旅游搞起来了，如果‘平安’二字都做不到，谁还敢到你这里来旅游？”

是啊，平安无小事。都说安居乐业，无安居，哪来乐业？

我随即问：“在山下我就听说，大坪村不但旅游搞得好，其他各项工作也都取得了骄人的业绩。能给我说说吗？”

他马上谦虚地说：“还行吧。”

接着，他带我来到村部的荣誉室，在这里，各色奖牌依次排开，几乎挂满了整面墙，其中不乏“国字”号和“省字”号，比如“国家森林乡村”“全国乡村旅游重点村”“全省文化和旅游扶贫示范村”“全省乡村振兴模范村”等。

看到了这一块块奖牌，我没有必要再问下去，那一个个泛着金属光泽的字，已经说明了一切。

告别杨清华，走上下山的道路，透过车窗，一栋栋楼房闪过，蓝色的琉璃瓦，白色墙面，贴着瓷砖的小洋楼，洋楼里，一张张笑脸，灿烂绽放。我脑海里顿时闪过两句“打油诗”——

穷山变金山，百姓尽开颜。

## 第五章

# 夜郎“西”村得天佑

**【远村提要】**

马宗村，隶属湖南省新晃侗族自治县凉伞镇，距省城 634 公里，距县城 92 公里，距镇政府 28 公里，是湖南省的“最西极”。

湖南地图轮廓极像一个“高鼻尖老人头”。

“鼻尖”就在湖南的“最西极”新晃侗族自治县凉伞镇，与贵州省“四县六镇两街”毗邻接壤，南、北、西三面均被贵州的土地包围。因附近山上有一风蚀岩柱如蘑菇状，似撑开的一把乘凉巨伞，人们称这岩柱为凉伞岩，故得镇名。唐贞观八年（634），置夜郎县，县治便在凉伞，凉伞的辉煌历史从此时开始。

说起夜郎，不得不提到“夜郎”国。夜郎国，是西南少数民族先祖建立起来的一个古国，夏商时属百濮地，其成名问世，大约在战国时期。至西汉成帝和平年间，夜郎王兴同胁迫周边 22 邑反叛汉王朝，被汉朝牂柯太守陈立所杀，夜郎也随之被灭，前后约 300 年。夜郎被更多人记起，源自“夜郎自大”的故事，说是公元前 122 年，汉武帝为寻找通往身毒（今印度）的通道，遣使者到达云南滇国，滇王问汉使：“汉与我谁大？”后来汉使途经夜郎，夜郎国国君也提出同样的问题：“你们汉朝大呢？还是我们夜郎国大？”后世就用“夜郎自大”比如妄自尊大。

因缺少文字记载，夜郎古国到底具体在什么地方，一直是一个谜，一直存在争议，有说在贵州西部，有说在湖南西部。“寻源访古”的旅游热兴起之后，很多地方都争相宣传其属地为古“夜郎国”所在地，并想方设法找出各种“证据”。新晃侗族自治县也在争议之列。但不管怎样，唐贞观八年（634），置夜郎县，其县治在新晃的凉伞，这一历史事实是确凿无疑的。所以，其后的李白，在闻听自己的好友王昌龄被贬为龙标县尉时，写下了千古名句："杨花落尽子规啼，闻道龙标过五溪。我寄愁心与明月，随君直到夜郎西。"诗中的"夜郎西"，说的就是新晃，就是凉伞一带。

我就是在一个有着"子规啼"的日子里，吟诵着千古绝唱，经"龙标"过"五溪"，再借道贵州省玉屏侗族自治县的部分道路，一脚踏进"夜郎西"，来到了湖南的"鼻子尖"——新晃侗族自治县凉伞镇，走进了"鼻尖"的"最尖端"——马宗村。

## "躲壮丁"的地方

在 1∶5000 的地图上，才能找到它的标注——韭菜塘。

韭菜塘是马宗村的一个组。不过，2016 年以前，韭菜塘也是一个村。2016 年实行"并村"，韭菜塘村与马宗村合并为一村，新村名为马宗村。从此，新晃侗族自治县的行政区划上再无"韭菜塘村"，而只有"马宗村韭菜塘组"。

韭菜塘的地名，有其苦涩的来历：过去，由于地处边远偏僻的大山深处，自然条件差，环境十分恶劣，村民们只能靠天吃饭，经常青黄不接，饥饿时，就靠一种与韭菜相似的野草充饥。为了感恩这种韭菜一样的野草，人们遂将生长它的地方取名韭菜塘。

在村支部书记杨卫国的带领下，我来到韭菜塘路边的一个小土堆上，在茂盛的茅草里寻着了一座石碑，石碑正反两面分别写着"湖南""贵州""国务院""1997"等字样。

杨书记说，这碑就是湖南、贵州两省的界碑，是国务院在 1997 年立的，碑的东边是湖南省新晃侗族自治县凉伞镇马宗村，碑的西边就是贵州省镇远县青溪镇关口村。关口，名副其实，不过，它不仅是贵州的"关口"，也是湖南的"关口"，迈过这道"关"，穿过这条"口"，往西进贵州，往东入湖南。

据《新晃县志》记载，"民国三十二年（1943），国民政府内政部和湖南、贵州两省民政厅，派员会同晃县、玉屏两县县长”，共同协商、调整晃县、玉屏、天柱之间的“飞地”和“插花地”，韭菜塘村的“塘边”，据记载就曾为“插花地”，后“划归晃县管辖”。

杨书记告诉我，这里虽然是两省界碑的确立处，但它还不是湖南“西极”的“极点”。极点在一个叫“塘坳”的屋场之上的一座小山丘上，距这界碑尚有700米左右的距离。

在杨书记的带领下，我来到这个小山丘上，小山丘虽然很小，但有一个很“大”的名字——“将军坡”。为什么叫将军坡？杨书记说，这个小山丘，矗立在两省边界上，就像一把守两省大门的将军，所以叫将军坡。将军坡顶，是一片油菜地，盛开的油菜花将小山顶染得金黄。杨书记指着这块正开花的油菜地说，这就是“鼻子尖尖”了，村子的最西点，新晃侗族自治县的最西点，湖南的最西点。

杨书记说，韭菜塘的村民们经常上“将军坡”，等于是天天贵州、湖南来回溜达好几趟，就像从家里的客厅走到餐厅一样简单。

事实上，两省民间跨界来往，自古就是常事。民国时期，两省抓壮丁，只要民众跑出界，藏到对面省的亲戚家，就不会被抓了。因此，这里一度成为“躲壮丁”的地方。

韭菜塘，如此地方，还真是躲壮丁的一块“妙地”。一来，它边远偏僻，穷山恶水，森林杳杳，沟壑遍地，洞穴密布，壮丁逃进这里，易于躲藏。二来，这里两省交界，是“三不管”地带，逃进这里，没人去管。三来，尽管那时壮丁抓得十分凶狠，但跨省域来抓，还是不多见。这一切，为民众在此地“躲壮丁”创造了条件。

一个“躲壮丁”的地方，可以想见，过去会是怎样的一种情景。

## “还没希望我也走”

往村子的深处走，我碰到了曾在20年前当过村主任的杨清银。

2006年6月,《潇湘晨报》记者走进韭菜塘，对时任韭菜塘村村主任的杨清银进行了采访，此时只有35岁、全身上下透着一股闯劲的杨清银，说出了一句现在听来都还不无伤感的话：“再等一年，还没希望我也走。”

我读到这句话时，内心也无不为之一振。一村之长，当着媒体的面，说出这么一句心酸的话，这得是多么的无奈和无力啊。这种无奈和无力，直戳人心。从这句话里，我们便完全可以想象，当年这里是怎样一片贫瘠的土地，是怎样一片让人没有办法、没有信心的土地。

杨清银说，的确，在当年，这片土地不但偏、远、边，而且特别穷，是说不出来的那种穷。自然条件十分恶劣。正如当时流传的不少顺口溜所说的：“韭菜坡，韭菜坡，坡度七十多，行人绕道走，牛羊打哆嗦”“韭菜坡，韭菜坡，峰高深涧多，满山不见水，骆驼口也渴”“住在山顶角，田在半山坡，水在沟底底，土在刺蓬窝”。山多田少，人均只有6分田。山“多”，也只是相对的，也并不“多”到哪里去，人均也就2—3亩，而且都是一些没长树的山。田“少”，不但少，而且小。有一年，一村民进了两分地，得了9丘田，总共只打了两担谷。落后和贫瘠，渐渐使这里成为著名的“两不进”地方：干部调不进，媳妇讨不进。

杨清银说，不是村民不想富，不是村民不努力，而是硬没有条件。就连当年采访杨清银的记者看了都心痛，忍不住发问：韭菜塘的农民兄弟，你们打开富裕之门的钥匙在哪里呵!

出生在如此贫瘠的土地上，杨清银可以说是在苦水里泡大的。

说起那时，脑海里永远只有一个字——“穷”。家里7口人，爷爷、奶奶、爸爸、妈妈、哥哥、妹妹加他，爷爷、奶奶已经老了，爸爸身体不好，三兄妹都未长大，一家人就靠妈妈一个人劳动。做工的人少，吃饭的人多，可想而知，一家人过成了什么样的日子。

杨清银说：“饿！ 每天都饿得哭。”

他清楚地记得，七岁那年，有一天放学回家，饿得不行，他只得揭开妈妈腌制酸菜的坛子，将妈妈才剁好腌制的红辣椒挖出一碗当饭吃，吃得满嘴通红。那可是绯红的一碗辣椒啊，平常吃一点点都会辣得眼泪四流，他空着肚子，生生地吃一碗，感觉不到辣，这得饿到什么程度？

辣椒是吃下去了，也临时充了一下饥，可是，进入胃里的辣椒不消停了，在他稚嫩的胃里大闹天宫，像刀片一样绞，痛得他就地打滚，只想伸手进胃里去抓，可又抓不到。那种难受，谁也无法想象。大人让他喝水，他喝了一肚子的水，最后不但痛，还胀，更难受。那种体验，他一辈子也不会忘。

因为家里穷，他只读到初中，便失学了，主要是交不起每期 40 元的学费。40 元，现在看起来，仅仅一包香烟钱，然而，在当时，在他们那个家庭里，就是一笔“巨款”。

失学回家的他，第一份工作就是和家人一起修路。

那时没有路，一切都靠一双脚走、一副肩挑。他记得最清楚的，是去乡政府粮店送公粮，清早天没亮就得起床，打上篙把火，挑着一担公粮，走 70 多里山路，将公粮上交后，返回家，又已经是满天星星。

因此，村民只希望修一条路。那时修路，政府没有项目，更没有资金支持，最多给点雷管、炸药。几十里路，分成若干段，每家每户一段，那时又没有机械设备，全靠手挖、肩挑。全村人整整挖了三个月，挑了三个月。辍学回家的杨清银，也跟着大人干了三个月。手上的血泡起了破，破了起，肩上的皮脱了一层又一层。总算将一条坑坑洼洼的毛路拉通。尽管是这么一条土毛路，根本过不了车，可终究还是有“路”了，全村人欢呼。

毛路拉通后，他就外出打工了，先后去过广州、上海、浙江等多地，做过印刷，干过五金，进过工厂，也干过零工，在外一待就是 12 年。

12 年后，当他再次回到韭菜塘时，已经变成了一个顶天立地、见过世面的高大威猛的男子汉。

恰在此时，村委会换届，见他回来，正不知选谁当村主任的村民眼前一亮。因两省土地，交叉在一起，你中有我，我中有你，两省村民经常为一些鸡毛蒜皮的小事闹纠纷，有时是一棵树，有时是一只鸡，有时是几蔸禾。大吵三六九，小吵天天有，甚至大打出手。特别是有一个组，贵州人经常来组里闹，想牵谁家的牛就牵谁家的牛，想挑谁家的谷就挑谁家的谷，闹得该组不得安宁。受了委屈的村民只有来找村干部，可村干部也没有办法，因为事牵两省，处理起来特别棘手。特别是村主任，两边的村民都怨、都骂，以至于谁也怕当这个村主任，谁也当不好这个村主任。

杨清银，不但有威武的体魄，全身上下有一股凛然的正气，而且跑过那么多大地方，有见识，有胆量，有魄力，在村民眼里，他就是村主任的不二人选。再说，由于他的强硬，贵州人从来不敢去他家闹，于是，村民们铁了心要选他当村主任。就这样，在 2005 年 3 月的村主任海选中，他高票当选韭菜塘村村主任。

群众的信任，使杨清银没得选择。虽然此时在外面打工有 800 多元钱一月，而当这个村主任，每月工资只有 100 元，他仍然选择了留下。因为这是自己的家乡，他心中也早有一个梦想——与家乡人民一起努力，改变贫穷落后的现状，让村民生活一天天好起来。

他当上了村主任后，主动与贵州关口村联系，建立起纠纷调处合作关系，矛盾纠纷少了很多，两边村民再也不会因为一些鸡毛蒜皮的小事而大吵大闹，或大打出手。

纠纷缓解了，脱贫是要务。在外面跑了这么多年的他，深刻地认识到，交通的落后是韭菜塘贫穷落后的首要原因，村民就算生产出来了东西，由于交通的制约也变不了钱。即便村民想改变面貌，修一下房子，建筑材料也进不了村。那时虽然有了一条群众自己挖出来的土毛路，可这条路，因为全是泥土，没有填埋砂石，经过长久的雨水冲洗，早已经不成了路，根本无法过车，有些地方甚至连走路都困难。特别是下雨天，一沟水，一片泥，根本放不了脚。每次杨清银出差，都要穿高筒雨靴，包里再放一双干净鞋，走出了村子，到了山外镇上，脱掉雨靴，换上包里的干净鞋。如此一条路，谈何脱贫？

必须修路，将这条土毛路拓宽、平整，最后硬化。可这一切，谈何容易啊！据初步估算，仅硬化，至少得40多万元。穷得叮当响的村民到哪去弄这些钱？别说40多万，就是4万也凑不起啊。怎么办？唯一的办法，去上面争取。他跑到乡政府和县政府，乡政府和县政府领导都对他们至今没有通路深感同情，表示一定会支持，但支持多少，也没个数。

他只得往更高一层跑。他想到了本县一个在省民政厅当领导的老乡，他跑到这个老乡面前，向他汇报。家乡来了人，领导十分热情，也答应帮村里想办法，并叫来了省财政厅的朋友，要朋友帮帮村里，大家共同努力，将村里的路修好。财政厅的领导当面答应。

他十分感激，高高兴兴地回到村里。谁知，此后再没有消息，他打电话过去问，领导总是说，还在想办法，要他不急。他怎么不急？那时村干部的一个任期是三年，已经一年多时间过去了，一分钱都还没有着落，他当然急。他甚至开始灰心起来。

正值此时，《潇湘晨报》的记者来到了村里。这也是建村以来，第一次有记者来到村里。因此，他只想将村里更多的现状告诉记者，希望记者多给他鼓与呼，引来更多人的关心与支持。同时，他也说出了那句现在听来仍十分伤感的话：“再等一年，还没希望我也走。”

他是直性子，有什么说什么。这还真是他当时的心里话。在这句话里，让我们看到了一个想干一番事业的村干部的无奈与无力。他想再等一年，看上面领导答应的钱能不能到位，如果不能到位，那一切都是空谈。杨清银说：“自然条件如此恶劣的一个村庄，没有外援，仅靠自己，肯定是不行的。”

但在“等”领导给钱的过程中，他仍然没有放弃通过其他途径筹钱。除了拿一小部分时间处理村内的矛盾纠纷，解决村民鸡毛蒜皮的一些小事外，大部分时间仍然在外面东奔西跑。他不放过一切机会，而且还十分霸蛮。

《潇湘晨报》的记者来到村里后，写出了报道，引起了社会的广泛关注，记者还给报社的领导汇报了，报社领导也十分重视，认为是湖南的“西极”

之地，很有代表性，准备来村里组织一场活动，动员更多的媒体记者和爱心人士来村里，进一步扩大村里的影响，为村里带来更多的帮助和支持。

杨清银得到这一消息后，特别高兴，他想紧紧抓住这次机会。可是活动时间一拖再拖，他急了，直接跑到报社，给报社领导汇报。看报社领导还在为难，总是定不下来，他霸起蛮来，说："活动搞不起来，我们慢慢等，今天既然来了，报社是不是先给我们点，我们得到一点是一点，积少成多，等钱凑够了，我们再动工。"

报社领导被他的真情打动，说："公家的钱，我们现在还拿不出，这样吧，我们私人先借一点给你们，也使你们不空手回去，好给村民有个交代。"

于是，听取汇报的社长拿出 7000 元，另一个主任拿出 3000 元，凑够 10000 元，杨清银私人给他们打了个欠条，说："等活动搞成后，得了钱，就还给你们。"

然而，由于各方面的原因，活动迟迟没有搞起来。他打了欠条的钱，永远这么欠着。

此时，贵州那边，由于有了西部开发的政策，发展很快，过去，两地一直在同一水平线上，但自有了西部开发的政策后，关口村立即就将韭菜塘村"甩掉了"。

杨清银说，韭菜塘也曾被"扶过贫"，栽种过西瓜、金秋梨，但出山的路不行，肩挑不成规模，用车运，瓜、梨一路被颠烂了。这样的情形，令"村里很多曾回来过的年轻人失望，又走了"。

想起那时，杨清银一再说："外面的世界真的日新月异，只有这里，好像很难变。我不知道，更公平的机会和关注要等到什么时候，我甚至想，当时社会上流行的'城市反哺，工业反哺'，什么时候可以轮到我们这么个不起眼的'鼻尖尖'就好。"

杨清银说："那时村里真的是全县出了名的穷。一大把年轻人讨不到老婆。山里的姑娘拼命想嫁出去，而外面的姑娘听说嫁我们这边，就回复媒人——没门。怪不得他们啊，人都是现实的！”

时间一天天过去。村民着急，杨清银更急。

昔日受村民信任，选举当上了村主任，他辞掉“高薪”的大城市工作，留下来准备带领村民大干一场。可三年的任期眼看就要到期，可连修条路的梦想都不能实现，他彻底灰心了。

任期期满后，他不再连任，正如他对报社记者说的那样，离开韭菜塘，重新加入打工大军。直到精准扶贫战略打响，他才又回到村里。

他说：“如今的韭菜塘，一天一个样，变化天天看得见。进村公路修好了，也硬化了，电通了，水通了，家家户户都修了新洋房，村庄卫生干净了，群众生活富裕了。这一切，正是当年我想干没干成的事情。”

看到家乡的变化，看到家乡的美丽，他没有再出去，而是回乡定居了下来，并将自己的微信名也改成了“家乡美”。

回到村里，他虽然不再担任村干部，但他积极支持村里的事务，不但如此，还劝说大学毕业的女儿也回到村里，进入村部工作。

他说：“如今的农村，天地广阔，在这里，年轻人有更大的作为。”

这，与他当年的“逃离”，有了 180 度的大转弯。

怎么不“转弯”呢？如今，村里的路修好了，硬化了，直接与贵州的路连在了一起，不时有各种型号的小车和装满农产品的货车通过，诉说着一方的繁华。电通了，水通了，低压电线、自来水管，分别从变压器和蓄水池里引出，整齐划一地牵入每个小院，将光明和甘泉送进家家户户。家家户户都修了新洋房，仿佛被整体规划了一般，都是三层小洋房，一律的红瓦白墙，远远看去，尽显富丽堂皇。

在离开他时，我调侃似的问：“现在还走吗？”

他果断地说：“再也不走了。”

## 跟贵州比干净

韭菜塘给我的又一好印象是，特别干净。

我问杨卫国书记：“这么边远偏僻的地方，怎么这么干净？”

杨书记说：“这是我们抓人居环境整治的结果。”

我提出：“我想走进村民家里去看一看。”

杨书记马上说：“可以，随便看。”

我顺路随意走进了一户人家。一进门，就令我惊愕不已。家电家具摆设齐整，地面不染一尘，真正的窗明几净。我一度怀疑我是走进了都市白领家庭，而不是边远偏僻的湖南“西极”的农户。

见我们进门，一白发老大妈忙热情招呼，给我们递凳、倒茶。杨书记介绍说，她是原韭菜塘村的妇女主任，叫舒守春，今年八十二岁了。八十二岁，背不躬，腰不驼，耳聪目明，神清气爽。她告诉我，她有两个儿子，两个孙子，孙子也都已经成家，儿子、孙子都在山下面的青溪做事，早出晚归。青溪是贵州的一个镇，离村里只有十来里路。

“我们一般做事、赶场、买卖东西都去青溪，甚至连医保都交在青溪，虽然我们是湖南的户口，因为这里离得近，看病住院方便。”老人不紧不慢地说着，思路清晰，声音洪亮，有底气。

而我更惊诧于她家里的井井有条，忙问：“您家怎么这么干净？”

她笑哈哈地说：“干净什么啊！农村里，就这个样子。”

“哪有，比我们城里还干净。”说这话的时候，我忍不住竖起大拇指。

老人脸一红，说：“你还没看到干净的，我们村里，比我家干净的多的是。”

我用疑虑的目光看着杨书记，他坚定地点了点头，说：“是的。还有更干净的。”

舒守春老人说开了。她说：“过去，我们村因为是湖南最西边的地方，是一个远得没有谁肯来的地方，不讲卫生，邋遢死了。这几年，村里搞人居环境整治，什么‘一拆二改三清四化’、什么‘五治’、什么‘六无一全’，搞了这些行动，才变了样。”

“什么叫‘一拆二改三清四化’？‘五治’指的是哪五治？而‘六无一全’又是什么？”我一时被老人“背书般”的讲述弄得晕头转向，忍不住问。

杨书记忙解释道：一拆，就是拆除空心房、违建房、危险房、零散房；二改，就是改厕所，改猪圈鸡圈；三清，就是清理农村生活垃圾、清理村内沟渠塘坝、清理畜禽粪污；四化，就是净化、绿化、美化、亮化。五治，就是治垃圾、治水、治厕、治房、治风。六无一全，就是入村道路两旁无一根杂草，村里无一处乱堆垃圾，无一块裸露泥土，无一栋废弃杂屋，无一户不讲卫生，无一个旱厕，村里能绿化的地方全绿化。

杨书记解释时，舒守春老人不断插话，从老人的插话中，能够听出，这繁杂的“一、二、三、四、五、六”老人基本都能记住。

我问老人：“你怎么记得如此清楚？”

老人笑笑说：“天天在做的事，大家都在做的事，就容易记住了。”

杨书记说：“我们主要靠的是大家自己治理。几年前，我们按照上级的批示精神，根据《中华人民共和国村民委员会组织法》，大力开展村民自治活动。出台了自治章程，规范了自治行为，发动广大群众，自己的事村民自己办。村民自治工作开展后，我才发现，村里的事务，只有发动广大村民，一起来行动，一起来管理，共同来监督，才会取得应有的效果。”

舒守春老人马上补充说：“是的，自己的事自己做，自己的事自己管。我们村里成立各种理事会，每个理事会除了村干部外，吸收了大量的老党员、老干部、老模范、老教师、老组长等人参加，这些人在村子里有威望，说话有人听，喝酒有人敬，干事有人跟。村里只需布置，就依靠大家去落实。环境卫生，就由环境卫生理事会去管，我就是这个理事会的成员。开初也很难，特别是那么几户，不听你的，总是邋邋遢遢的，我们隔两天就去检查一次，发现不干净的，达不到要求的，就在大门上贴上不清洁，谁家愿意贴上那东西？ 脸上挂不住啊。 有一个老头子，很顽固，儿女都在外打工，老婆死了多年，就是不讲究，家里家外，邋遢得很。 我们给他贴了不清洁，他火气很大，找我们吵。 我拖着他去院子里转了一圈，让他自己看看还有谁家比他家更邋遢。 转一圈后，他不言语了。 之后，他天天打扫，连垃圾都按分类的要求装着。 就这样，慢慢地，大家的习惯就扭过来了。”

原来如此！

老人继续说：“过去，不但我们这边不干净，贵州那边也一样，垃圾到处扔，人粪水、猪粪水、牛粪水到处流，鸡屎、鸭屎遍地是。 整个脏乱差、臭烘烘。 现如今，我们两边都开展了整治，两边还暗地里比着。 不但比居住条件、村民生活，比社会秩序，还比干净卫生。 虽然没有统一检查，但暗地里在比，贵州的不想比湖南差，湖南的也不愿比贵州次。 再说，我们是外省进入湖南最西边的一道口，外省人进湖南，第一走进的就是我们村，我们不能给湖南人丢脸啊。”

说得多好。

日子过好了，生活富裕了，精神境界自然就高了。

站在如此干净美丽的“西极”，站在如此开朗和有境界的老人面前，我有的只是感动和赞叹。

## 因为爱这一片土地

在马宗村大山腰上，一个大型养殖场吸引了我的目光。

在这边远偏僻的大山深处，怎么会有如此大的养殖场？

杨书记告诉我，它是村里在外开厂的成功人士吴配刚回乡创办的家庭农场，投资 980 多万元，占地 13 亩，年养殖生猪 4000 头，是一座智能化生猪养殖场。

我当即决定，去会会这个吴配刚。

走进该养殖场，里面的设施和管理，更令我眼前一亮：全自动采食设备，全自动粪便清理系统，自动恒温系统，三级式粪污沉淀池，喷雾式消毒系统，实行全封闭式管理。

如此先进的设施设备，如此科学的管理方式，在这大山深处，还真是头一次见到。

吴配刚正在与技术员配制饲料，见我们走近，马上停下手里的活，说：“我们将豆渣发酵后混合猪食一起喂，小猪不仅长得好还健康，这种方法，应该是我们的独创。这种方法就是将智能化养殖模式与家乡的菜猪养殖相结合，既减轻了人力、增加了产量，又保持了土猪的口感，受到许多商户青睐。”

吴配刚，正如他名字一样，全身透着刚毅，快言快语，充满活力。

说起为什么要在这么偏僻的地方建设如此现代豪华的养殖场，快言快语的吴配刚马上说：“因为爱。”

他告诉我，他在单亲家庭长大，缺少爱的他，从小就受到乡亲们的照顾和关怀。如今，自己有了点小成就，就想到回乡下来为乡亲们做点事情。

他说，他初中毕业，因为没有钱继续读书，就独自一人走出大山。他首先来到温州，在一小工厂里做了半年纽扣，后去广州，在广州做了一年普工，又返回温州。这时，他遇上了他人生中的第一个贵人，是个摆地摊的小老板，他跟随他去东北摆了三年地摊。有了一些积蓄后，他们来到杭州，在杭州开起了一家专做拉链的公司。吴配刚继续为小老板打工，整整六年。公司越办越红火，最后成了上市公司，他也做到了公司的副总。随着公司越做越大，职位越做越高，他越发感到自己文化水平和能力的有限。于是，他提出辞职。

辞职后的他，开了一家自己的公司。还做他熟悉的本行——拉链。说是公司，其实就三个人——他，他的爱人，还聘请了一个工人。他既当老板，又当员工，还当司机。那段日子，每天睡觉不超过 5 小时。为了联系客户，跑销路，他更是拼了。因为工厂小，没有名气，很不受人待见，推销产品时不知吃过多少闭门羹。

事情的转机，是在认识了一香港的大老板之后。他是一家上市公司的老板，姓王。他公司的业务量很大，如果能与他做成业务，自己再多的货也不愁销路。可怎么样才能与他建立起合作关系呢？他每天去王老板的办公室陪他聊天、喝茶，聊了一段时间后，王老板被他的执着与真情打动。某一日，交给他一个“样品”，让他照着“样品”做一个出来，当天晚上就做出来，并送到他手上。吴配刚一看手表，已经是下午三点，从这里回自己的工厂，一个来回至少要两三个小时。还要重新做，还要送过来。一般情况下，根本做不到。显然，老板是在有意为难他。

不管怎样，能得到老板的“样品”，就是最大的机会。他不想浪费了这一机会。他将车子开得飞快，回到工厂，迅速制作。几个小时后，样品做出来了。连晚饭都顾不上吃，他拿着自己做出的样品，又一路飞奔，来到老板的公司门外。当时已是晚上 10 点多，按时作息的老板已经睡下。

没有办法，他只得将车停在老板公司门口，和衣睡在车上。

一晚上过去。第二天早晨 6 点，有晨跑习惯的老板，一开门就看到了他，问他怎么这么早？他告诉老板，他昨晚上就来了，为了等老板，他在车上睡了一晚上。

老板深受感动。马上将他叫到办公室，验收了他做出的样品，当即决定，将这笔业务给他。

从此，他开始与这个公司合作。由于他合作的公司是上市公司，而且在业内排名前三，他的名气也立马跟着往上飚。他再也不用像过去那样求爷爷告奶奶、总是吃闭门羹地去推销自己的产品了。诸多厂商主动找上门来要求订货，其中就有三家上市公司。一下子，销路大开。公司员工也由过去的 3 人，迅速增加到 50 多人。年销售额也由过去的十几万元迅速飙升到 400 多万元。

自此后，他就固定为这几家供货，一直没断过。

他成功了。成功的他回到了家乡，特意去看了自己读书的学校，他顿感到这里太穷了，穷到学生连一身校服都没有。他当即决定，给每个学生赞助两套校服。他又来到老师的房间，发现老师睡的还是老式木板床，不但破旧，而且窄小。他当即又做出决定，为老师换成双人席梦思床。

这一切，让乡党委书记看在眼里，记在心里。此时，乡村振兴战略已经打响。中央要求广大乡村切实做到“产业振兴、人才振兴、文化振兴、生态振兴、组织振兴”。产业振兴排在第一。作为边远偏僻的马宗村，怎么样才能做到产业振兴呢？唯一的路，就是养殖。乡党委书记从吴配刚身上看到了希望。他对吴配刚说：“希望你能回家投资建一个生猪养殖场，带领群众发展养殖业，为马宗村的振兴出一份力。”

这与吴配刚一直想为家乡经济发展“做点事”的想法，不谋而合。

吴配刚马上答应，说：“行，我也正想为村里做点事，就听书记的。书记您说怎么办，就怎么办。”

书记说：“你负责投资，负责建场，负责养殖，我负责为您征地和办理好相关手续，并提供一切政策上的便利和支持。”

吴配刚说：“好。就这么办。”

书记马上将县里的国土、畜牧、林业、环保等相关部门请到村里，进行现场办公，特事特办，半个月，一切手续办齐。

2020 年 5 月 10 日，养殖场在一阵热闹的鞭炮声里，破土动工。

建猪圈，装设备，招人员，没多久，一现代化的标准养殖场建成，首批喂养生猪 1600 头。他采用智能化养殖与家乡菜猪养殖相结合的方式，充分利用当地的饲料资源——豆渣。马宗村所在的凉伞镇，盛产豆腐，其豆腐因质优味美而声名远播，镇内有多家豆腐加工企业，产生的豆渣过去被当成废物丢弃。吴配刚的生猪养殖场建立后，废物利用，将豆渣配以饲料喂养，猪不但喜欢吃，而且养出来的猪有家乡菜猪的特性，其肉质要比纯饲料喂养的好很多。

养殖场的成功建立，马上引来了诸多村民围观，吴配刚趁机对他们进行养殖方面的宣传，并承诺，如果谁家愿意养，他可以提供仔猪、饲料、技术，并帮助销售。仔猪、饲料的本钱，由他先期垫付，等生猪养成出栏销售后，再还他。这，等于是无息贷款。而养殖技术和卫生防疫等，他免费提供。

有如此好的事？村民们纷纷加入养殖队伍之中，在极短的时间内，加入者就达30多户村民。最多的一次养100多头，最少的也有10多头。吴配刚兑现自己的承诺，仔猪、饲料，均为他们买来，资金由他垫付，养殖技术和疫病防治，由他聘请的技术人员免费提供，并做到随叫随到。最多时，他垫付的资金达90多万元。这极大地提高了村民养殖生猪的积极性。过去，家家户户也养猪，但最多一两头，仅供自己杀年猪吃，难成规模，难成气候，难成产业。如今，被吴配刚这么一带动，生猪养殖，在边远偏僻的山村，渐成气候。

由于市场行情较好，生猪养殖给村民带来可喜的经济效益，户平年增收5万多元，吸引了更多村民踊跃加入。一时，“鼻子尖”上的湖南“西极”，成为当地有名的生猪养殖基地。村里的生猪产业，就此振兴了起来。

面对自己的“初战告捷”，吴配刚说：“我生长在这片土地上，何况小时缺爱的我，得到了这片土地的滋养，得到了这片土地上各位父老乡亲的呵护和关心，吃过很多家门上的饭。虽然我出去得早，十几岁就离开了，但我的根在这里，我深爱这片土地，深爱这片土地上的父老乡亲，深爱这片土地上的一切。所以，我有理由为这片土地的振兴出力。”

采访结束时，吴配刚高兴地说：“下一步我计划再投资600万，在村里建一个500头的标准化黄牛养殖场，希望能带动更多乡亲一起致富，大家一起把日子过红火！”

大家一起把日子过红火。这是吴配刚的心声，一个致富带头人的心声，一个“新农人”的心声，也是全体村民的心声，更是这片土地的宣言。掷地有声，满地生根。

## 他的名字叫“天佑”

采访吴配刚时，他向我推荐了吴天佑。

吴配刚说，在马宗村，吴天佑算一个有志气、有骨气、有想法、有行动的人，值得全马宗人学习。大家若都能像他，乡村早日都得振兴。

吴天佑的家就在马宗村老哨组。一家四口，爸、妈、他、弟弟。爸妈去了外地打工，弟弟在衡阳读大学，只有他一个人留在家里。

留在家里的原因，是自己身体不允许外出——他是一个残疾人。

说起残疾，他一点都不忌讳。他告诉我，十岁时，他得了一种严重的疾病——强直性脊柱炎。这是一种慢性、系统性、全身炎症反应性疾病，除累及脊柱和外周关节外，主要病变部位为骶髂关节、脊柱及外周关节，部分病情严重者可发生脊柱畸形和脊柱强直，还可累及关节外其他器官，发生眼部病变、心血管病变、肺部病变、胃肠道病变、神经系统病变、皮肤黏膜病变。更为严重的是，此病目前尚无根治办法，只能通过针对性的治疗缓解疼痛、控制疾病进展。

最初的症状是腰背痛和下肢的大关节痛，往往痛得在地上打滚。开始并不知道是这种病，在乡里小医院，用尽了药，不见效果，爸妈只得带他到县城的医院里去检查，一检查，才知道是这种病。

最初，一家人还抱有幻想，不相信治不好，借了钱，带着他，走进北京、上海、广州等各大城市。最后，钱花去了一大堆，病没有治好，只得听了医生的劝——回家，就靠吃一些解热镇痛抗炎药物维持，比如吲哚美辛、双氯芬酸等。这些药物可以抑制炎症的过程，减轻关节的疼痛和肿胀。

由于治病，虽然耽误了不少学业，但他还是坚持将小学、初中读完，高中再也没有办法去读，不仅是家里没有钱，更为重要的是生病的身体不允许。随着时间的推移，他的脊柱和双腿都严重畸形，根本走不了远路，而炎症不断发作，一发作，关节、骨头就痛。如此状况，怎么去读高中?

吴天佑十分无奈地说："想起这病，小时候的我就想，我这命就和我这名字一样，吴（无）天佑，没有天佑。为什么不把'吴'字去掉？只留下'天佑'该多好？"

无"天佑"的他，不再上学读书。但他喜欢看书。他从村赤脚医生那里借来各种医药书籍，他想弄清楚，自己得的这种病到底是种什么病，为什么会得这种病，怎么治疗，有什么最简便又实用的方法，等等。就在看这些书的过程中，他终于从一些中草药书中，找到了一些偏方。根据这些偏方，上山采来一些草药，自己熬，自己喝。他还从书中看到，得了这种病，需要补充营养，需要提高免疫力，而吃蜂蜜是补充营养、提高免疫力的最好办法。可他哪来钱买？他立马想到了自己养蜂。

养蜂？谈何容易？

他借来养蜂的书，仔细地读，又跑到山下一养蜂专业户那里拜师。弄懂弄通了一些基础知识后，他便开始养。没有种蜂，他就去山上捕野蜂。屋周围的大山里，经常会有野蜂出没。他一天天地上山去寻找，找到后，再想办法去收捕接蜂。最开始，他不知道该怎么去收捕，该怎么去接蜂。野蜂很毒，蜇人很痛，在收捕、接蜂过程中，他被蜇得全身是疱，痛痒出奇。但为了能吃上那一口蜂蜜，他还是豁出去了。通过多次的失败和不断的摸索，又加上不断地向养蜂人请教，终于，慢慢地掌握了野蜂的收捕技巧和接蜂方法。此后，一捕一个准，一接一个成。

就这样，他养起了蜜蜂，从最初的一箱发展到两箱、三箱、五箱、十箱，最多时达四十多箱。产的蜂蜜从最开始的几斤，到十几斤，到几十斤，最后达到两百多斤。而且他的蜜，是质量最好、营养价值最高的蜜。他们这一片大山，生长着大量的五倍子。五倍子是一味著名的中药，具有敛肺、止汗、涩肠、固精、止血、解毒等功效。五倍子在八九月份开花，他让蜜蜂采完五倍子花蜜后，才割蜜，此时割出的蜜，就是五倍子蜜。他每年只割这一次，因此，他的蜂蜜，是蜂蜜中的上品。

除留一部分蜂蜜自己吃外，大部分外卖。大家都知道，他的蜂蜜品质好，都知道是野蜂产的五倍子蜜，虽然价格高于其他普通蜂蜜，但仍然购者云集，总是供不应求。

自然而然，他成了当地有名的蜜蜂养殖户，并带动了更多的村民加入。他也凭借自己多年的养蜂经验，给村民以技术指导。比如，如何掌握蜜蜂的生活习性，如何选择养蜂的工具，如何选择蜂种，如何分蜂、并群、介王，如何防止飞逃，如何做好不同季节的蜂群管理，如何在无蜜期进行饲喂，如何防止烂仔、防止病虫害的侵入，等等。通过他的带领和指导，一个又一个村民也都成了养蜂能手。村民说，是他为大家找到了一条致富好门路。

养蜂的成功，使他深受启发。自己身有残疾，不便上山下田干地里的重活，在家里搞养殖是最好的选择。于是，除了养蜂外，他又养起了土鸡。每批养400至500只，一年养两批，每年养殖土鸡近千只，收入相当不错。

我问：“养鸡也是技术活，很多人养殖不成功，主要是怕病，你没遇到过吗？”

他马上说：“当然遇到过。”

最开始养鸡时，几百只鸡养到快出售时，一夜之间全死光。

他说：“这可把我搞惨了，平均每只按120元计算，一次就损失了几万元。”

后来，他汲取了这次鸡病的深刻教训，恶补鸡鸭养殖知识，还将这些年从医学书上学到的一些防病、治病方面的基本知识，运用到养鸡上来。他说，人与鸡肯定不同，但某些方面还是有它的共性。比如有一次，他发现有鸡出现了白痢。而且屙白痢的鸡，均精神萎靡，减食，不活动，绒毛松乱，垂翅，缩头，闭眼。一看就明白，是鸡病了，而且病得不轻。他马上按照在医学书上看到的方子，上山采来草药，熬成药汁，喂给鸡吃。几天后，白痢消失，鸡也慢慢恢复了精神和食量，重又上蹿下跳。有了这一些经验后，他对鸡病预防，更加小心。时不时上山采来一些清热、解毒的草药，或熬成药汁，或剁碎，伴在鸡食里，让鸡啄食。自此后，还真没再发生过什么鸡病。

他笑笑，说："我不知道，这有没有科学道理，但我是这样做了，感觉也还蛮有效。"

我忙说："有效就是硬道理。"

他说："也许吧。"

吴配刚发展生猪养殖后，他又跟着养起猪来。让他更为高兴的是，吴配刚还负责将仔猪、饲料和养殖技术送上门来，并还负责为他销售，这对于身有残疾，不便外出，更无能力买仔猪、扛饲料的他来说，是送上门的好事。他养殖的积极性高涨，第一次试水，就养殖了20多头，其中还养了好几头母猪。他就是想通过自己养母猪产猪仔来扩大养殖。第一次养殖就获得了成功。他马上将养殖规模扩大到100头。

他说，之所以敢养这么多，就是因为有吴配刚和他的养殖场做后盾。猪仔、饲料等都由吴配刚送到门上。养大了，也不用他去寻销路，吴配刚自己卖猪时，顺便就帮他销了。特别是猪发病了，他只要一个电话，吴配刚立马就会派技术员上门治疗。

有一次，他发现有几头猪突然不进食了，一摸，全身滚烫，发高烧。凭着这么些年养鸡的经验，他知道，猪病了，这可把他吓蒙了。他马上与吴配刚联系，吴配刚第一时间派来技术员。根据猪表现出来的症状，技术员诊断，可能得的是传染性胸膜肺炎。一听到传染二字，吴天佑顿时就慌了。

技术员问他："最近有没有在外面买过仔猪？有没有喂了不干净的饲料？有没有陌生人进入过猪圈？"

他回忆起来了，前几天有一个杀猪卖的屠夫来看过他的猪，因为猪还没到出栏时间，他到猪栏里看了看，摸了摸，就走了。

技术员说："那一定就是他将病菌带进猪圈了。作为屠夫，每天跟猪打交道，说不定在哪一家的猪圈里染上了病菌，到你这里给传染上了。"

他焦急地问："这病严重吗？"

技术员说："怎么不严重？是二号传染病，有极高的死亡率。它分急性型和最急性型，急性型死亡率在50%左右，最急性型死亡率高达80%

至100%。”

吴天佑一听，早吓出了一身冷汗：“那怎么办？”

技术员忙安慰他：“也不用那么紧张，先给病猪打针、吃药，再将病猪隔离，将猪圈进行消毒，给其他还没有发病的猪也用上药。只要发现早，治疗及时，打几天针，吃几天药，应该不会有太大的问题。”

果然，技术员用药后，病猪一日日好转。吴天佑将其他猪进行了隔离，并将猪圈进行全面消毒，未发病的猪也给予药物预防，再没有发现新病的猪。

他说：“真的要感谢吴配刚吴总，如果不是他在村里建了养殖场，不是他有专业的技术人员，我们一个山区农民，怎么知道猪得的是什么病？怎么知道去用什么药治疗？不只有听天由命？如果按100%死亡率计算，我这一次就会损失几十万元，如果按50%的死亡率，也是十几万元。不算多，我就按一头猪卖2000元，100头，就是20万元。这对于我来说，就这么一次，就会将我整垮掉，而且永远也翻不了身。”

的确，十几万元，对于一个农民来说，就已经是天文数字，何况他是一名身带残疾的农民？

如今，他更有了保障，除了吴配刚的技术人员给他免费提供技术服务外，镇政府也会经常派技术人员来他们这些养殖大户询问指导。他自己也将养鸡用的预防疫病的一些土方法，用到养猪上来，经常上山采一些草药拌到饲料里，有时就撒在猪圈里，让猪去啃食。

此后，他养的猪、养的鸡，没再发生过疫病。

他也成了当地有名的脱贫致富带头人。

村民看到他这样一个人都能搞出那么大的养殖产业，深受影响，纷纷向他学习，一个一个、一户一户加入养殖大军之中。一时，全村形成了家庭养殖小热潮。

吴天佑既养蜂，又养鸡，还养猪，发展多种养殖，而且是一个身患疾病、身带残疾的人，不被困难所难倒，不被失败所吓倒，以坚强的毅力，一步步走向成功，令我深感敬佩。我想，如果是一般人，像他这样，既有疾病，又有残疾，早成了家庭和社会的负担。而他，不但没有成为负担，而且为家庭、为社会做出了贡献。

他却说："贡献谈不上。我身体这么个样子，也做不了其他事，只能做点力所能及的事。何况自己这病天天需要吃药，如果不努力，哪来的钱？尽管政府的医保可以报一些，但也不能全靠政府啊。"

不能全靠政府。说得多好！

我马上打趣道："你'无天佑'，没有天佑，现在你根本不用'天'来'佑'你，完全已经靠自己的努力，自己'佑'自己了。"

他一下笑了："没有哩，我还是需要'天佑'。我过去我说我没有'天佑'，那是说我的病，天不佑我，让我得到这样的病。如今，我已经得到了'天佑'哩，共产党就是我的天，政府就是我的天，如果没有现在这么好的时代，如果没有共产党的好政策，如果没有开展乡村振兴，没有政府支持发展养殖业，没有引能人回乡创业发展养殖业，我一个病壳子，一个残疾人，怎么敢去想这些事？我怎么会干成这么多事？所以说，我还是得到了'天佑'。"

说完，笑声更欢，更大，在大山深处，传得很远很远……

## 第六章
# 雷击“险”村换人间

【远村提要】

山背村，隶属湖南省溆浦县葛竹坪镇。海拔1280米，距县城85公里，终年云雾缭绕，曾是典型的雷击区，村民遭雷击死伤无数，被称为“最危险的村”。

“人间天堂”“世外桃源”。

这是如今的山背村留给每一位走近它的人的第一印象。

山背，地如其名，位于雪峰高山的背后，是湖南省溆浦县最远的一个村，远离县城85公里，与邵阳市的隆回县接壤。

它在高山之背，更在高山之巅，被形容为“云端上的村庄”。

由于特殊的地理环境，被群山阻隔，山背村保持着较为完整的“原生态”，居住在这里的瑶族同胞，日出而作，日落而息，过着安宁平静的生活。曾经有记者这样描述它的美丽：“满眼的青山绿水，让镜头激动得差点休克；满耳的松涛虫鸣，疑在聆听大师的交响乐；白云在脚下缭绕，总担心误入了神仙的禁地；金银花灿然而放，清香扑鼻让人醉……”

## 今朝美人间

走进山背，是秋季雨后初霁的一天。

有人说，山背最美的季节，是秋季；山背最美的时刻，是秋季的雨后初霁。

的确，秋季的雨后初霁的山背之美，完全可以用形容美丽女子的两个词语来形容：丽质天成，仪态万方。

丽质，来自秋雨洗过后的梯田以及梯田上金黄的稻穗。梯田，层层叠叠，错落有致，线条优美，气势磅礴，随山势起伏，依沟壑蜿蜒，扶摇直上，涌向山顶，耸入云霄，如千龙腾跃，似万鹤翔飞。稻穗，黄闪闪，金灿灿，颗粒饱满，成色十足，秋雨洗过，含露未干，晶莹剔透，凝富贵之气，飘缕缕稻香。置身其中，只想采一滴穗露入茶，只品清香，不闻尘杂。捻一缕稻香为墨，只描素念，不涂繁华。拾一片稻叶写诗，只写情意，无关风月。选一处田埂端坐，品稻间的故事，听风中的暖韵，赏画里的薄念，看云里的素雅。

仪态，来自波起云谲的雾岚。丰富多彩，变幻莫测，似隐似现，似凝似流，一会儿波涛翻涌、江海奔流，一会儿脉脉含情、凝眸不语。前一秒，还阳光灿烂，一阵风过，雾从藏匿的山谷汹涌而来，开始像薄纱，轻描淡写地铺一层，接着像炊烟，从这个山头缭绕至那个山头，继而像潮水，铺天盖地，瞬间淹没眼前的一切。向下看，白茫茫一片，大海般浩瀚，向上看，山头兀立，如一叶叶小舟，随波漂流。置身其中，似梦似幻，如神如仙。

据考证，山背的梯田，始于秦汉，发展于南宋、元、明时期。数千年来，居住在这里的瑶民，完全靠自己的一双手，如燕儿衔泥筑巢一样，一点点，一滴滴，一丘丘，一湾湾，从海拔 300 米的山谷筑起，一层层铺展，直到 1400 米的山顶，共 1300 多级，绵延 8 公里，面积达 6 万亩，终于造就出了今天我们看到的令人惊叹的奇观。其规模之大，在号称“世界第一”的云南红河撒玛坝梯田之上；其造型之美，胜过“世界之冠”的广西龙脊梯田。

对山背，我是熟悉的。山背村与我的家乡方竹村同属一乡，四十多年前，尚在乡中学读初中的时候，我就曾多次去过山背，只是那时不是为了欣赏风景，而是为了去帮瑶民们担粮谷。

担粮谷，是当地的通俗说法，就是送公粮。山背梯田多，在按田亩面积计算公粮的年代，每年山背村要上缴很多公粮。因为劳动力少，更因为大山阻隔、山坡陡峭，在交通极不发达、没有任何现代交通工具的当时，进出村庄的所有货物，都得靠肩挑背扛，且所挑重量不及平地的一半，加上路途遥远，从村里到乡里一天都打不了一个来回，这就为每年的“按时”上缴公粮带来困难。为了保证如期将公粮挑进乡里的粮站，村里向乡里求援，乡里想到了学校，于是，就有了学生援助村里担粮谷，每年至少一次，多时会有两次、三次。

学生都只是些十多岁的小娃娃，挑不起多少，大概就是 20 斤，但人多力量大，几百学生挑一次就是数千斤，甚至上万斤，这对劳动力少、路途遥远的山背村村民来说就是帮了他们大忙。为表达他们对学生的感谢，村民打了热烘烘、软糯糯的糍粑，站在出村路口，给每一个挑谷出村的学生发一个以当中饭。

那时山背留给我的印象，除了这个热烘烘的糍粑外，就是山高、路远、雾大和贫穷。

山高路远，可用当地的俗语来形容：“望到屋，走得哭。”由于山背地势陡峭，房屋都修建在山坡上，在山坡下虽然可以望得见房屋，但走起来需要大半天时间，有时还要从这边山坡下到谷底，再从谷底顺那边山坡往上爬。

每年担粮谷都在秋收后的冬天，冬天的山背，天无三日清。清，就是清明、晴朗的意思，也就是说，在冬天，山背的天没有几日是晴的，要么下雨，要么阴天。而只要一下雨或阴天，便必定有雾。当时有一首民谣这样唱：“有女不嫁山背湾，老虫叫到大门边，大雾罩到饭炉罐。”我们每次上山担谷，爬到半山腰，便被迷雾笼罩，五米之外看不清人影，但闻人语响，不见人儿身。好在我们每次都是大部队，要不走在这样的路上，真有些心怵。

走进村子，稀稀落落的旧木板房，散落在一个又一个大大小小的山坡上，在浓雾中，辨不清详细模样，模模糊糊，似有似无，倒有几份朦胧美。但走近一看，它们不但陈旧，而且极其破败。特别是屋顶盖的，不是杉木皮，就是茅草。经日晒雨淋，早已腐烂，长出了一株株植物。冬天，植物叶子已经落尽，剩下枯萎的茎秆在风里战栗。

山背的冬天，气候十分恶劣，村民们冬日里一般很少出门，在炉膛里烧一堆火，一家人围炉而坐，一猫就是一个冬天。当时山背人外出，有一个明显的“标识”，头上、衣服上落满一层白色的灰，都是炉膛里烧柴给弄的。柴在燃烧过程中，不断有细小的灰烬随熊熊燃起的火苗腾空而起，在空中一阵翻滚，再落下来，沾到围炉人的发上和衣上，形成特殊的“标识”。所以，当年只要看到毛发上、衣服上落满了白灰的人，无疑，是山背来的。

那时，我就坚定地认为，山背人不但生存在道路阻隔的大山里，更是生存在暗无天日的雨雾里，其生存条件何其艰难啊！

然而，几十年后的今天，当我再一次走进山背时，一切竟变得如此美好，就连当年最心怵的雾，也变成了难得一见、令人赞叹的美景。

这一切，完全是它翻天覆地的变化带来的。

的确，今天的山背，与当年我担粮谷时的山背，有了本质的改变。

不但修了公路，而且路面达 10 米之宽，全部铺上了沥青，通到每家每户。家家户户的住房，也早已改朝换代，换成了洋气十足的楼房，一律的瓷砖墙面，琉璃瓦盖顶，一栋挨着一栋，一片连着一片，造型别致，豪华美观，粗一看去，仿佛不是农村民房，而是美丽的别墅群，煞是气派。特别是那 1300 多级梯田，不但是出产“高山生态大米”的粮田，更成了艳惊天下的美丽景观。开发商将游步道修进了梯田深处，不用走弯弯曲曲的田埂，便可欣赏到梯田的美景。

我登上随梯田蜿蜒而上的游步道，在一会儿来一会儿去的云雾里穿行，终于来到梯田的最高处，一排民宿在雾气缠绕里突起。民宿取名“星空云舍”——一个极其空灵且有几份佛韵的名字，一下将人拉入铅华洗尽、似仙非仙的境界。“星空云舍”的每一栋楼又有自己独特的名字。比如第一栋叫“泊心居”——“泊心荡尘，天宽地阔”；第二栋叫“养心居”——“养心颐性，性笃行贞”；第三栋叫“静心居”——“静身独处，岁月静好”……

泊心。养心。静心。

还有什么比这样的体验更令人清心寡欲？还有什么比这样的体验更令人心旷神怡？的确，住在这样的房子里，双手握云雾，俯首看梯田，仰头望星空，没有什么心事不可放下，没有什么烦恼不可抛却，没有什么疲惫不可洗尽，心胸了然开朗，灵魂秒变干净。

云舍的工作人员对我说，别看这是民宿，它比星级大宾馆的房间还紧俏，每天都是客满，不提前预订，根本订不到房子。

这让我记起曾经看到的一些报道，山背村已经成为炙手可热的“网红村”，游客为一睹梯田芳容，从四面八方涌来。仅 2022 年的前两个季度，梯田景区共接待游客 11.8 万人次，旅游收入 3116 万元。

昔日穷山沟，今朝美人间。

变化何以如此之大?

我向当地村民打听，他们异口同声地说，搭帮现在的好政策、好时代，搭帮县委、政府的支持和招商，搭帮雪峰山生态文化旅游公司的全力开发。

2014 年 8 月 7 日，通过招商，溆浦县政府与雪峰山生态文化旅游公司签订了开发建设山背景区的协议。8 月 13 日，山背花瑶梯田景区项目建设启动。两年多时间，雪峰山生态文化旅游公司投入资金近 8000 万元，先后完成了景区规划和公路、游步道等基础设施建设，还带领村支两委干部和村民代表去外地景区考察，开阔干部、村民的视野，提高他们的认识，通过比较，找到山背景区旅游资源的长处与不足，奠定村民开发山背花瑶梯田景区的信心和决心。在此基础上，秉着“政府主导、社会参与、公司支持、市场运作、统一管理”的原则和“样板示范、以点带面、星级创建、不断提质”的工作思路，公司拿出 300 多万元扶持景区内 30 户农家客栈建设，使山背花瑶梯田在极短的时间内，成为具有一定接待能力和接待规模的优质景区。之后，又建立起了一系列配套设施，使整个景区成为游客“吃、住、行、游、购、娱”的最好去处。景区于 2017 年 10 月 1 日开门迎客，开门当天，就接待游客 5000 多人。

此后，众多游客慕名而来。每年的五一、十一长假，游客均达 10 万人以上。

随着时间的推移、游客的增多，景区建设也一步步提质。

终于，昔日贫穷得连送公粮的劳力都没有的山背，一夜之间，蜕变成人人向往的“人间美天堂”。

## 雷击之殇

在山背待的时间久了，便不断有人向我提起比贫穷更触目惊心的灾难——雷击。

村民告诉我，以前每年都有不少家庭在雷击中经受失去亲人或被雷电击伤的痛苦，雷电造下的罪恶罄竹难书。

据统计，自 1979 年至 2001 年，山背村有记录的雷击事故达数百次，共致 13 人死亡，168 人受伤，打死耕牛、生猪及鸡、鸭、鹅无数，村里的变压器 20 多次被击毁，村民家里的电视机、电表、插头、灯头经常被打坏，房屋、树木、庄稼和田地经常被击毁。由于雷灾频频光顾，村民们谈雷色变，于是有了“云上‘危村’”的称号。

凡雷雨天气，白天村民不敢外出，晚上不敢开电灯、看电视和打电话。雷灾使山背村 2000 多村民极度恐惧，成为影响村民生产、生活的一大公害。

想不到，如今如此美丽、安宁、祥和、富裕的村庄，背后竟藏着如此深重的灾难。

我想了解更多的情况，村民告诉我，老支部书记胡家从最清楚。因为他当过多年的村主任和支书，村里发生的重大雷灾，他都有登记。于是，我走进了胡家从家。年过七十岁的胡家从拿出一个小本子，上面记录着这几十年来山背村遭雷击事件的一些具体情况：

1979 年 5 月 15 日下午 3 点，牛场组胡家礼被雷电打死在堂屋门上，其兄胡家贵被雷电打晕在地。同组的王小林也被打死在家里。

1980 年 5 月 31 日，牛场组谭克书（1943 年出生）在田里栽禾，天气突变，跑回家里躲雨，被雷电打死在堂屋门下。

1985 年 8 月 5 日下午 4 点左右，月形组 18 岁的张贻春，被突如其来的雷电打死在家里的米桶边，当时家里有好几人，凡穿了鞋的，只打倒在地，未死，他因没有穿鞋，因而被当场打死。

1985 年 8 月 9 日，和平组袁盛永的 3 岁儿子袁叙徐，被雷电打死在睡房内，其祖母和 3 个在他家玩的村民，被雷击晕倒，半小时后才清醒过来。

1989 年 7 月 22 日下午 1 点，月形组六年级学生韩学秒，和几个小朋友在自家中堂屋打扑克，突然乌云密布，倾盆大雨，电闪雷鸣，突如其来的一声惊雷将韩学秒打死，其他几个虽无事，却被雷电冲击波冲开好远。

1997 年这一年，就发生雷击达 10 次之多，造成 4 人死亡，48 人受伤。这年的 5 月 15 日发生的雷击，就造成 2 人死亡，23 人受伤。秧田湾组 10 人正在田里插秧，全部被击倒在水田里趴着，其惨状无以言表。

1998 年发生雷击 8 次，虽然没有死人，但 65 人受伤。多人遭遇过多次雷击。

2007 年 6 月 11 日早上 5 点左右，雷雨交加，桐木湾组邓贻青（1971 年出生）拿着锄头去责任田看水，被一声惊雷打死在水田里。

2008 年 8 月 9 日下午 2 点半左右，枫木堖组吴盛常、吴盛江、吴盛海三户村民的房子被雷电击中，引起大火，焚烧一尽。

……

我一页一页往后翻，越翻心里越沉重，这是一组催人泪下的血淋淋事例。山背村每逢雷雨天气，都要发生雷击事故。进入春、夏两季，雷电尤其凶猛。

陪着我一页页翻看的胡家从，回忆起过去的雷电灾难，心有余悸地说：“山背自古就是雷电多发区，以前，只有山上的树木不时遭雷击，很少发生雷击伤人事件。1979 年村里架设低压电线后，雷电伤人越来越严重，只要一打雷，每家每户的电源、灯头、开关、保险等电源接头处四处冒火，不时传出人、畜、禽伤亡的消息，十分吓人，村民人心惶惶。以后，村民只要听到起风了或看到天上起了乌云有下雨迹象，就没人敢用电，宁愿点蜡烛。可尽管如此，仍然躲不过灾难。比如时任村主任韩道伟的弟弟韩道达，没有被雷电击死在有电的房间，而是倒在无电的厢房；村民梁和定在田里挡水时没出事，回到家里就酿成悲剧；一村民关掉所有电源以为万无一失，可待在屋檐下只一小会儿就被雷击死……”

胡家从心情沉痛地说，山背村的雷电神出鬼没，防不胜防，村民们一点办法也没有。几十年来，雷电如同一道魔咒，一直笼罩在山背村的上空，这连年不绝的雷击事件让村民们闻雷色变。一到雷雨季节，村民们就提心吊胆、战战兢兢地过日子。只要一下雨，全村人除了待在家里，什么事都干不了，没法进行生产、发展经济，使原本贫穷落后的生活雪上加霜，250多名青壮劳力不得不出门靠打工谋生。有段时间村里大部分都是老人和孩子，青壮劳力严重缺失，村民的年平均收入只有700元，大大低于邻村。看着这一切，却束手无策，作为村支书的胡家从几乎愁白了头。

我一边翻看这些血淋淋的事例和数据，一边听着老支书心有余悸的诉说，心情变得沉重起来。

为了了解到更多情况，我对胡支书说，想找一些群众谈谈，老支书马上建议，去找找遭遇多次雷击的胡家贵。

在老支书的指引下，我来到牛场组，走进胡家贵家。已经五十多岁的胡家贵，说到雷击，顿时沉下脸来，我仔细观察他的变化，分明感觉到他全身一阵紧缩，仿佛噩梦尚没有散去，一切都还在昨天。说起弟弟的死，他忍不住流下了痛失亲人的泪水。他一边抹着泪水，一边沉重地说，弟弟死时太年轻了，还只有23岁，连婚都没有结。他永远记得弟弟被打死的情形。那是1979年5月15日，这天是农历四月初九。下午3点左右，天突然阴了，眼看就要下雨，弟弟胡家礼想起秧田里才撒了肥料，不想让雨水进秧田，跑去挡水，正当他挡时，哗啦啦，下起了大雨，没一会儿，衣服就淋得透湿。他拼命地往家里跑，刚进堂屋门，就被一声炸雷击倒在地。同在家里的胡家贵也被击倒在地上晕了过去。等他苏醒过来，发现倒地的弟弟一动不动，脚在门里，头倒在门槛上。他爬过去，将弟弟扶起，口对口拼命吹气，怎么努力，也没能将弟弟救活。他抱着弟弟的尸体号啕大哭。就在这一天，同组的王小林也被打死在家里。本组还有4人被打伤，多人被击打，但没有受伤。村民谭聪秀，正准备打开高柜为小孩拿衣服，突然雷电炸来，火光四射，将她掀翻在地，高柜上的镜子，被击打得粉碎，所幸她没有受伤。

胡家贵说，后来才发现，他弟弟和那个王小林，都是同时间被打死在电灯泡下。大家都认为，是电线将雷电引到了家里，电线是罪魁祸首。自此后，每到下雨天，大家都将电闸拉了，有的将电灯泡取了，还有更绝的，干脆将电线拆了，一家人不再用电，比如月形组的张学林家和韩道昆家就是这样。

听到这里，我心情越发沉重。电，是现代文明的重要象征，为了结束无电的历史，所有边远偏僻的乡村都付出了艰辛的努力，除了出钱外，还要出力。出钱，不是一般的多，而是很多，因为距离远，线路长，通电成本特别高，每家每户集资都在数千元，人口多的户，甚至上万元。出力更大，这些地方，一般还没有公路，无公路，便无汽车拖运，就靠村民的手和肩膀，将一根根一千多斤重的水泥电杆抬进大山，将一捆捆电线挑进大山。而一般大山深处的村庄，贫穷落后，缺钱，缺劳力，但为了用电，他们拼了，很多家庭将家里所有值钱的全部卖掉，用来交集资费。没有劳力，就连七八十岁的老人都上了，苍老的肩膀磨出了血，他们说，为了子孙后代，值了。通过如此艰苦努力才通上的电，而如今，却因为雷击原因不得不忍痛拆掉。可以想见，他们拆掉电线时得有多痛苦与难受。但有什么办法呢？生命比照明更重要啊！

山背，过去我只认为它边远偏僻，贫穷落后，连送公粮都要我们学生去帮忙，想不到它的背后，还隐藏着如此深重的灾难，村民心灵里还埋藏着如此多的恐惧和伤痛，我到底还是不够了解它。

胡家贵说，雷灾的结束得感谢共产党，感谢政府，当然，还得感谢一个人，他叫魏荣光，大家都亲切地称他“魏老师”，也有称他“魏老”的。是他不断地为山背鼓与呼，才引起了上面的重视，才投入大量的资金，才彻底解决了山背村的雷灾问题。

## 恩人魏荣光

也许是上天有意眷顾我，在我采访这天，魏荣光正好在山背村。

一路打听，终于在一栋两层楼的砖房里找到了他。

他说，这次上山已经有十多天了。在采访中得知，他是1984年开始在山背村摄影的，每年都要来山背梯田拍摄照片。2007年他退休后，更是有了时间，每年春、夏、秋、冬四个不同季节都有一定时间待在山背，因此他与山背结下了不解之缘。

魏荣光曾在溆浦县农村工作了20年，先后担任过区委秘书、公社党委委员和公社副书记，1984年3月后，调任溆浦县委台办主任，之后又任职县委统战部副部长，是一位受人尊敬的基层领导干部。他非常热爱摄影和写作，成为当地有名的“土记者”和“摄影家”。曾在国内外各新闻媒体发表消息及其他文章2000多篇，发表新闻图片1200多幅，并在国家、省、市级报刊和各类展览中发表、展出摄影作品220多幅，其中27幅在省内及全国摄影艺术作品展览中入选或获奖，160多幅作品被国内杂志封面或封底刊出。2009年被溆浦县委、县政府授予“德艺双馨文艺工作者”荣誉称号。他历经艰辛25年拍摄的《中国·溆浦花瑶梯田》画册，2009年11月在人民出版社出版发行，这是中国首部反映全国超大板块梯田风光和花瑶风情的画册，集观赏价值、收藏价值和开发旅游参考价值于一身，为世人了解溆浦县山背花瑶梯田打开了一扇窗，也给党和政府领导开发这片美丽的山水风光提供了决策依据。

1984年5月下旬，他第一次踏进山背村采风时，就被这里雄伟壮观而秀美的梯田风光所吸引，之后，他经常来，发现这里一年春、夏、秋、冬四个季节的景致各不相同。春天一片水，夏天一片绿，秋天一片黄，冬雪一片白，是摄影、绘画及文学、文艺工作者们的最好去处。从此，每年的春、夏、秋、冬各个季节，他都要来此转一转，拍点赏心悦目的作品。开始，他拍照思想单一，只为了投稿，在报刊上发表图片。

后来，他想到另一个问题，山背梯田板块这么大，层次感这么强，四季的景致这么秀美，而且格调各不一样。同时，为梯田增色添美的还有古韵厚重的花瑶文化，可不可以开发旅游呢？如果能用图片和文字将这个美在深闺人未识的原生态美景宣传报道出去，岂不是一件利国利民的大好事？

以后，他每个季节上山背村拍照时，开始有目的地积累梯田风光和花瑶风情的图片资料，并不断向新闻媒体投稿，宣传这里的美景，以引起领导者和社会的关注。但是，正当他满怀信心地构架这一雄伟蓝图时，意外地发现，山背村还有一个与开发旅游相悖的残酷事实，原来，这里风光虽很壮美，但也是一个雷灾非常严重的雷击村。

魏荣光告诉我，山背村的雷灾，是他一次偶然的机会发现的。

1992 年 3 月的一天，他与县机关一位同志从隆回县茅坳乡大瑶山采访归来，途经山背村时，天色已晚，离乡政府还有 30 里路，只好在时任村主任的胡家从（后任支部书记）家下榻。

晚饭后，忽然起风，胡主任一看天色，知要下雨，急忙外出忙了一阵子。突然，电灯熄灭了，胡主任进屋告诉说：“天要下雨，我已把电线拆下来了。”

下雨就拆电线，听起来还是件新鲜事，魏荣光因是初歇他家，也不便多问。

第二天一早起床，雷雨过后，天气转晴。说来也巧，他在睡房内无意中发现缝纫机上的胶合板凹了一块下去，用手触摸还很光滑，便好奇地问是怎么回事。

胡主任说：“是被雷打凹了的。”

从未听说过此类事的魏荣光感到非常惊讶，怎么，雷打到家里来了？一番细问之后，终于弄清了昨晚断电的个中原委。

原来，这个方圆 15 里的山背村，自古以来就是令人提心吊胆的雷灾集中区，不仅连年打毁树木和房屋，还伤人、畜，1979 年村里通电以后更为严重。村民为了对付这种雷电灾害，从多年的血的教训中，摸索出了一种防雷击的土办法——切断电源。

魏荣光了解发现，该村500多户都在离房屋6米左右处埋下一根低压线电杆，将室内两根皮胶线拉至电杆处，皮胶线的零线和火线尽头处，各制作一个铁钩子，与户外低压线电杆上的裸体线采取活接头处理，每逢雷雨来临之前，村民们的第一件大事就是用竹竿叉子将户外勾在低压线上的火线和零线挂钩拆下来，待雨过天晴后再接上。魏荣光说，当时看到这些，真是触目惊心，心想，一个村家家户户都采取这种活接头接电，在全国还从未看到过这种报道。

他将村民的这些苦难看在眼里，记在心头，毅然决定要为山背村民鼓与呼。可以说，山背村的雷击灾害是魏荣光在拍摄梯田风光中发现的新问题，它与开发旅游是相悖的，如果不将雷击灾害消除掉，老百姓就常年没有生命财产保障，旅游开发也就无从做起；要搞旅游开发，就必须下大决心将雷灾控制住并彻底解决。

从1993年开始，老魏每年去那里踏勘，不断收集山背村民遭雷灾的事例。回到县城后，他提笔写下报告，将山背村雷击区的情况向县委、县政府以及县政协作了汇报，引起了县领导的重视，县政协两届主席谢顺培、张光田先后与魏荣光亲赴山背村踏勘灾情，与当地乡、村干部实地研究措施，引导村民做好防范工作，力争把雷灾降到最低。

魏荣光当时是政协特邀界召集人，他将该特邀界10个政协委员组成视察组，在时任政协主席谢顺培的带领下，实地踏勘、视察了山背村，深入到村干部和群众中了解雷灾情况。通过实地视察，谢主席高度关注和重视，回县后，将魏荣光撰写的《关于我县葛竹坪乡山背村连年遭雷灾情况视察报告》在县政协主办的内部刊物《社情民意反映》发了专辑，分别送到该县副县级以上领导参阅。同时，还以政协建议案形式，向领导和有关部门提出。为了加大力度，魏荣光和县政协特邀界委员以及部分省、市政协委员又分别以个人提案、集体提案等多种形式，向省、市、县三级提案，引起了各级党政领导的关注和重视。

此后，他采取两手抓，一是通过新闻媒体广为宣传；二是给各级党、政领导写信反映情况。他采访写就的《神奇雷灾区呼救》文章和拍摄的组照，在湖南《湘声报》1997 年 12 月 17 日以头版头条大版面刊出，《湖南日报》等国内外 60 多家报刊相继刊登，在全国反响强烈，先后有全国各地的多位专家、教授出于爱心，纷纷来电来信询问并献计献策，建议安装大型避雷装置。

但是山背村本来就是湘西边远山区少数民族贫困村，村民连温饱问题都还不能得到解决，哪有钱来安装避雷装置?

后来，魏荣光想到了党和政府的主要领导。于是，1998 年 1 月 9 日，他鼓足勇气向时任湖南省省长杨正午（后任湖南省委书记）写了题为《湘西溆浦雷击区 2000 村民求救》的信。他在“求救信”里说：“为了使山背 2000 村民的生命财产免受雷灾之苦，恳请领导伸出救援之手：一是派出专家、教授实地考察，弄清造成反复雷灾的原因；二是在资金和避雷设备上向社会呼吁，给予援助，山背村 2000 村民一定会感谢您的大恩大德，并会流传千古的。”

杨省长收到求救信后立即批示：“请省气象局张正洪局长研处，组织有关专家考察，提出解决意见。”

根据省长的安排，湖南省气象局、省防雷中心、怀化市气象局立即组成了专家小组，于 1998 年 3 月赶赴山背村实地调查，追根查源。

专家们认为，地下的金属矿常常是引起雷击的原因之一。为了弄清雷灾的形成原因，专家小组首先对当地的地矿条件进行了调查分析，基本排除了地矿引雷之说。因为从地质条件来看，山背村除了花岗岩层和少量煤层外，地下尚未发现其他金属矿藏。

那么，又是什么因素造成山背频繁雷灾的呢？专家们根据雷暴形成的基本条件——充足的水汽、不稳定层结构和冲击力，对山背村的地形和气象条件进行分析。通过分析，专家们认为，山背村产生雷暴现象，除了大的天气系统影响外，还有以下几个特点：

第一，地形条件的影响。山背村村民住宅分布在一个东南高、西北低类似“锅”状的山坡上，上下落差大，不管何方刮来的风，都从该村山坡刮过，风速越大，风向越垂直于山，遇到陡峭山坡时，抬升力越强。当气流在“锅”内迂回流动以及地形的抬升作用造成空气强烈上升运动时，最容易引发局地强对流天气发生，因而地方性雷暴云增加。

第二，局地热力抬升作用的影响。山背村四周为陡峭高山，“锅”内遍布大片水田、森林和空旷地表，因受阳光照射角度不同和下垫面差异，使其受热不均，这样就极易造成局部大气不稳定，形成小型垂直环流。因此，当雷暴云系统移到该村时，其小型环流会使雷暴云在此加强。

第三，感应电荷的影响。由于山背村地势较高，本身就接近雷暴云层，而布局在山背村的低压电线、变压器及村民住宅进出电线，均未安装避雷装置，而感应电压沿着电线传输到各村民家中，从而造成雷击灾害。

造成雷灾的原因找到了，如何解决山背村的雷灾呢？曾有两种观点：一是让村民整体搬迁，远离这块迷信色彩甚浓的罕见雷击区；二是科学治理，安装避雷设施，防雷消灾。

湖南省政府决定，与大自然作坚决斗争，彻底治理雷灾隐患，不仅要圆山寨瑶乡“没有雷患，安居乐土”的梦想，更要带领山背村民破除迷信，运用科学技术加快脱贫致富。针对雷灾的形成原因，防雷专家祭出“倚天剑”——山背村雷灾综合整治方案。

此方案集中了全国数名知名防雷专家的智慧，兼顾了科学与经济承受能力，如果按这种方案实施，山背村的雷灾隐患完全可解除。方案包括防直接雷击和防感应雷击两方面，分三期工程：一期工程 80 多万元；二期工程 100 多万元，三期工程 200 多万元。

山背村海拔高，大部分山体已接近雷暴云体。当雷暴云体的负电荷释放时，地面凸起的地方或易于导电部位，就容易成为具体的落雷点。如何防止直接雷击？该方案提出：在山背村周围闪电通道多发方向或变压器安装处，架设防雷铁塔，通过引下线和接地体将雷击电流直接泄进大地。这样就能把雷电的大部分能量消耗掉，从而大大减小山背村建筑物、树木、人畜遭受雷击的几率。

山背村通电以后，雷击伤亡的概率增大，其主要原因是布局在该村的低压电线和变压器没有采取防雷电脉冲措施。一旦雷暴云体经过电线上方，强大的感应电压和感应脉冲电流会沿着电线进入村民家中。方案还提出：在变压器输入、输出端和村民进户线前安装防感应雷避雷器，使感应雷安全泄入大地，从而有效保护人员和家电、家畜的安全。

2000年年初，湖南省政府下达防雷治理专款50万元，怀化市政府出资5万元，县直有关单位为山背村捐款3.8万元，防雷技术人员走上山背村，开始实施一期工程。

2001年8月，经省、市、县三级防雷工程技术人员的努力，山背村第一期防雷工程建设胜利竣工。第一期工程在山背小学附近后山安装高22米的避雷塔一个，在500多户村民家中及户外安装电源避雷器和避雷针，重点解决防直击雷问题。

安装完成后，山背村村民们终于松了一口气。2001年，整个山背村安然无恙，过了二十多年来的第一个平安年。

山背村党支部、村委会代表全村村民满怀喜悦感谢党。春节前夕，带了十二个糍粑和一大张感谢信送到怀化市政府，并将感谢信张贴在市政府办公楼门口。信是这样写的：

尊敬的市委、市政府领导：

我们山背村瑶山2000村民向你们问候、致敬！千言万语一句话：感谢给我们雷击区无限的关怀和厚爱。

山背村是怀化市溆浦县最边远的山区村，居住着瑶、汉两个民族，全村21个村民小组，507户，2004人，海拔在500米至1400米之间，是全国最罕见、最严重的雷击村。据统计，近15年来，被雷电打死13人，打伤168人，鸡、鸭、鹅、猪、羊、牛、狗打死无数，还经常打毁家用电器、房屋、树木和田土，严重影响着山背村民的生命财产安全。

这一奇特的自然灾害，引起了省、市、县党政领导的高度关注。省委书记、省长先后两次派气象部门的防雷专家实地踏勘，市委书记、市长急群众之所急，想群众之所想，把山背村人民的疾苦放在心上，派专门的调查组深入山背进行调查。为落实省里下拨的避雷资金，除电话联系外，还先后多次派人到省里催办落实，省里的50万元避雷资金到位后，市委、市政府也为山背村拨专款5万元。为了尽快使我们解脱雷灾之苦，气象防雷专家大年三十还在山村紧急施工……

这种一心为民的德政是践行中国共产党宗旨的具体体现，为山背村民做了一件实事。山背村民不谢天，不谢地，只谢共产党的恩。

今特写此感谢信，以表村民一片心。

2011—2012年，随着第二期工程推进，山背村防雷系统进一步升级，进入防雷的第三期工程。

2013年，省、市、县党委、政府把山背村防雷当成一件大事来抓，得到了中央领导的高度重视和签字，国家发改委派员深入到山背村雷灾区调研，并对该防雷工程正式立项。国家投入1680万元，规划在山背村纵横15里山地村寨内，以仿真树形式，架设16个大型避雷树，还建造10个避雷亭。2014年下半年开始动工，防雷工程技术人员同民工共70多人不畏严寒酷暑，每天奋斗在山背村海拔1000多米的高山上，通过两年多的艰辛努力，终于于2017年2月完工。山背村由区域防护装置防雷树、应急避险亭、民居避雷带、浪涌保护器等组成的雷电防御体系全面建成，第三期防雷工程胜利竣工。

从此以后，山背村再没有发生因雷击引起的人员伤亡和财产损失。

如今，山背村成了远近闻名的旅游村，游客纷至沓来。不但甩掉了“云上‘危村’”的旧帽子，而且还被省有关部门评为“湖南省文化和旅游扶贫示范村”和“湖南省第三批乡村旅游重点村”，被国家有关部门评为“中国美丽休闲乡村”。

说起这些，魏老师脸上泛起了灿烂的光芒。

## 白雾深处的“人间值得”

山背是瑶族村寨，我想进一步了解瑶族文化，了解瑶族文化的发展和传承。魏荣光老师向我推荐了活虎园，推荐了生活在这片土地上的张在贤、杨尖妹夫妇。

走进活虎园，得从它的传说开始。

相传，很久以前，这里恶虎盘踞。虎一吼啸，就像半空里起了个霹雳，震得整个山岗都在颤抖，令人毛骨悚然。人们不敢近前，就远远地给这地取了个惊悚的名字——“活虎园”。

古时的某一年，瑶民造反，朝廷征讨，杀伐无数，一万之中难救一二。幸存者为避官兵，畏逃无所，来到这恶虎盘踞之穴，与虎谋地，在震天的虎啸和血盆大口边，惶惶度日，繁衍生息。经年累月，终繁育出一个古老而美丽的瑶寨。

随着老虎的绝迹，人们不想再生活在“活虎”的阴影里，更期待“庆贺丰收”的未来，于是，按当地乡音的发音，将“活虎园”改名“贺丰园”。

如今，这片曾经令人惊恐万分的土地，不但彻底告别了惶恐，还告别了贫穷、告别了苦难，而且更如人们所期盼的那样，变成了一年四季都有丰收庆贺的美丽家园。

富了的人们，在享受丰饶富足物质生活的同时，有了更多、更新的追求。比如，呵护传统文化，比如传承非遗技艺。

张在贤、杨尖妹夫妇就是其中最突出的代表。

走进活虎园，颇费了一番周折。我们乘坐的小汽车，过几座桥，拐几个弯，爬几道坡，便一头钻进茫茫白雾里。

当地的小车司机告诉我们，这里因为山多山高，形成了独特的山地气候，一到阴雨天，或者雨后天晴，都会白雾茫茫。

白雾茫茫。且越往前走，白雾越浓，最后，感觉我们不是在赶路，而是在浓得化不开的牛乳里泅渡。眼前，除了能见度十几米远的一会儿东、一会儿西、一会儿陡坡、一会儿急弯的盘山路外，什么都看不见。人与车就像在密封了的袋子里，透不过气来。同行的人，渐渐少了话语，我就知道，她已经开始晕车。

这一次的行走，我选择“最远那个村”，一切的可能都在我的预想之中。就像今天的突然遇到的浓雾。因为所有的“最远那个村”要么最远，要么最高，要么最偏，要么最远最高最偏均备。“活虎园”就是这么一个“三者均备”的地方。

好在，虽然弯多、坡陡，但路面非常好，都是平整的水泥路面。

司机说，这得感谢这几年的扶贫，路都修好了。过去，这条路小车都上不来，只有拖拉机可以上，即便是拖拉机，上急弯、陡坡时，还得人在后面推，拖拉机轮胎将路面刨出一个个大坑，更加难行。现在好了，一律的水泥路面，小车都能自如上下了……

就这么聊着，不知过了多久，车在一块难得的平地里停下来。白雾中，一栋楼房若隐若现。司机按一阵喇叭，一个头缠五彩包头、上着蓝色圆领衣、腰系彩带、下穿筒裙、腿扎绑带的女人，从雾后的房里迎出来。皮肤黝黑，满脸笑容，见到我们就像见到久违的亲人，操一口浓重的乡音，不住地对我们说着“欢迎”。

面对她的热情，我忍不住问道：“您就是杨尖妹？”

她哈哈一笑，说：“是的，我就叫杨尖妹。”随后往屋里一喊，“老张，他们到了。”

话音一落，一中年男子从门里闪出来：“各位老师辛苦了！”

我们的手握在了一起。

我仔细观察了他们雾中的房屋，一层为大开间的砖混结构，有五六间，二层为新加的木制吊脚楼。一层砖混，一层木楼，现代与传统珠联璧合，气宇轩昂里透出精美与别致。

“坐了这么久的车，走了这么远的路，一定是饿了，先吃饭。”说着，夫妻俩将我们直接引到二层的木制吊脚楼里。

木楼的厨房里，一老人正灶前灶后地忙着。杨尖妹说：“这是我娘。”怕我听成她“娘家的娘”，马上又说：“是我老公的母亲，我婆婆妈。”说完，又是爽朗地一阵大笑。

老人听说，马上补充道：“一样的，都是妈。”

从两人的对话和表情中，我已经感觉到了这一家子两辈人中特有的和谐与温馨。

很快，丰盛的菜肴摆在八仙桌上，全是我们在城里难以吃到的原生态的乡土味。看来，为了我们的到来，他们早精心地做了一番准备。

看到一家人的热情，我忍不住说：“真给你们添麻烦了。”

“快别这么说，你们能来，是我们的荣幸。没有什么招待的，莫怪，都是一些家常菜。”夫妻俩一个劲地自谦，老人也不住地在一旁帮腔。

开吃后，一家人不住地为我们劝菜，让我们感受到了瑶山上那非同一般的火辣辣的热情。

吃到正酣，杨尖妹放下碗筷，突然说：“我给你们唱一首瑶山的山歌。”没等我们鼓掌，她已经亮开了金嗓子。歌声豪放，旋律优美，可惜我们一句也没听懂，因为她唱的是瑶语。丈夫张在贤马上翻译，原来她唱的是瑶山迎客歌，歌词大意是：“雀儿啼叫心花放，今天我家亮堂堂。远方朋友来做客，敬碗美酒要喝光。”

歌词质朴而纯美。没等我赞美，坐在对面的老人，对着唱完歌的儿媳妇竖起了大拇指，一脸的肯定：“真唱得好，真唱得好。”

一个“真”字，从老人有些下垂的嘴角里说出，特别温暖。

多么美好的婆媳关系！

我去过很多农村，特别是在边远偏僻的小山村，一般婆婆与媳妇之间都有一些隔阂。像她们这样相处如此温暖的，还真少有。

紧接着，杨尖妹又唱了起来。这回，她用的是汉语。她唱道："木匠难修八角楼，铁匠难打钓鱼钩，石匠难雕石狮子，成妹难绣花枕头……"

张在贤一边听妻子唱，一边给我们解释："这首歌告诉我们，世界上有很多最难做的事，瑶家妹子绣花也是其中之一。'成妹'就是成年的瑶家妹子。尽管最难，但最后她们也都要把花绣出来。"

张在贤继续说："过去，我们瑶山上的人是最被人看不起的，外地人管我们男的叫'瑶当牯'，管女的叫'瑶当娘'，这两个词满含藐视与鄙夷。因此，我们要做就一定要做最难的事。再难做的事，我们也都能做成，看谁还能瞧不起我们？这歌就是这意思。"

过去汉族对于瑶族确实有一些偏见。我的家乡离瑶族村寨不远，经常会有瑶族男女进村里来，有时是路过，有时是来卖瑶山上的草药。他们身穿艳丽的瑶族服饰，头戴十分夸张的缠头头饰，脚上绑了绣花大绑腿，背着大山一样高耸的一背篓瑶山草药，行走在进村的石板路上。每当看到他们，大人们就会议论，说他们的地方是怎么的贫穷，他们的生活环境是怎么的恶劣，他们的生活习惯又是怎么的马虎，等等。总之，一律的"不好"。

张在贤深有感触地说："我们花瑶民族当年真的受到各种歧视。古代就受到朝廷的打压。听老人们说，花瑶祖先就是因不满朝廷的打压起义造反，被朝廷派兵追杀，杀得没剩什么人了，才躲到这大山里来的。这里原是老虎出没的地方，叫活虎园，因为有老虎，才没人敢来居住。瑶族的祖先，被追杀得没地方去了，就在这里落了脚。你想啊，和老虎抢地盘，这是要到了怎样的走投无路才会有的举动啊。"

是的，要选择在如此危险的境地里讨生活，不是一般的走投无路。

张在贤继续说："因为仇恨，过去花瑶人是不与汉人通婚的。"

这令我记起了我小时候见到的一件往事。我村里一个小伙子，是县团代会的代表，开会时，与同为团代会代表的一花瑶姑娘一见钟情，两人就此爱上。恋情公开后，瑶寨沸腾了。这还了得？这不是犯了族规的大事吗？族人们一个劲地鼓噪，要按“族规”惩处。“族规”怎么惩处？沉塘！也就是身上绑石头，丢进水塘溺死。乡政府听说后，马上派人前去制止。“沉塘”就是杀人，就是违反国法。青年人恋爱自愿，婚姻自由，都解放这么些年了，还用封建的“族规”来处罚人？肯定不行。族人还是不听，说这是老祖宗定的规矩。最后，在政府的强力制止下，“沉塘”倒是没有发生，但族人不允许两人的恋情继续，强行逼着两位年轻人分开，更是闹得沸沸扬扬。可小伙子与小姑娘意志坚定，为了彼此的爱情，更为了打破这封建的不合时宜的所谓“族规”，就是不答应，他们还干脆“生米煮成熟饭”——姑娘怀孕了。这还了得？族人扬言，必须打断姑娘的手脚，还要到男方家里抄家。所有人无不为姑娘小伙及他们的一家捏了一把汗。最后，在政府的强力干预下，经多次调解，男方也多次派人去瑶山说情，才打破僵局，最终两人如愿以偿地结为夫妻。也就是从这时起，“不与汉人通婚”的“族规”被打破。

张在贤说：“现在汉瑶已经是一家，通婚已经成为常态。我就是汉族，我老婆尖妹就是花瑶。我们结婚就没有遇到任何阻力。我的三个女儿都是花瑶，我也早把花瑶族当成我自己的民族了。”

他自己不说，我还真不知道他是汉族，因为他在说这些时，一直用的是“我们花瑶”。民族团结，在这个小家庭里可见一斑。

“瑶族就瑶族，为什么要叫花瑶呢？”同行的人问。

张在贤解释说：“本来就是瑶族，但我们这里的瑶族与其他地方的瑶族不一样，我们这边的瑶族女人都喜欢穿自己挑花的衣服，每次出门，从头到脚，穿得像花朵一样，所以，人们习惯叫我们为花瑶。”

“还真是不一样的习俗。”我忍不住说。

“是的，现在我们很多风俗还依然坚持着。比如要过了农历七月初二才能吃黄瓜。”

张在贤说到这里，杨尖妹仿佛突然记起了什么似的，忙说：“我给你们唱一个与黄瓜有关的歌吧。”

她头一仰，胸一挺，马上唱了起来：“你郎说话也不差，打开园门摘黄瓜，花对花来瓜对瓜，过了七月初二才能呷。”

杨尖妹一唱完，张在贤马上解释：“这首歌唱的就是花瑶最重要的习俗，过了农历七月初二才能吃黄瓜。”

张在贤说，相传，先祖被镇压时，有些孕妇实在跑不动了，便逃到黄瓜地里躲藏，由于又惊又吓，加上连日奔命，致胎儿早产。七月初二，追兵赶到，将早产孕妇逮了个正着，无奈之下，孕妇跪地求饶。追兵中有良心未泯者，见此情景，于心不忍，禀报统帅下令赦免，统帅照准，在黄瓜地里丢插令旗：“此处赦免，不准斩杀。”因此，躲在黄瓜地里的瑶民免遭杀害。为了纪念这次的幸免于难，瑶民当天起誓：“永传后代，要过了七月初二才能吃黄瓜，如有违者，则子孙不昌。”于是，花瑶人奉黄瓜为神灵，子子孙孙坚守这一誓言，并在每年的七月初二举行纪念性集会，四面八方的花瑶人齐聚在一起，隆重纪念这一时刻，他们将之称为“讨僚皈”。“讨僚皈”为花瑶语言音译，意思就是逃脱凶恶的菩萨。如今，“讨僚皈”已经发展成为进行文化交流、促进民族团结和经济发展的重要文化活动。

……

歌声悠扬，饭菜喷香。

一顿饭的工夫，我们不但尝到了可口的菜肴，还欣赏到了原生态的山歌，了解到了花瑶的历史，领略到了一个民族的艰难历程与自强不息，更感受到了新时代里一个小家庭的和谐与温暖。

同行的人高兴地说：“如今都在说‘人间值得’，要我说，这个小地方，这个小家庭，这美味的一顿饭，才是真正的‘人间值得’。”

## 走上大学讲台

吃过饭，夫妻俩将我们引到设在一楼的“花瑶挑花陈列室”。

一进门，我便被扑面而来的挑花作品所惊到。室内陈列的挑花作品，完全可用一个词来形容：琳琅满目。

它们中，有鲜红色的头饰笠（瑶语称“派特典”）和头巾（瑶语称“笑童”），有五彩缤纷的腰带（瑶语称“特档”），有灰白色的统花裙（瑶语称“顿”），有红艳艳的裙边（瑶语称“补”），有墨色的绑腿（瑶语称“扣烘”）……整个陈列室，鲜艳夺目，精彩纷呈。

张在贤说，这里的挑花大多是老婆尖妹的作品。

原来，杨尖妹最在行的，并不是唱歌，而是挑花。

挑花，是流传在花瑶女子中的一种独特的手工艺，多用于花瑶衣裙的装饰，它以普通的挑花针为工具，白纱线、五彩丝线或五彩毛线及青色土织布为材料来完成，主要技法为“清纱”法（也叫“数针法”），工艺精细，构思奇妙，立意新颖，体现出拙中藏巧、神秘粗犷的风格特征。花瑶没有文字，挑花便成为记载该民族历史文化的重要载体，具有深厚的文化内涵。2008年6月，经国务院批准，挑花列入第二批国家级非物质文化遗产名录。

说起挑花，杨尖妹的眼里顿时有了泪意，她动情地说：“都是自己苦逼自己，逼出来的。”

杨尖妹出生在隆回县虎形山一奉姓的花瑶家庭。命运多舛，三岁时，父亲去世，母亲改嫁，她被姑姑带来活虎园，送给了一杨姓人家，改姓杨，取名为尖妹。养父是个善良的人，很疼爱她，但养母听信了别人的谗言，说一个女孩子，终归是别人家的人，何况是带养的，没有血缘，因此，到了读书年龄，也不送她去读书，天天让她放牛、割草、做家务。她十分羡慕堂姐她们，每天可以蹦蹦跳跳地背着书包去上学。她曾经多次求养母，让她也去读几天书。可养母就是不同意，说什么“女孩子读那么多书干什么？反正要嫁到别人家去的”。没有办法，她只得听从大人的安排。

可她还是不甘心，她想学认字、学写字。每天堂姐放学回家，她就跑去问，今天你学了什么字？堂姐耐心地告诉她，今天学了《我爱北京天安门》，还学了1、2、3。她让堂姐教她，堂姐指着书上的字，一个一个地教。至今，她还记得《我爱北京天安门》里的句子。

“我没跨过一天学堂门。谷箩筐大的字，一个字也认不得。就是吃了没有文化的亏。”杨尖妹有些忧伤地说，“挑花也全靠自己去看、去试。没有人教，妈妈也不教我。”

挑花是所有花瑶女子一生的必修课，并以挑花水平来衡量一个女子的才智。不会认字没关系，但不会挑花的女子就很难找到男人。因此，花瑶姑娘一般从七八岁起就开始在长辈的口传身授下学挑花。在她七岁时，养母丢给她一节布，说，自己去挑。她说，我不会啊，妈妈教我。养母说，我哪有那份闲心？你长着一双眼睛，不晓得看别人的？长着一张嘴巴，不晓得问别人？养母又说，去外面的岩坨上挑，挑不出来，不准回家吃饭。

她听老辈人讲过，过去的女孩子第一次学挑花，都会被母亲赶到屋外面的岩坨上，因为岩坨上长着一种小岩花，要女孩模仿岩花的样子挑出来。瑶语叫这种小岩花为“干杯约”。“干杯约”挑出来了，才能回家吃饭。如今，养母也用这种办法来逼自己。她在心里回怼一句，不准吃就不准吃，有什么了不起？拿起布，直奔门外的岩坨上。

好在学挑花前，她有过做针线活的经历。那时，一双解放鞋，要穿三年。到第三年，烂得不成样子，必须补，她拿起针线。第一次做针线活，手虽然有些笨拙，做得很慢，但她仿佛对针线活有一种天赋，知道如果想要补出来的鞋子好看，必须将补巴摊平，将线头藏好，将针脚走匀称。最后，她补出来的鞋子与大人补的无异，虽然没有得到养母的当面表扬，但她发现，养母看了后，表示默认。

她从补鞋中得到启发，只要针脚匀称，线头藏得好，挑花应该不难，挑出来的花，也应该不会很难看。

她仔细观察岩石上生长着的“干杯约”，认真分析它的形状，再一针一线地挑。终于，她成功了。没到半天工夫，她就挑出了一小朵“干杯约”。当她将挑好的“干杯约”拿给养母看时，养母虽然还是没有当面表扬她，但她看到了养母默认的神情。

杨尖妹第一次完整地为自己的衣裙挑花，是十五岁那年。这年的农历七月初二，也就是每年一度的“讨僚皈”节，她决定穿上自己的挑花衣裙去参加这年的“讨僚皈”。但是令她想不到的是，根本没有时间为自己的衣裙挑花，一天到晚都被养母安排得满满当当。早晨要割牛草，白天要出工，晚上还要帮忙做家务。唯一可以用来挑花的，只有大家都上床睡觉后的时间。眼看“讨僚皈”的日子一天天逼近，而自己衣裙的挑花尚未完成，她焦急万分，不得不通宵达旦。特别是在最后的几天里，每天都是从深夜挑到天亮，眼睛眨都没眨一下。天亮后，又得去割草。就是在这样的紧赶慢赶里，终于完成了任务。“讨僚皈”节那天，她穿着自己挑花的崭新衣裙，走在人群里，心里别提有多高兴。不论走到哪里，总感觉有眼睛在注视自己。那一刻，她坚定地认为，会挑花真好。

而杨尖妹挑的第一件比较满意的作品是《对蛇》，挑的是两条比势中的蛇。山中蛇多，割草、砍柴、做工经常会遇到，她凭借自己对蛇的观察与理解，大胆想象，将蛇抽象化、线条化、艺术化。细细思，慢慢挑，整整挑了一年。当这幅《对蛇》完成时，受到了同族姐妹们的一致赞美。后来，这幅挑花不知怎么就流失了。直到几十年后，她在怀化的一本书上看到了这幅作品的图片。面对自己作品的图片，她无法不动情，一切的过往，一切的艰辛，全在那一刻涌上心头。泪水，情不自禁沾满双眼。

花瑶女孩，从十几岁开始，就要为自己的嫁妆做准备，一般需要六套挑花衣裙。所有女孩子都特别看重为自己准备嫁衣，总想着要选最好的布料，用最好的丝线，挑最好的花，展示最好的才艺。大家都在暗暗下功夫。如果挑得好，出嫁那天，穿出来才有面子。

养父爱尖妹，给她买回了六套衣服的挑花底布，让她去为自己准备嫁衣。可是养母没有将布给她。养父便偷偷给她钱，让她自己上街买，自己去挑。她天生有一双挑花的手，她为自己挑出来的嫁衣，无论造型、构图、纹样、色彩、针法都堪称一流。出嫁那天，她的嫁衣一穿出，就引来了众人的围观。大家上下翻看，比划，一个劲地称赞。都问她，没跨过一天学堂门，没读过一天书，为何会挑得这么好？ 她告诉大家，也没有什么特别的，就是靠自己慢慢地去多看，去多想，去多试，性子慢一点，细心一点。

自此，杨尖妹的挑花手艺在当地被广泛传开。 而杨尖妹本人对挑花也愈加热爱。 在很长一段时间里，村里刮起“破旧立新”风，挑花被作为“四旧”遭到打压，许多花瑶姑娘不再挑花，也不再穿挑花衣服，但杨尖妹一直坚持挑，一直坚持穿。 她说，她就是喜欢。

改革开放后，花瑶挑花被作为独特的民族艺术受到各级的重视，特别是被列入国家级非物质文化遗产后，花瑶挑花迎来了它美丽的春天，杨尖妹也迎来了她挑花的辉煌人生。 她先后挑出了多幅顶级作品，比如《老鼠娶亲》《凤凰展翅》《四鱼闹海》《对鸡》《双蛇》等。 其中《老鼠娶亲》在 2020 年 9 月举行的全省少数民族传统手工艺品展演展示评审中，荣获“特等奖”。

全省特等奖？ 一下吊起了我想“一睹尊容”的欲望，当即提出，想看看这幅《老鼠娶亲》。

杨尖妹马上从里屋的柜子里取出这幅作品。 这幅作品并没有与其他作品展示在陈列室里，而珍藏在里屋的柜子里，可见它的珍贵与重要。

徐徐展开的瞬间，我们全都被震住了。 挑花里，数百只老鼠，组成浩大的娶亲队伍，有抬轿的，有坐轿的，有挑担的，有骑毛驴的，有吹唢呐的，有打旗伞的，动作不同，神态各异，生动形象地展现出“老鼠娶亲”那无比热闹的美丽场景。 特别令人惊叹的是，整幅挑花的细节处理十分到位，就连老鼠嘴角竖起的胡须都十分逼真。

边看，杨尖妹边指着挑花，给我们仔细地讲解起来。

原来，花瑶挑花在工艺上独具一格，与机绣、湘绣都不同，不用描绘设计，也不用模具作刺绣架，全凭挑花女的双手和熟练的技巧，以自己心中的构图和对美的理解，循土布的经纬线徒手操作。 在工艺制作上，花瑶挑花讲究特殊的“挑”针法，而不是正反穿刺，分十字针、V 字针等针法。 无论哪一种针法，其正反两面都十分整齐，正面是斜十字交叉挑绣成图形，而反面则是由规整有水平线段组成与正面一样的图形。

花瑶挑花取材广泛，内容丰富，形态多样，有上千种之多。主体图案的题材可分为四类：一是动物类，以蛇、龙、鸟、鹰、虎、狮最为常见；二是植物类，以花草树木为主；三是历史故事和历史人物类，主要表现瑶族先祖抵御外族侵略的历史故事；四是日常生活类，如反映花瑶传统习俗的“对歌定情”“打蹈成婚”等。

花瑶挑花的纹样种类很多，使用最多的纹样有：太阳纹、万字纹、灯笼纹（也叫南瓜纹）、铜钱纹、牡丹纹、蕨叶纹、勾藤等。还有一种用得最多的就是“千杯约”。每到年成好时，这种岩石上的花特别多。花瑶姑娘便把这种美丽而又预示吉祥的图案作为挑花的一种基本纹样。所以，尖妹在最开始学挑花时，养母也让她先去挑这种花纹。

花瑶挑花工艺非常精致，挑花时行针的长短、用线的松紧，均需一致。繁密处针针相套，不现底色，简练处仅一支花、几条线。在主体图案两边，配以用红、黄、绿等七彩丝线挑绣的彩色花饰。整件挑花画面黑白分明，疏密有致，动静相济，色彩对比鲜明，也就是花瑶常说的“远看颜色近看花”，具有强烈的视觉冲击力。

花瑶挑花具有很深的文化内涵。在许多以动物和花瑶日常生活为题材的挑花中，充分反映了花瑶民族的宗教信仰、独特的节庆和婚嫁习俗。在大量以动物为题材的花瑶挑花中，蛇图案最为丰富，有盘蛇、交体蛇、昂头翘尾蛇、无尾双头蛇、蛇缠图腾蛇等，多达上百种。且蛇的形态各异，充满奇思妙想。如训子蛇、比势蛇、吐信蛇、群蛇聚首、双蛇戏珠等，花瑶挑花为这些蛇赋予了灵性。这是因为花瑶长期生活在山深林密、湿热多蛇的环境中，对蛇的习性十分熟悉，而蛇又具有游水、上树、钻地、长寿、耐饿等能力，是早期人类力所不及的，因而视之为灵物，成为花瑶部落的图腾，有类于汉族对龙的崇拜。

花瑶挑花脱形写神，简练传神，以少寓多，主题鲜明，极富装饰性。在造型上大胆地夸张，大胆地取舍，运用现实主义和浪漫主义相结合的手法从自然物中提炼，加工创造出来的情真意浓的神似形象，体现出丰富的神韵，产生出违理合情与谐美怪诞的趣味，表现出朴实的美感。瑶族妇女在绣挑动物时，常在动物体内再绣以小动物和花草，如在一只母虎体内又绣有花草和小虎。我问，为什么要这样挑花？尖妹风趣说，老虎要怀崽，还要吃东西，这样绣出来的才是只活老虎。我们无不为这种大胆而浪漫的解剖思维叫绝。

花瑶挑花，完全是靠一针一线挑出来的，一般一件筒裙挑花有 30 多万针，累计需 180 余个工日才能完成。像《老鼠娶亲》这种比较复杂一点的，有一百多万针，需要两三年才能完成。因此，每一件作品都是精心打造，每件作品都是费尽心血的精品。

通过杨尖妹的讲解，我再看眼前的《老鼠娶亲》，顿感觉到，除了场面浩大、形象生动、寓意深刻外，针针线线，都呈现出了花瑶人无穷的创造力，都流淌着挑花者无限的心血，都闪烁着无比璀璨的艺术光芒。

因为热爱挑花，更因为花挑得好，“没跨过学堂门”的她，没有想到有朝一日会一步跨进大学校园。2020 年 10 月，她走进了怀化学院，参加了由文旅部、教育部、人社部共同主办的“中国非物质文化遗产传承人群研修研习培训计划——怀化学院第一期花瑶挑花技艺培训班”，在一个月的培训里，她不但获得了怀化学院颁发的“结业证书”，还被评为“优秀学员”。

更令人欢欣鼓舞的是，由于她“在花瑶挑花领域的高超技艺和深厚造诣”，2021 年 11 月，怀化学院特聘她为该校“非遗研培手工技艺课程教师”，一聘五年。

她，一个从没跨过学堂门的花瑶女，不但一步跨进了大学校园，而且光明正大地走上了大学讲台，成为“非遗研培”课程教师。

她说，这些都是她热爱的挑花带来的，都是这个好时代带来的。

## 夫妻俩的“非遗传习所”

欣赏完挑花，在陈列室的上方，一块金光闪闪的牌子吸引了我的目光：

“国家级非物质文化遗产花瑶挑花宝山传习所”。

“花瑶挑花传习所？”我盯着这块牌子，问张在贤。

张在贤肯定地点点头：“是的。是花瑶挑花传习所。”

“你们夫妻俩办的？”

“我们俩办的。”

接着，他向我们介绍起他们夫妻俩办挑花陈列室和传习所的初心。

张在贤说，虽然自己不是瑶族，但与瑶族生活在同一个村子里，从小就对花瑶的挑花有着十二分的崇敬，总觉得她们挑出来的东西特别好看。与杨尖妹结婚后，尖妹对挑花的热爱，更令他感动。只要一有空，她就挑起来，甚至连上山做工都将针线带上，歇息的间隔，哪怕几分钟都不放过，往地上一坐就挑起来，而且十分认真，挑得特别好。对一件事如此执着，如此着迷，少有。随着她挑花作品的日益增多，作为她丈夫的他，总在想，有什么办法能将她挑出来的这些作品展示出来？他当时就想到了办一个陈列馆，但苦于自己没有能力。一是缺钱，二是缺房子。因为办陈列馆不但需要资金，更需要陈列作品的房子。他们从父母手中分得的两间旧屋，人住都不够。

机会来了。进入新时代后，遍地起新房，作为木工的他，有了用武之地，每天奔波在村民起房的工地上，狠狠地赚了一把。正当他准备为自己也起一栋新房时，国家修建高铁，在他家门口建了个搅拌站。高铁修成功后，搅拌站废弃，慧眼识珠的他，马上将搅拌站盘了下来。搅拌站虽然只修了一层，但全是坚固的砖混结构，而且有五六间之多，每间都有三四十平方米，是住人和办陈列馆的不二选择。上哪去找这么好的地盘啊！他自己是木工，不用请别人，经他一打造，一装修，废弃的搅拌站，马上就成了美丽的新居。

房子有了，将尖妹的挑花作品，往房中的展台上一摆，往四面墙上一挂，“花瑶挑花陈列室”就这么诞生了。虽然房子简单了些、朴实了些，但里面陈列的内容却十分丰富。他不但将老婆挑花的大部分作品陈列展示了出来，还花重金在民间收集了大量珍贵的挑花作品。其中有一件老物件，有100多年的历史，收购它用了大几万元现金。他说，花这钱，值。因为花瑶挑花的大多数作品，过去都随人走，哪怕挑得再好，挑它的人、穿戴它的人，只要一死，就必须随葬。所以，自古以来，许多优秀的作品都没有保留下来，导致了大量的挑花精品失传，比如《对歌定情》《打蹈成婚》等反映花瑶传统习俗以及反映重大历史事件、历史人物的挑花珍品，现在就很难见到。

陈列室建成后，吸引了一波又一波客人前来参观学习，赞不绝口；更有大量的媒体记者纷至沓来，惊叹之余，写出了一篇篇文章，广为报道。小小的活虎园，一时名声大振。

在办陈列室的过程中，张在贤、杨尖妹夫妇发现了一个严重问题：如此受到外界普遍关注的花瑶挑花，在当地却日渐式微，濒临失传。他们分析原因，一是花瑶挑花技艺全靠“口传身授”，老一代挑花妇女相继去世，一些繁缛、精湛的技艺要学会需要很长的时间，年轻的瑶族姑娘大都没有去潜心钻研和学习，就算是学习了，所学的也都是一些简单的技艺。二是花瑶挑花主要用于瑶族妇女服饰，花瑶服饰向汉族服饰同化的进程不断加快，花瑶姑娘向往都市社会的流行时尚，除在本民族的传统节日外，不少花瑶姑娘已不再穿花瑶服饰，对挑花更是缺乏热情。三是花瑶挑花创作的生活环境发生了很大改变，其主要生活素材老虎、山鹰等飞禽走兽已绝迹或不多见，古树林、吊脚楼等遭到了不同程度的损毁，花瑶挑花失去了创作的源泉和灵感。四是花瑶挑花原材料匮乏。花瑶挑花的主要原材料靓蓝或藏青平粗土布和七色丝线，这些在如今的市面上已很难买到，她们只好以化纤类材料来代替，这样制作出来的花瑶挑花无论质感、颜色和工艺都存在明显差异。总之，爱上了花瑶挑花的夫妻俩觉得，花瑶挑花工艺已到了濒危状态，亟待保护和挽救。

如今他们虽然建立了“陈列室”，但对于花瑶挑花的保护与传承，仅建立个陈列室还远远不够，还应该为年轻人建立一个传承学习的场所。经过上下奔波，终于，“国家级非物质文化遗产花瑶挑花宝山传习所”在夫妻俩的努力下，应运而生。为肯定他们所做的工作，县文化旅游广电体育局还特地为他们授牌。

他们从自己的女儿“传习”起。大女儿张叶青已经结婚，过去在妈妈身边，她学了些挑花的基本常识，能挑一些简单的图案。传习所办起来后，他们将大女儿召了回来，让她跟着她妈妈一针一线重新学、深入学、系统学。通过妈妈耐心的口传身授和系统学习，女儿长进很快，如今许多复杂的挑花都能单独完成。二女儿和三女儿虽然还在高中读书，但每次回家，妈妈都教她们挑一会儿。杨尖妹告诫她们，学好挑花，只有好处，没有坏处。好在女儿们也都听她的，尽管学习任务十分繁重，但她们还是把挑花作为业余爱好坚持了下来。

夫妻俩说到高兴处，丈夫张在贤打开微信，与远嫁外地的大女儿连通了视频，视频里，年轻美丽的大女儿一边哄着孩子，一边正在挑花。她对我们说，过去很长一段时间，她也与其他花瑶姑娘一样，没有重视挑花，认为难学，费时间，还没有市场。如今，看到爸妈为保护传承挑花做了那么多事情，她很受感动。特别是看到爸爸花去了家里的所有积蓄，还在外面借了款，也要为妈妈办陈列室和传习所，对她的触动很大。挑花不但是妈妈一生的追求，更是她一生的事业，他们将大部分精力和金钱都投入其中了。她日益明白，爸妈现在所做的一切，已经超出了个人对挑花的热爱，已经上升到了对民族艺术瑰宝的保护与传承，是国家重视、人们喜爱的天大的好事。因此，她现在也像妈妈一样，爱上了挑花，不但挑，而且还经常陪妈妈去参加一些传承活动，比如去怀化学院教学生，比如参加县里举办的非遗大会，比如在一些景区举行花瑶挑花的非遗展示。

我问夫妻俩：“你们办陈列室和传习所一起投入了多少钱？”

他们感到不好意思说出来，许久，张在贤才勉勉强强地回答：“连建设、装修房子一起，有 100 多万吧。自己的所有积蓄都用完了，的确还借了些贷款。不过，你们不用担心，这点钱，我们很快就会还上的，因为我有木工手艺。”

积蓄全部用完，还借贷搞陈列、办传习所，我没有理由不被如此高尚而纯粹的精神和行动所打动。

难怪魏老师要将他们夫妻俩推荐给我，他们的精神真的值得大书特书，真的值得让更多人知晓，让更多人学习。

传习所办起来后，杨尖妹不但接受了本族小姐妹的拜师学艺，还在外族中带出了一大批徒弟。

我问杨尖妹：“您带徒弟传授技艺，也没有谁给您开工资？”

杨尖妹爽朗一笑：“没要谁开工资啊。只要别人喜欢，我就教，全是免费的。”

“那你们也要生活啊！”我说。

张在贤马上插话进来，说：“吃饭，我们还有田土。只要能将这一技艺传承下去，我们也就心满意足了。”

闻言，一股暖流顿时流遍我周身。

只要能将这一技艺传承下去，就心满意足了。

多好！

## 第七章

# 侗乡“难”村迎巨变

**【远村提要】**

古冲村，隶属湖南省芷江侗族自治县禾梨坳乡，处芷江侗族自治县、洪江市两县市交接处，距县城56公里。过去，村民过着“路难行，地难种，水难喝，饭难饱，信难通”的穷日子，人们将这块大地称为“‘五难’之地”。

从芷江侗族自治县县城出发，汽车在崎岖山路上颠簸两个多小时后，才进入芷江侗族自治县禾梨坳乡古冲村。

古冲村，虽然偏远，但整个村庄隐居在美丽的青山绿水之间，橘花飘香，梯田叠翠，山水，田园，屋舍，庭院，树木，构成完美的田园风光，令人神往。

据传，“古冲”古时叫“鼓冲”。那时，当地的一位大地主在此建了一座鼓楼，其上置一面大鼓。每天清晨，大地主敲响大鼓，催长工快速进入田里劳作。由于长工们每天的早出晚归，辛勤劳作，每年给地主带来了满仓满仓的稻谷。地主卖掉稻谷，换回黄澄澄的金条。于是，在当地就有了“大鼓一响，黄金万两”的说法。

进入新时代后，古冲虽然已经没有了旧时的鼓楼，也没有了敲响的大鼓，更没有了催工催劳的“地主”，但古冲人凭借自己的智慧、勤劳、勇敢，换回了新时代的“万两黄金”——全村因地制宜发展地方优势农业产业，使村民人均年收入从不到900元提高到2万多元。而且紧紧围绕“依托柑橘产业优势，抓好节约型能源建设，解决饮水安全，加强村容整治，培育新型农民，丰富村民文化生活，构建和谐小康示范村”的总体思路，加快推进新农村建设进程，实现了经济社会的和谐发展，先后荣获“全国乡村治理示范村”“全国民主法治示范村”“全国生态文明村”“全国妇联先进基层组织”等一系列的“国字号”荣誉称号。

## 记得你的好

一进古冲村，明亮鲜艳的标语，让你耳目一新。

随着车子的前行，这些标语次第在山沟、田埂、坡上、路边、村民房子的外墙上呈现，几乎每隔几米就有，形成铺天盖地之势：

“婚事新办，丧事俭办，其他事不办。”

“文明理事人人夸，歪风低俗人人厌。”

“婚丧嫁娶这些事，交给红白理事会。”

“家有喜事大操办，当面恭喜背后骂。”

……

一句句普通得不能再普通的话，整齐划一地刷写在“山重水复疑无路，柳暗花明又一村”的村口及道路两边，令我对这个深山里的村庄更加充满好奇。

在这些标语的后面，是漫山遍野的橘树和掩映在橘树里的农家小院。橘树正是扬花期，浓郁的花香随风飘荡，浮香四溢，沁人心脾，走进去，仿佛整个人都浸泡在橘花馥香的汁液里。

村部大楼建在种满橘树的小山包上，村党支部书记龙四清早等在那里。见我下车，迎了过来。

龙四清不但是古冲村党支部书记，而且还是湖南省人大代表、湖南省妇联兼职副主席、全国劳动模范、全国优秀党务工作者、全国三八红旗手。如此一个有着一身荣誉和光环的人，在未见到她之前，就对她充满了崇敬。

见面后，才发现，她浓眉大眼，穿着朴素，说话和气，为人谦逊，除了浑身上下有一股不服输的干劲外，简简单单，完全就是一农家大嫂。

几句寒暄过后，她将我引进村部综合办事大厅。大厅正面墙上，挂满一墙的“国字号”荣誉奖牌和奖旗——“全国乡村治理示范村”“全国民主法治示范村”“全国生态文明村”“全国妇联先进基层组织”“巾帼示范村”，等等，令我目不暇接。

我不禁惊叹：“全是‘国字号’啊，龙书记，你们村也太牛了吧。”

龙四清马上笑笑，说：“您过奖了。谢谢党和国家的关怀与关爱。实际上，每一块牌子都是对我们的鞭策与激励，都是我们的起点，我们力求做到不懈怠，不辜负。”

不懈怠，不辜负。见面的两“不”，令我想到了龙书记的这20年，想到了古冲村的这20年。

龙四清，出生于1964年，是嫁进古冲村的媳妇。她嫁进来那会儿，一首当地的民谣，唱得她心寒：“有女莫嫁古冲坡，嫁来也是受罪多，山上只有茅草窝，山下只有泥水喝。”

的确，在当时，古冲村的基础设施、产业、资源在全县所有村中排名最末，村民过着“路难行、地难种、水难喝、饭难饱、信难通”的穷日子，是远近闻名的“五难”村。嫁进来的龙四清不甘在如此艰苦的环境里生活一辈子。于是，新婚过后，她来到乡政府的集市所在地，租下门面，做起了服装生意。因为注重质量且诚实守信，没多久就打开了局面，每年收入均在10万元以上。

正当她生意做得风生水起时，2002年村党支部换届，乡党委考虑，边远偏僻、贫穷落后的古冲村太需要一个能人来带动了，他们将村里的人摸了个遍，最后，所有人的目光全聚焦在她身上，于是乡党委将她作为党支部书记候选人，推荐给党支部换届选举的党员大会。乡党委的推荐与村民的想法不谋而合，通过这么多年的观察与交往，村民们深知她的能力和为人，也早就希望她能回到村里，带领大家摆脱贫困，共同致富。选举时，所有的党员都投了她的赞成票。最后，她全票当选。

然而，村里等待她的，除了“路难行、地难种、水难喝、饭难饱、信难通”这“五难”外，还有村民人均年纯收入只有895元，村集体经济为零，而且还外欠5万多元的债务。

如此一个“烂摊子”，亲戚朋友们为她担心。纷纷劝她：“生意做得好好的，来当什么书记啊！”“如果是个肥缺还差不多，现在村里不但没有一分钱收入，还欠了这么多债务，是个人都明白，这书记当不得。”“村里人心不齐，矛盾又多，何必往这泥坑里跳？”“当这个书记，你就是‘花钱买黄连——自找苦吃’。”

丈夫听到她要回村当书记后，脸也立马就黑了，说：“生意做得好好的，做什么村支书，一年这么点工资，连生活都不够。”

是啊，自己的生意做得正顺，如果当了这支部书记，生意肯定要放弃，收入就更无从谈起，这对她个人、对她小家庭来说，确实是巨大的损失。然而，如此一村的村民，不是兄弟姐妹，就是亲戚朋友，或左邻右舍，她自己富裕了，而大家都还在贫困线上挣扎，她于心不忍。经过激烈的思想斗争，她最后说服亲戚朋友，说服丈夫，毅然决然做出决定：将货物清仓，将门面转让，放弃生意，回到村里。

她先为自己制定了四条原则：心真、胸阔、脑清、手净。再给自己和整个党支部班子规定了“三从四讲五有”纪律：从小事做起、从岗位做起、从自己做起；讲服务、讲学习、讲责任、讲奉献；有艰苦创业的精神、有清正廉洁的正气、有开拓创新的思维、有精益求精的态度、有乐观高尚的情怀。建立了村民代表会议议事、党务村务公开、四议两公开工作法等 18 项制度。

原则、纪律、制度制定后，开始抓群众最关心也是千百年来一直制约古冲村发展的最严重的基础设施问题。你想，进入了二十一世纪，全世界都发生了翻天覆地的变化，而古冲村，竟然还没有一部电话，没有一条水泥硬化路，没有一口干净的水井，村民煮饭炒菜用的还是已经使用了千万年的山上的柴火。这怎么不穷？

面对村里如此落后的基础设施，在村党支部会议室，在鲜红的党旗下，面对全村 55 名共产党员、17 名村小组长、17 个组计生指导员和 34 名村民代表，龙四清语气坚定，掷地有声，向村民做出了“四个 100%”的承诺：全村

100%的组通电话，100%的人喝上放心水，100%的家庭建立沼气灶，100%的寨子通上水泥路。

通电话？ 放心水？ 沼气灶？ 水泥路？ 还 100%？

尽管村民对她的能力表示肯定，但一上任就做如此“大”的承诺，放如此“大”的招，还是有些不相信。 怕不是吹牛吧？ 即便硬要“新官上任三把火”，这“火”也烧得有点过了。 大家心里再明白不过，这四条，每一条都是大工程，每一条都离不开钱，而且都是要一大把的钱，穷得叮当响的村里和村民，哪来这么多钱搞这么大的工程？

村民拭目以待。

她认为，在这个信息爆炸的时代，电话是最基本的生活物资和最基础的生存条件，村民没有电话，外面的信息进不来，村里的信息出不去，等于全村人都是“聋子”。 她当机立断，先从“通电话”开始。

她跑上跑下，通过多日的奔波，好不容易，终于为村民争取到了安装电话的项目，可以为村民补贴安装费，但是，一次需要安装 80 部以上才能享受，而且每户需要先垫交 300 元，期限只有两个月。 80 部，每部 300 元，加起来就是 24000 元，这对于当时的古冲村来说，无异于天文数字。

临近截止时间，村里想尽了一切办法，也只筹到了 16000 元，还差 8000 元，怎么办？ 不能让这事就这么黄了啊！ 不能让自己的承诺变成空话啊！她瞒着家人，悄悄地拿出 8000 元。 电话安装，如期动工。

村里盘古开天地，第一次有了程控电话。 欢喜的村民，拿起电话打向在外打工的亲人，向亲人报喜。 对方惊喜万分：“我们村通电话了？”“是的，通电话了。”“这太好了。”站在村民旁边，看着这一切，龙四清顿感到，她所付出的一切完全值得。

电话通了，接着就是与村民生活密不可分的“水”。

为了让村民都喝上干净卫生的自来水，第一步，必须找到干净卫生的水源，找来找去，没有。 唯一办法，打深井。 她又带领村干部，围着村里转，四处选址。 井址选好后，又得向上去争取资金。 因为村民实在是太穷了，她不忍心榨他们身上的油，也榨不出多少油。

那时古冲村还是泥土路，一下雨就无法行车，连骑自行车都不行。龙四清为了让村民尽快喝上干净卫生的自来水，那段时间，她每天都是翻山越岭，走上10多里山路，再乘车前往县城。当她穿着走坏了的鞋子，带着满裤腿的泥巴，出现在县领导面前时，县领导无不被她的精神打动。

最终，县里按补贴标准，给足了她打深井的经费。她带着这些资金，回到村里，带领村民，投工投劳，在村内打下四口供全村人使用的大深井，并将水管牵进家家户户，将水龙头接到灶头。村民们拧开水龙头喝上放心水的那一刻，龙四清脸上露出了灿烂的笑容。

紧接着，建沼气池，修水泥路。

又是很长一段时间的苦战。

苦战中，她忘记了自己，甚至连身体出现了问题，她都没有觉察。直到头痛得十分厉害，心脏也很不舒服，才打电话给她的朋友——怀化市三医院党委书记夏仪莹咨询病情。她想像往常一样，在夏医生的电话指导下，自己上药店买点相关的药物吃了应该就会缓解。可夏医生听了她的症状描述后，立马严肃地警告她："你这是在玩命，必须马上来医院进行详细检查。"听夏医生如此一说，她才空出半天时间，去了医院，一检查，结果让夏医生惊出一身冷汗，连忙说："你躺着，千万不能动，你一动，命可能就没有了。"

原来，检查结果为：血压138/184，心跳126次/分钟。

然而，才住院两天，村主任打电话向她汇报工作，一听到村里的事情，她再也没有心情住院，马上向医院提出出院，先后上交了三次请假条。医院和夏医生一再挽留，最后还是拗不过心早已飞回了村里的龙四清，只好开了药，嘱咐她按照说明服用，并再三叮嘱她到村里后，也要到村医那儿继续按时打点滴。可龙四清一回到村里，就马上投入紧张的工作之中……直到有一天，她在工作现场脸色苍白，站都站不稳了，才在乡亲们的搀护下，重新回到医院。

就是在她如此拼命的几年苦战中，终于，100%的农户接通了电话，

100%的农户用上了自来水，100%的农户用上了清洁能源，100%的寨子修通了水泥路。

“四个 100%”的承诺全部兑现。

兑现了承诺，基础设施全面得到完善。接着，为村民的经济发展找出路。出路在哪？古冲村除了村民脚下的这片土地，其他什么也没有。唯一出路，只有向土地要效益。可怎么要？她看到这里的村民有种柑橘的习惯，只是量很少，没有形成规模。她马上想到，能不能大力发展柑橘产业？她对这里的土质没有底，到底适不适合种植？用心良苦的她，默默地在村里挖了一包土，悄悄来到农科所，让专家化验。

化验结果出来，专家高兴地对她说：“古冲村的土壤是丘陵红土，疏松肥沃，且含有大量的水果所需的微量元素，非常适合种柑橘。”

带着专家的肯定，她飞快回到村里，动员村民种柑橘。然而，本来就保守、本来就只想摸着石头过河的村民，没有人信她。过去，每家在自己院子里或土地边，种几棵供自己吃，有没有收获都无所谓。如今，要他们大面积种植，谁也不敢冒这个险。动员来，动员去，最后没有几个人种。

口说百遍，不如自己身体力行做一遍。没有办法，她只得自己先试，试出了成效，看到了效益，村民定会跟着来。

龙四清带着一家人，走向自己家的荒山，将 10 多亩荒山开垦成梯土，买来柑橘树苗，种上。4 年后，成功挂果，并卖了个好价钱，一年就收入 4 万多元。

村民一看，炸开了锅。种柑橘还真行啊！

不用再做太多的动员，村民纷纷效仿，一家一户自觉地跟着种了起来。一时，村里的柑橘种植面积达 3200 多亩。随后，为了提高柑橘的品质，她又推行有奖种植、有奖品改，并为品改户提供种苗，村民种植柑橘的积极性更加高涨，全村柑橘种植面积一下又增加到 6000 多亩。紧接着，她又申报注册了村里的柑橘品牌——“舞水牌”。

种植形成了规模，销售马上成了新问题。做了那么多年服装生意的她，对市场规律再熟悉不过。在她的倡导下，村里建立起柑橘种植合作社，并出资修建了一座1000平方米的库房，用于存放柑橘。一切妥当后，她自费跑到县城、市区乃至湖南周边的省市进行推广宣传。很快找到解决销路的三条有效途径：一是错开时段，提前预售；二是举办“中国·湖南·芷江禾梨坳柑橘节”，吸引客商现场采摘；三是与电商平台合作，实现柑橘销售与网络接轨。

如此一系列的“销售组合拳”一打，每年再多的柑橘也都销售一空，村民们皆大欢喜。大家种植的热情更高，产量一路飙升。

然而，有一天，龙四清突然发现，柑橘的品质开始下降，口感不如从前。这怎么行？这不是自己砸自己的饭碗吗？焦急万分的龙四清，带着品质下降的柑橘再次走进农科所，再次向农科所的专家求教。专家们详细询问了他们生产的全过程，并来到现场，对他们的柑橘园进行现场调查，对他们的土壤进行化验分析，终于找到答案：原来，是不科学的施肥方式导致土壤养分流失，以至于柑橘味道变差。

于是，龙四清将专家们请到柑橘树下，就如何施肥、施怎样的肥、如何进行培管，等等，对每家每户进行专业指导。同时，送村里的果农去学习培训，还开展“诚信果农”“文明经营户”等的评比活动，切实提升果农的信用和古冲村产品的声誉。这一系列强有力的举措，立刻使古冲村的柑橘产业，不但有了量的提升，更有了质的突破，年产量从600万斤增加到2500万斤，种植面积增加到8000多亩，还被农业部评为“全国农产品十佳品牌”，成功打入上海、广州、成都等10多个城市的超市和商场，每斤售价比原来提高了30%。

柑橘产业发展得红红火火的时候，一直奔走在路上的龙四清冷静地看到，柑橘的热度不可能永远持久，为避免市场风险，必须推行多元发展。她带领村民，又开展了金银花、红心猕猴桃、南方红豆杉的种植，与此同时，还开发了侗家山地猪和绿壳蛋鸡的养殖。

如今，古冲村初步形成以“舞水牌”柑橘种植为主导，以优质猕猴桃和南方红豆杉以及侗家山地猪和绿壳蛋鸡为补充的“一主四辅”多元化村域特色产业群，村域个体经济、私营经济和村集体经济都走向良性发展轨道。

至 2023 年，古冲村集体经济年收入从 2002 年的亏欠 5 万多元发展到 50 万元，集体固定资产发展到 500 万元，村民人均年纯收入从 895 元到超过 2 万元。

然而，龙四清并不满足，她说：“腰包鼓，更要脑袋富。”通过这些年的摸爬滚打，她深刻地认识到知识的力量、学习的力量。为此，她提出了“把古冲村建成学堂，培养村民成为读书郎，让读书之风吹遍全村”的口号，并马上付诸行动：邀请了省妇联驻点在古冲村开展巾帼脱贫创业手工编织培训班，对全村妇女进行毛线绣花技能培训；邀请了县农广校、“橙家班”到古冲村开展了 6 期柑橘、养殖技术培训班，对 100 余户村民进行柑橘种植、生猪养殖、水产养殖等专业技能培训；举办了为期 10 天的营养师培训班，对 100 余名村民进行面点制作和营养配餐等技能培训；设立了教育助学基金，对考上大学的困难学生予以 600—1000 元的奖励，鼓励村里的孩子安心学习；投入 20 多万元建成了 6 个农家书屋，分散在各组，方便群众看书学习……

龙四清自己带头学习，并报考了怀化广播电视大学，顺利成为一名农民大学生。通过几年的学习，先后获得了大专、本科文凭。2019 年 4 月，龙四清作为全国农民大学生唯一代表参加了国家开放大学建校 40 周年庆典，并发表演讲。2015 年 10 月，龙四清应邀列席党的十八届五中全会，并有幸当面向习近平总书记汇报工作。更令她骄傲的是，发言稿是她自己起草的。她拿去给省领导修改时，只改了两个错别字，内容一个字没动。

……

龙四清为村民所做的一切，党和人民没有忘记。她先后被选为党的十七大和十八大代表、全国劳动模范、全国优秀党务工作者。2019 年 10 月 1 日，作为特邀嘉宾，她登上国庆观礼台，参加了中华人民共和国成立 70 周年国庆观礼。

面对这一切，她感激地说，要感谢这个好时代，感谢共产党，为此，她自己作词作曲专门写了一首歌，题目就叫《记得你的好》，她在歌中写道："青山葱茏记得植树人的好，禾苗茁壮记得阳光雨露的好，国富民强记得共产党的好……"

## 就这样破冰

在龙四清书记面前坐下，她避而不谈她过去的成功与辉煌，而只递给我一本《古冲村移风易俗工作实施方案》。

我翻动着这本方案，似有一股清新的风扑面而来。

龙四清不紧不慢地说："我们现在正在开展移风易俗行动，革除陈规陋习，反对铺张浪费，反对大操大办酒席，抵制封建迷信活动，遏制婚丧嫁娶中的不良风气，狠刹人情歪风，引导村民形成文明、节俭、健康、科学的生活方式，树立良好的社会新风尚。你可能在进村时就看到了我们的宣传标语，那就是'婚事新办、丧事简办、其他事不办。'"

这，令我想起进村时沿路看到的宣传标语。原来，她又领导全村开始了新的航行。

我带着敬佩翻看着方案，不但有文件，而且组织机构十分健全，成立了专门的"移风易俗领导小组"，领导小组下面又成立了"移风易俗理事会"和"监督委员会"，理事会下面还成立了"酒席服务队""文艺表演队""劝导队"，还附有倡议书、承诺书、申报表、任务交办书、处理报告单、劝导日志、工作流程等。龙四清担任领导小组组长和理事长。

我好奇地问："您带领古冲村村民脱贫致富奔小康，取得了那么大的成就，完全可以躺在过去成绩的椅子上睡大觉，为什么还要有如此多的创新，为什么还要这样拼？"

龙四清说："以前穷的时候老百姓没有'人情'这一说，谁家砌房子，一起帮忙，吃顿饭就算是庆祝。如今，村民富裕了，口袋里有了几个钱，婚丧嫁娶中的陈规陋习也就都出来了。人的心态也一下变了。今天你做酒，明天我做酒，不做回来就是吃了亏，恶性循环。如此肆虐的‘人情风’已阻碍了乡村的发展，败坏风气，影响团结，也让人们无心投身生产。这不行啊，我琢磨着，这个得下决心抓。”

龙四清告诉我，随着人们的日子越来越好，加上他们这里基本上都是侗族，侗家人本来就好客，人情风一日日盛行。什么结婚酒、丧事酒、生日酒、满月酒、升学酒、入伍酒、乔迁酒……有的甚至连改个大门也要办场酒，酒席越办越多，而且排场越搞越大，大家相互攀比。办酒席相互攀比，送人情也相互攀比。有的人，一年下来要喝五六十场酒，一年收入刚刚够送人情。她举了个例子，有一户人家，房子还只是打了地基，就办了三场酒，用收人情的方式获得建房子的钱。他没钱，不是想着靠柑橘地赚钱，也不是出去打工赚钱，而是盯着邻里亲戚的口袋。

特别是丧事酒，一办就好几天，还请来外边的民间商业演出队，穿着暴露，劲歌艳舞，表演的尽是一些粗鄙低俗的节目，这不但浪费钱，还无形中坏了村里的风气。

还有就是坟墓，也越修越大，越修越豪华，不但用水泥将坟堆硬化，还用石头砌出一个大坟圈，有的有一两间房子占地那样大。墓碑也越立越高，越立越气派，大家都在攀比。再说，柑橘产业是村里的主打产业，漫山遍野的柑橘林终年郁郁葱葱。村里借助柑橘产业，打造乡村旅游，游步道修进柑橘林里。每当春天橘花飘香、秋天金果缀树，前来赏花、采摘的游客络绎不绝。现在，有的村民过世后，亲人选择在柑橘林里散葬，给发展乡村旅游带来不利影响。游客走进柑橘林里，这里一冢坟、那里一座墓，很煞风景。与其这样让死人与活人争地，总有一天，再多的地也会被死人占完。不行，必须得制止，必须得将这种歪风刹下来。

于是，她有了移风易俗、婚事新办、丧事简办、其他事不办的想法。“婚事新办、其他事不办”还好说，“丧事简办”在一贯重视丧葬的侗乡里可能难以落实。这时，刚好民政部等9部门联合印发了《关于推行节地生态安葬的指导意见》，她认真仔细地研究了这份文件，并参照外地推行生态安葬的做法，通过深入思考，有了“三不一树一挂牌”的“树葬”理念，即在地面上不圈坟、不立碑、不硬化，在墓地上种植一棵长青树，在树上挂一块不绣钢材质的仿木纪念牌，写上逝者姓名、生平简介、优秀事迹、亲属姓名等，以示纪念。这既保留侗族几千年以来入土为安的土葬传统，又改革了丧葬陋习，还解决了死人与活人争地的问题，绿化了土地，保护了环境。

她把这一想法在村支“两委”会和村民代表会上抛出来，想先征求一下大家的意见。想法刚一抛出，就遭到绝大多数人的反对。

有的说：“侗族本来就是一个讲人情的民族，红白喜事，讲的就是一个人情往来，你这一改革，肯定不受欢迎，人家还会说我们村党支部、村委会不讲人情，不通人性。”

有人说：“侗族土葬的民族风俗根深蒂固，树葬改革恐怕难以推行，只能在丧事简办上下点功夫。”

更有人坚定地认为：“千年习俗不可改。”

龙四清耐心地将移风易俗的好处和相关道理给大家说清楚，特别是树葬，她概括出了四个“省”：省钱，一块仿木纪念牌仅 100 多元，可省下立碑硬化数千元甚至上万元；省树，清明节挂青时，不用再砍树挂纸，且挂着纪念牌的树别人也不会砍，无形中保护了树木生长；省地，栽在坟上的树长大了，恢复了自然生态；省心，不再担心祖坟大不大、高不高，树就是亲人的化身，且逝者生前也不用担心离世后别人会不会怀念你，因为树上挂着纪念牌写着“生平事迹”。

最后她说：“千年习俗，一朝改变，需要时间。我们先统一干部和村民代表的思想，再利用村民大会、节点节会和村民院落会议，不断进行树葬改革的宣传引导，把工作做深做细，一步步来，不怕推行不了。”

为了增强村民对树葬改革的感性认知，采取先易后难的办法，在村里一处山头上规划了树葬林园，选择 6 名五保老人的坟墓进行树葬改革试点，在坟上种植了桂花树，在树上挂上写有他们生平事迹的纪念牌。

耳听为虚，眼见为实。村民纷纷前来观看，现场的场景让他们感觉这是一种好形式。

村支“两委”趁热打铁，在征得绝大多数村民同意的基础上，将树葬改革纳入村规民约，正式推出《古冲村树葬改革具体办法》，并出台了相关配套措施。

比如，在村里推出的《幸福基金积分管理细则》中，将树葬改革纳入积分管理，对自愿采取树葬、主动平坟改树葬的村民家属，以幸福基金发放慰问金、增加积分等方式进行奖励。对新圈坟硬化、新建坟立墓碑、丧事大操大办的，通过罚款、扣减积分等方式进行处罚。村里还建立了“侗族树葬”红黑榜制度。

“党建引领、党员带头，让树葬改革得以顺利推进。”龙四清说，“党员干部带头向村委会递交承诺书，村里还成立了移风易俗工作领导小组、监督委员会、理事会，下设酒席服务队、文艺演出服务队和劝导队等。村里有人过世，理事会主动上门帮忙，免费提供搬运桌椅板凳服务，请厨师做饭，安排文艺表演队进行慰问表演，组织召开追悼会。就这样，流行千年的丧葬习俗被我们扭转了过来。”

千年习俗，就这样破冰。

古冲村，一股文明新风和着浓郁的橘香，吹遍山山岭岭。

## “承诺会”上的感动

说起 2018 年 3 月 8 日那天的活动，龙四清仍然感动。

已经形成习惯，每年的 3 月 8 日国际劳动妇女节，村里都会举行庆祝活动。而 2018 年的庆祝活动，最后成了“移风易俗动员会”和“移风易俗承诺会”。

庆祝活动由女村民周代理自创自演的快板书《愁死了烦死了》拉开序幕。周代理唱道：“上冲放大炮，下冲放礼花，左村在请客，右村把猪杀，走出家门望一望，不晓得他们又做啥……哎呀！ 一二三四，我家家都要去，真的把我愁死了，一摸口袋光达达……我掐指头算一下，一年四季苦挣钱，总的收入万七八，除去礼金冇剩几，这种日子冇过法，勒紧裤带去还情，个个脸比屁股大……”

表演完后，她解释说，“个个脸比屁股大，就是说人人都打肿脸充胖子。为了送礼，将家庭积蓄全部送光。 春节一过，小孩上学、春耕生产就没有钱了。”

早在本次活动开始的几天前，周代理听说村里又要搞“三八”庆祝活动，而且还要启动“移风易俗”行动，便琢磨表演一个节目，将磨人的“人情风”曝光曝光。 这些年来，她深受“人情风”之苦。 她说：“就连谁家母猪生了一窝仔也要请客，更别说生日、当兵、升学、结婚、丧葬这些‘大事’。 人情少则一两百元，多则五六百元，不去吧，就把人给得罪了，有的老人在村里待不下去，干脆躲到亲戚家去了。 因为人情往来，邻里乡亲、亲戚朋友间闹翻的不在少数，甚至有夫妻为此而大打出手闹到要离婚的。 我统计了一下，2016 年春节，我家吃了 46 趟人情酒，花费近 2 万元，几乎把家中积蓄掏光。”

周代理一表演完毕，观众席上响起热烈的掌声。 从掌声里，龙四清看到了村民对“人情风”流行的痛恨，更看到了“移风易俗”的希望。

所有节目表演完毕，到了递交《“推进移风易俗、树立文明新风”承诺书》(以下简称《承诺书》) 环节，《承诺书》主要内容为：“婚事新办”“丧事俭办”“其他事不办”，每个承诺人签字承诺：“如果违反以上承诺，自觉接受村规民约的处理。”

第一个上台递交《承诺书》的，是 81 岁的老党员周有万。 他患有严重的腿疾，加上年纪大，行走不方便，由两个年轻人搀扶，一拐一跛地走上舞台，将签了自己名字的《承诺书》郑重地交到党支部书记龙四清手中。 龙四清颤着双手，从老人手中接过《承诺书》，眼眶顿时湿润，说：“谢谢您老人家对我们工作的支持。”

但是，交过《承诺书》的周有万不忙着下台，他走到台前，还有话要说。他擦了擦浑浊的眼睛，摸一把雪白的胡须，颤动着双唇，动情地说：“以前人情确实太重了，现在搞移风易俗，我坚决支持，我还自愿报名当一名劝导员。不但我自己死后丧事简办，坚决做到不圈坟、不立碑、不硬化，搞树葬，我还要劝说我的家庭、亲戚、邻居们都要这样做。”老人说完，台下响起热烈的掌声。

老人一席话，令所有在座的人激动不已，更令龙四清泪水涟涟。

在老人的带领下，大家踊跃走向舞台，纷纷将签字的《承诺书》交到龙四清手里。仅在庆祝会现场，仅半个多小时，就收到《承诺书》120 多份。这令龙四清怎么也想不到。

更有村民说：“《承诺书》与过去的‘发誓愿’是一样的，交了《承诺书》就相当于‘发了誓’，我们农民不懂大道理，但有一点是懂的，只要你发了誓，就一定要兑现。”

“承诺会”上的感动，不止一个“以身说法”的周代理，不止一个“第一个递交”的周有万，还有主动递交的 120 多人，还有决心将《承诺书》当成“誓愿”去兑现的更多的人。

“承诺会”上被感动的，不止党支部书记龙四清，还有对此事一直持怀疑态度的人，还有对此事一直在观望的人，还有对此事一直反对的人。他们都被感动了。

有感动，便有行动。最后，怀疑的人、观望的人、反对的人都主动递交了《承诺书》。

## “第一个吃螃蟹”的人

一切看起来似乎都很顺利。但龙四清心里还是在“打鼓”，谁会是第一个实行移风易俗的人呢？

而这第一件怎么操办？效果如何？大家满不满意？能不能有一个好的

示范作用？ 群众无小事，习俗改革更无小事。 每一件细微的事情都考验着龙四清的智慧。

恰在这时，村民周代岩找上门来，说准备给女儿办婚事，时间选在 3 月 18 日，他说：“我就这么一个女儿，婚礼必须办体面。”

龙四清问：“怎么个体面法？”

周代岩说：“打算酒席至少办 30 桌，还想请乐队表演，放烟花鞭炮，至少安排 12 台婚车，在村里走一圈。”

因为周代岩不是党员，承诺会那天也没有参加会议，更没有签订《承诺书》。 他提出这些要求，也都是之前村民们办理婚事的“标配”，但是如今，已经开展移风易俗行动，而且才开过动员会，才递交过《承诺书》，他又是会后“第一家”办婚事，如果这“第一家”不按村里的规定办，那前面所做的一切工作都将成为空谈。

龙四清不慌不忙，让周代岩先坐下来，递给他一杯水，不说其他，先与他算了一笔账。 从酒席、鞭炮、婚车、表演、回人情等各个方面算起，一路算下来，没有大几万元根本做不到。 而按照村里的新规办，自己只负责买食材，厨师、桌椅板凳、表演人员全由村里负责，这些开支至少能省 6000 元。这种省时、省力、省钱的事，何乐而不为？

周代岩虽然有些动心，但他还是有很多顾虑，特别是对不放鞭炮这事，他有自己的看法：“做喜事不放鞭炮哪来的热闹啊！”

龙四清说：“不放鞭炮咱们可以放电子炮，效果也一样。 还节约成本、保护环境，一举多得，不信可以让服务队的人放给您听听。”

周代岩又说：“我们家亲戚邻里多，我家从来没有做过什么大喜事，过去我送出去的礼也很多，这次他们都会来还礼，我估算了一下，至少有 30 桌。你让我新办，只控制在 20 桌以内，那其他人怎么办？”

龙四清又说：“咱们就把喜事告诉一些主要的亲戚，现在全村、全乡甚至不久后全国都会形成节俭、科学的人情宴办理模式，大家都不想搞得太麻烦，不会怪您呢。”

龙四清“打前站”做了一些思想工作，紧接着，她派出理事会的劝导队人员马上跟进。劝导队人员都是村里德高望重而且极善于做思想工作的人。他们来到周代岩家，动之以情，晓之以理，循循善诱，不厌其烦。终于，周代岩及其家人放下了之前的顾虑，答应采用新式宴请办法举办婚礼。

3月18日，农历二月初二，“龙抬头”。值此万物复苏、春回大地之际，周代岩家也迎来了他家最大的喜事——女儿出阁。

不用他操一点心，村移风易俗理事会派出的酒席服务队，早早来到他家，厨师、服务人员全部到齐，餐桌、凳子、碗筷一应俱全。表演的文艺宣传队，早在他家的堂屋前搭起了舞台，化的化妆，对的对台词，都在做最后的演出准备。“噼里啪啦……”电子环保鞭炮响个不停，将整个现场烘托得热热闹闹。

特别是表演时，积极、健康、向上、通俗、接地气的节目博得了村民一阵阵欢呼。有的村民也利用侗族喜欢唱山歌的优势，自动加入表演队伍中，大声唱起来，表达自己的心声：“家常讲到高兴处，姐妹们扭起秧歌把歌唱，一唱祖国形势好，二唱村庄变新样，三唱人们思想理念在改变……六唱文明建设大提倡，七唱我村固定资产果木园，八唱留住资金咱们建设好家乡，九唱婚事简办试点在举行，十唱今天的努力希望从此是榜样。”

“人情罚款”少了，捧场“凑热闹”的多了，看到周代岩家新式宴请办得有模有样，自称是来“凑热闹”的村民周军看在眼里，喜在心头。他对龙四清说，自己十几年前嫁女儿的时候就办了四五十桌。“热闹，但人更累。虽然礼金收得也不少，但自己每年还出去的‘人情罚款’都是两万多，有些拿少了还不好意思。现在好了，村里对婚丧嫁娶随的份子钱有明确规定，真正的‘礼轻情意重’。现在来纯粹就是沾沾喜气，凑个热闹。”这不，前来“凑热闹”的6岁的女儿周芊芝作为演出服务队的成员，一场拉丁舞表演博得满堂喝彩，看着小女儿如此大方，他更是高兴得合不拢嘴。

表演结束，理事会将一块“百年好合”的大红匾额赠送给周代岩女儿、女婿。鲜红的匾额，诉说着喜庆，传递着祝福。

这次新办的婚事，让周代岩真正尝到了甜头。 他乐呵呵地对龙四清说：“这么大一场喜事，我们不仅没有燃放一挂烟花爆竹，酒席也只办了 16 桌，乐队取消，婚车只用了 4 辆。 而且厨师、桌椅板凳、表演人员的开支全不用我们管，省时省力还省钱，一趟下来还真的省下了五六千元。 谢谢理事会，谢谢村领导！”

他的女婿、来自贵州天柱县的杨武林说：“本来打算来十几辆车的，显得有气魄、更隆重，不过因为现在提倡节俭，今天就来了四辆，都是装客需要。 我觉得这样更好。”

甜头尝到了，大家更乐意了。 参加完宴会的村民们都一个劲地夸这场婚事，一个劲地夸理事会：

“老周家这次宴席给我们开了个好头，热闹又不浪费，大家也高兴，有理事会的帮忙自己也少操很多心，以后我们家有宴请也这样办。”

“对，理事会不仅带动了党员干部的积极性，就连咱们这些跳广场舞的都有事做了，跳起来更有劲了。”

……

第一个实行树葬的人是许玉建。

2020 年 3 月，时年 44 岁的党员许玉建因故去世。 得知消息，龙四清带着村移风易俗理事会主动上门帮忙料理丧事。

龙四清尝试着做许玉建父亲许积雄的思想工作。 因为许积雄、许玉建父子俩都是党员，她从一个党员的要求出发，希望他带一个头，将儿子的丧事简办，并进行树葬。

起初许积雄老人也有很多顾虑，怕村上的人讲他小气，儿子这么年轻就去世了，还舍不得那几个钱。 通过反复的思想斗争之后，许积雄终于表态说：“好吧，我就第一个带头树葬吧。 村里已经做出了规定，总得有一个人来带这个头。 作为老党员，应该带头落实。 玉建也是党员，相信他也会支持的。”

村移风易俗理事会承头，为许玉建举行了一个简单而隆重的侗族树葬遗体告别仪式。大家追思了他的成长历程和对家庭、对社会的贡献，对他能够第一个带头落实树葬给予了高度评价，并为他种植了一棵长青树，专门制作了精制的仿木纪念牌。在牌上刻上他的姓名、性别、出生年月日、去世年月日、家庭地址，写上了简洁而精辟的“碑文”。

遗体告别仪式按照程序默哀、致悼词、授长青树、挂纪念牌，还送上了一台由村文艺队自编自演的文艺节目。文艺队员的一首《父亲》，用煽情表演唱法，让人们迅速进入伤感的情绪；一首诗朗诵《老父亲》，让众人怀念起父辈的恩情；歌曲《我的父母亲》与《母亲》、竹笛《送战友》，更是让人伤感哭泣出声；幽默表演《你莫走》，既纪念了逝者，又劝导亲人化悲痛为力量。最后，大家合唱表演了一首《祝你平安》，给逝者安慰，给生者祝福。

党员带了头，群众跟着走。榜样的力量是无限的，有了第一个树葬的人，后面的就“照葫芦画瓢”。龙四清说，村民在这方面也有“跟风”心理，“文明也要比一比”。

许玉建办丧事后不久，村民周宏玉逝世。龙四清赶过去，做家属的思想工作，出奇地顺利。

不久，村民杨店美去世，其女儿主动打来电话，请村里移风易俗理事会去帮忙进行树葬。

还有张小梅、周代益、杨承松……

龙四清说：“如今，树葬已经成为古冲的新风俗。只要有村民过世，都会主动打电话来告诉我们，让我们安排树葬。从 2019 年开始，到目前为止，村里已经有 29 人落实了树葬。”

龙四清说，移风易俗、反对铺张浪费，先得将“道理”讲透、将“账本”算清、将“民心”讲暖。然后，还不能只是动动嘴皮子，还有必要为老百姓搞好服务。比如，婚丧嫁娶办酒席，由村移风易俗工作理事会免费提供桌椅板凳、碗筷、厨师、文艺演出等服务，费用就由村集体买单。这笔费用估计每年为 2 万多元，我们花小钱，百姓省大钱。下一步，村里准备成立移风易俗基金会……

在她满怀激情的讲述里，我看到了古冲村更加美好的未来。

昔日“五难”地，今朝“模范”村。

古冲巨变，魅力无限。

# 第八章
# 古道"深"村勤耕读

【远村提要】

五宝田村，隶属湖南省辰溪县上蒲溪瑶族乡，距县城 150 公里，为辰溪、溆浦、中方三县交界之地，地处雪峰山余脉的深山沟壑之中，建村 330 年，被人们称为遗落在大山"最深处"的村。

“故人具鸡黍，邀我至田家。”

在“才了蚕桑又插田”的季节里，与故人相约，走进神往已久的“田”家——五宝田。

五宝田，以田名之，但并非一田，而是一村落。建于清康熙年间，有300多年历史。不知是“命”中注定，还是一种巧合，300多年后的今天，五宝田还真拥有了“五宝”——“省级文物保护单位”“中国历史文化名村”“中国传统村落”“全国文明村镇”“国家森林乡村”。

我便是为这“五宝”而来，为“五宝”中的“文化保护”和“文化传承”而来，因为它们构成了今天山乡巨变的“魂”。

## 走进古村

来之前，朋友向我推荐了一位老人——八十七岁的萧守造，说他就是五宝田的“活字典”，找到他，就算找到了五宝田活的历史。

通过各种途径，我要到了他的电话。打过去，对方声音洪亮，且思维清晰，条理清楚，说话简明扼要，完全不是我固有概念中的“八十七岁的样子”。我与他约定，几天后去五宝田，请他作详细介绍。他欣然接受，并在电话里说，将中饭安排好，杀一只土鸡。心里顿时一暖，人未去，情已现，五宝田的热情让我更加心慕笔追。

五宝田，隶属辰溪县上蒲溪瑶族乡，处雪峰山余脉之罗峰山西南麓的深山沟壑之中，为辰溪、溆浦、中方三县交界处，真正的“一村踏三县”。其路途遥远不说，且路面狭窄、路基陡峭而弯曲，峰回路转，藤蔓缠绵，汽车穿行在绿浪起伏的林海和茅草中，时上时下，忽左忽右，没折腾几下，所有人都被摇得昏昏欲睡。

正当大家人困马乏之时，突然有人大喊：到了！

随声望去，路的尽头，山的脚下，溪的边上，一座古老的村落定格在我远观的目光里。一堵写满岁月沧桑的围墙，严严实实地封围着一个院落，重重洁白的飞檐翘角在一色的青瓦岚烟衬托中流光溢彩。山怀水抱之中，绿树掩映之下，幢幢木楼，沿溪而建，次第铺陈，层层抬升，屋基连着屋基，瓦檐挨着瓦檐，既凝聚着力量，又交织着亲情，还彰显着和谐。大家一阵惊呼，一路颠簸带来的辛苦困顿顿时烟消云散。

八十七岁的萧守造老人在村口迎接我们。一见面，便迫不及待地介绍起来。声音还是电话里头那般洪亮，只是现场听来，更带有一定的磁性和混响，具有更多的感染力和穿透力。特别是他腰板硬直，神清气爽，完全不像“一般的八十七岁老人”的气象。他讲了一口土得掉渣的乡话，怕我们听不懂，口袋里早备了粉笔，边讲边捡一些关键字写在地上。

口述村庄历史，兴奋的他，口若悬河，如数家珍。

他告诉我们，这个村庄是先祖萧宗安创建的，萧宗安本住在山下沅水河边的黄溪口，300多年前搬迁到这里。古人定居选址都有讲究，说是“山兴丁”“水聚财”，五宝田刚好依山傍水，背倚龙脉山，脚踏玉带溪，有山有水，且地形呈鱼网状，门前小溪的游鱼则是“网中之鱼”，有“鱼”则余钱余米，所以老人家选择在此落居。

五宝田过去并不叫“五宝田”，而叫“兀泡园”。“兀”，高而平之意；“泡”，水包裹之意。在高高的山顶上，有一块水包裹的园地，多么诗意且应景的名称，我们不得不服古人的智慧。但后因村前田中有五个形似“元宝”的小土包，遂改成“五宝田”。

五宝田古村落，由耕读所、兰陵别墅、老院子三大部分组成。

耕读所，是古村的灵魂，修建在村里最中心、最显眼、最突出的位置，是萧氏家族秉承“耕读兴家”祖训的教习场所。既有用于读书的学堂、凤楼、花园和操场，又有用于农耕的谷仓、晒楼、牛栏、火房以及农耕设备。全院呈凹字形结构，置房数十间，木雕石刻工艺精细考究，匠心独运。据说十余工匠费时三年才完成。

首先映入眼帘的是大门门楣用青花细瓷嵌的不论往左读还是往右读均是“三余余三”的牌匾。“三余”出自南朝·宋裴松之注引魏朝郎中鱼豢私撰《魏略·儒宗传·董遇》，云：“冬者岁之余，夜者日之余，阴雨者时之余也。”据说有读书人向董遇求学，他不肯教，却对人说：“先读百遍吧。”请教的人说：“没有时间去读啊。”董遇说：“应当用‘三余’时间。”请教的人问：“‘三余’是什么？”董遇说：“冬天，没有多少农活，这是一年中的多余时间；夜晚，不必下地劳动，是一天中的多余时间；雨天，不方便出门干活，是季候时令中的多余时间。”

这便有了“冬者岁之余，夜者日之余，阴雨者时之余”的“三余”。“三余”理论告诫读书人，要珍惜光阴，善挤时间。那么“余三”呢？指的就是“三年之耕而余一年之食，九年之耕而余三年之食”，寓意节俭持家、勤耕农种、以防饥荒。“三余余三”四字，首尾照应，左右回环，蕴含的是耕读正心、奋发图强、光祖耀宗、继往开来等深刻含义。

大门两旁的对联“一水护田将绿绕，两山排闼送青来”，出自北宋王安石《书湖阴先生壁》。传说为耕读所首任私塾先生所书，先生一到五宝田，就被眼前的自然风光所陶醉：一条弯弯的小溪，在村前环绕，护卫着葱绿的农田，两座青山在村旁对开，松涛阵阵，竹叶青青，送来无边青翠。这不正是王安石题诗的意境吗？于是，奋笔疾书，借安石先生诗句，题联其上。

耕读所分为主楼、偏楼，主楼叫“宝凤楼”，供教书育人之用；偏楼为谷仓、晒楼、牛栏、火房等，用以农耕。主楼偏楼，融为一体，珠联璧合，相得益彰。特别是供教书育人之用的“宝凤楼”，构思巧妙，设计精美，形似凤凰，正圆门上方分别题有“教”“养”二字，“教”即教书育人，“养”为丰衣足食。这些微小的细节告诉我们，萧氏先祖寄予后世子孙的谆谆教诲与殷切期望无处不在。

从耕读所出来，萧老指着对面的老院子说，这座老院子鼎盛时，曾经出过“八大富豪”。萧老的太爷爷就是“八大富豪”之一，不但在老院子有一座叫“振青园”的府第，还在溪的对面，临溪又修建了一座别墅，取名“兰陵别墅”，是第一居所之外的第二居所，专供娱乐和招待外宾之用。走近去，但见“兰陵别墅”几字题于砖墙门额，笔走龙蛇，颜筋柳骨，苍劲有力，尤为抢眼。跨入院内，院内木楼显然换新，感觉岁月不久，但气色仍然兴旺。站在此处，隔溪相望，老院子尽收眼底，古宅深深，玉带缠绕，天光水色，云蒸霞蔚，似有一股股悠悠古风和绵绵文墨在村落与溪流的上空缭绕飞腾。

萧老说，老院子是五宝田古建筑的核心，由 36 栋古民居组成，中间纵横 37 条巷道，按八卦阵布局，四周用两丈多高的封火马头墙和闸子门围封。步入其中，沿巷道拾级而上，两侧围墙高耸，木门洞开，一门一户，清雅别致。巷道为本地出产的玉竹石板铺就，纹路细腻，色泽养眼，踩踏上去，仿佛有股股清风生成，沁人心扉。进得门去，厢房中堂，天井阳沟，无不斑驳着历史的故事，鲜活着岁月的身影。门楣窗格，雕梁画栋，凤舞龙飞，雀鸟跳跃，花草芬芳，风景独好。细细品读，一道道纵深的历史灵光闪烁其间，让人思牵远古，情怀沧桑。

萧老说，这还不算，老院子真正的精华在门额的牌匾上。在萧老的提示里，我才发现，每家每户的门洞上方均有门额牌匾，其内涵丰富，题字各异，比如“振青园”“师俭清风”“派演天潢”“干国栋家”“儒学名家”“文元继世”“酂侯家声”“庆衍兰陵”，等等。

萧老介绍说：“每一幅牌匾题字背后都记载着萧氏家族清正家风、文墨继世、家族兴盛的辉煌历史，都体现了尊师重教、耕读传家、孝悌忠信、礼义廉耻、崇尚节俭、爱国爱家的传统，并用以教育激励后人，告诫子孙牢记祖训，争做对时代、对社会有用的人。”

在“振青园”门口，萧老指着“振青园”三字问我们，有谁知道这三字是什么意思吗？大家猜了许久，谁也猜不出。萧老说，“振青园”并不是我们许多人理解的“振兴青菜园子”，而是寓意“青出于蓝而胜于蓝”，就是告诫子孙后辈，青年兴则家兴，青年强则家强，一定要教育好子孙后代，振兴青年，做到一代更比一代强。

在“师俭清风”牌匾下，他说，这“师俭”二字，出自司马迁《史记·萧相国世家》，说的是西汉开国功臣萧何，购置房子都在偏僻之处，建造住宅不修围墙，他对别人解释，曰：“后世贤，师吾俭；不贤，毋为势家所夺。”意思是说，如果我的后辈子孙贤能，自然会效法我的俭朴，不会嫌弃我留下的陋室薄田；如果不贤能，（那么这种房屋）也不会被有势力的人家看上而被夺走。它告诫我们的是，生活要崇尚俭朴，育人要清风传家。

在“派演天潢”牌匾下，萧老说，“天潢”指的是皇族，点明萧氏是皇族之后，寄寓子孙要不断努力奋斗，延续昔日的辉煌。

而在“干国栋家”的牌匾面前，萧老说，“干”本义为支撑在墙两端的木材，“栋”是横于支撑着的木材顶端的梁木，即“栋梁之材”，“国”与“家”即“国家”，它告诫子孙后辈要匡扶国家，做国家的栋梁之材，积极为国家做贡献。

……

一一介绍完这些之后，兴致未尽的萧老又为我背诵起了他们的《萧氏族训》，他说：“《萧氏族训》共十二条：第一，忠勇为家国之本；第二，孝顺为齐家之本；第三，仁爱为接物之本；第四，信义为立业之本；第五，和平为处世之本；第六，礼节为治事之本；第七，服从为负责之本；第八，勤俭为服务之本；第九，整洁为强身之本；第十，助人为快乐之本；第十一，学问为济世之本；第十二，有恒为成功之本。《萧氏家训》十二条，作为家族的训诫，与藏在这些古建筑里的文化相辅相成。”

跟着萧老吟诵着《萧氏族训》，不自觉来到了村落的最高处。登高望远，左青龙，右白虎，两座高山，同力协契，牵手相护，将古村轻轻搂抱在怀里，呵护之态尽显。村前那条清亮的小溪，波光粼粼，汩汩流淌，如古筝清音，悠扬而来，仿佛从历史深处淌出的一泓文墨，绵长且芳香。

走进五宝田，这个深藏大山深处的古老村庄，用曾经的辉煌和仍在的晶莹告诉我们，这片土地，不但承载着历史的厚重，更赓续着文明的光华。

## 文化“守宝”人

跟随萧老看完这一切，我只想说，五宝田是一块真正意义上的文化瑰宝，而萧守造老人，就是这块瑰宝的“守宝人”。

老人见多识广，说起话来引经据典，随手拈来，令我惊诧莫名。受好奇心驱使，在等中饭的间隙，我对萧老说：“刚才听完了一个村落的故事，现在我想听听一个人的故事——你的故事。”

萧老哈哈一笑，说：“我没什么故事啊，既没读过什么书，又没当过什么官。就是一个普普通通的农民，种了一辈子的地。”

我说：“您别谦虚，您介绍起古村来，引经据典，口若悬河，我猜想，年轻时一定读了不少的书。”

萧老说：“我没读过多少书，满打满算也就读了 6 年，只有高小文化。”接着，他不紧不慢地说起了他的身世。

他就出生在“兰陵别墅”里。三岁时，他父亲就去世了。父亲的去世就跟这“兰陵别墅”有关。当年他的太爷爷和爷爷都很富有，他家是古院里的“八大富豪”之一，所以大张旗鼓地修了“兰陵别墅”。这下好了，如此张扬，被山上的土匪盯上了，他们坚定地认为他家很有钱。在一天深夜，土匪下山来，直奔他家。最后没劫到什么钱财，就将他的父亲掳上山去，关在潮湿的岩洞里。土匪放出话来，不拿出一万块光洋，不放人。他爷爷哪拿得出那么多钱？四处活动，毫无效果，一关就是一年。由于岩洞潮湿，加上饥饿和摧残，他父亲病倒了，奄奄一息，土匪眼看人之将死，再关也无意义，便将他父亲放了出来。由于病得太重，加上拖得太久，再高的医术也无力回天。回家后不几天，他父亲便去世了。三岁的他只得与母亲相依为命。可是，命运多舛，十四岁时母亲又离他而去，从此他成为孤儿。好在有一个善良、勤劳、极具爱心的奶奶带养着他，直到他长大成人。

萧老说，他读的6年书，有4年是在耕读所里读的。他有超强的记忆力和感悟能力。书只要读一遍就能背，老师讲一遍的知识就能铭刻在脑，而且从此不会忘记。为了证明他的记忆力，他给我背起了他10岁时在耕读所里读过的《抗日诗》，唱起了《抗日歌》。他10岁时，刚好是1945年，日本在芷江投降，老师教了他们许多《抗日诗》和《抗日歌》。他说，几年前，有电视台记者来录像，村里让他面对镜头讲解古村的文化与历史，电视台记者犹豫不前，担心他这么大年纪了讲不好，他就给记者读了几首《抗日诗》，唱了几首《抗日歌》，记者见他有如此好的记忆力，有如此清晰的思路，高兴地开机录制，一录就是几个小时。最后记者十分欣赏地赞叹道，如此好的记忆力，少有。

萧老说，他就凭超强的记忆力和领悟力，将整个古村里的一砖一瓦、一枝一叶全部装进了自己的大脑里。

装进了自己的脑袋里还不行啊，还得装进别人的脑袋里。特别是经历“文化大革命”那场浩劫，“破四旧”“立四新”，虽然当年这里因边远偏僻、交通不便而没有受到什么破坏，但村子里的人都对蕴藏在宅院里的文化与历史缄默其口。随着时光的流转，许多年轻人都不知道村子里还雪藏着如此丰富的宝贝。他得告诉他们。

就从自己家人开始。他利用一切有利的场所和机会，向家人们讲述老院子那些斑驳的故事，灌输祖宗留下来的“耕读传家”的理念。家人们在他的讲述和灌输里，渐渐由不知道到知道再到自豪。

向自己家人们灌输了，还不够啊，还得向村里其他年轻人灌输。所以，每当闲时，他就会拖着年轻人在古宅里转，指着那一块块匾额，一个字一个字地教他们，并给他们讲述历史背景、典出何处、有何寓意、如何传承。渐渐地，他成了老村里的“活宝典”，一拨拨年轻人也成了“懂宝典”的人。

直到 2008 年，辰溪县广泛开展了古村调查，意外发现了该村，惊喜无比，层层上报，住房和城乡建设部、国家文物局专家闻讯前来考察，一致认为，这是湘西地区难得的文化古村。于是，在 2010 年，两家联合授予五宝田“中国历史文化名村”称号。也就是从这时起，萧老担负起了义务讲解员的任务，向各地、各级来的领导、专家、记者及游客义务讲述古村的文化与历史。

我问他：“十多年来，您一直坚持到现在，共讲述了多少场，给多少人讲过，有统计吗？”

他说：“从来没有统计过。不过，每年怕有 100 多场。”

“每年讲这么多场，而且都是义务，不觉得吃亏了吗？”

他久久地看着我，仿佛在反问，怎么会有这样的问题？

我忙解释：“因为您也要吃饭，也要生活。义务讲解，坚持这么多年，一般人都做不到。”

他清了清嗓子，说：“我这么跟你讲，我爱五宝田，爱祖宗给我们留下的这份遗产。像抽烟喝酒一样，我对它上了瘾，每天不来这里面转转就不舒服，每天不来看看这些牌匾，读读这些字，心里就堵得慌。我巴不得天天有人来，天天给他们讲。我担心，我讲不动了，谁来接替我，我现在正在物色、培养接班人。”

他告诉我：“前几年，老伴去世了，如今就我一个人生活，不种田，也不种地，又不会打牌，唯一的爱好，就是钻研五宝田文化，唯一的任务也就是传播五宝田文化，我只想在我的有生之年，将五宝田文化传输给更多的人。”

他说：“随着五宝田的名气越来越大，慕名前来的人越来越多。不但国内，国外也有很多人来到这里。其中美国的人来得最多，共来了 8 批，还有法国、加拿大、泰国等国家的人都来过。”

在这些外国人面前，每次说起五宝田，都有一种无上的荣耀，他曾经在一次带美国人游完整个村庄后，忍不住问：“你们美国有这样的文化吗？”他特意要翻译将这句话翻译给美国人听，美国人听后，脸一下红了，不住地摇头。那一刻，他觉得特别自豪和骄傲。

他说这些时，我不止看到了一个老人的文化自信，还看到了一个山区农民的文化自信，更看到了一个伟大民族的文化自信。

中国的传统文化，的确是人类文明不可复得的瑰宝，这些瑰宝之所以历经千年而依然熠熠生辉，历经万代而依然一脉相承，既是因为这些文化本身具有永不枯竭的生命力，也是因为这些文化有着像萧老这样的守护者和传承人。

## 今日之“耕读”

耕读兴家，是五宝田的核心文化。

走进新时代，它的“耕”与“读”又如何呢?

我向萧老寻求答案。

萧老指着村前的一大片田野，认真地对我说：“先说‘耕’。你看这周围，有荒弃的田地吗?”

此时，正值春耕农忙季节，田野各处尽是村人忙碌的身影。有犁田的，有插秧的，有收割菜籽的，有施肥除草的……目光所及，的确没有一个闲人，没有一块闲地。甚至连远处的山涧林地里，都有忙碌着的人影。

我马上联想到很多农村，人走了，地荒了。正如有人指出的那样，粮食不值钱，种几亩地赚不了几个钱，因此很多地方出现了：70 后不愿种地，80 后不会种地，90 后不提种地，00 后不知什么是种地，大量的土地被抛荒。有的是“季节性抛荒”，就是原本种植双季稻的改种单季稻，从而减少了同一面积的粮食生产；有的是“非粮化抛荒”，就是基于比较效益，将农地改种甘蔗、烤烟、花卉等非粮经济作物；有的是“绝对抛荒”，一年到头什么也不种，令其荒芜。据 2021 年公布的第三次全国国土调查数据显示，自第二次全国国土调查以来的 10 年间，全国耕地减少了 1.13 亿亩，待恢复耕地

2.5 亿多亩。这些待恢复耕地，大多就是被抛荒了的耕地。

想不到在这大山深处，竟找不到一个闲人，找不到一块闲地。我想，这应该是与村里传承了几百年的“耕读兴家”的核心文化有关。萧老说：“在五宝田，既重读，也勤耕。重读，知诗书，达礼义，以立高德；勤耕，事稼穑，丰五谷，以立性命。耕与读同样重要，不可偏废。读而废耕，饥寒交至；耕而废读，礼义遂亡。正因为有如此坚定的文化传承，所以村内无闲田，就连山涧林地都开垦出梯土，建立起园子。”说完，他指了指远处的山林，那里新开发出层层梯土，多位村民正躬身劳作其间。

我问萧老：“那里都种了些什么？”

萧老说：“那里种的可全是好宝贝，值钱得很。是一种中药材，叫黄精。”

黄精，我当然知道，因为曾经代朋友买过，也曾经查阅过有关典籍，对它的名称、用途、价值均进行过了解。关于它名称的由来，道教经典《抱朴子》记载：“昔人以本品得坤土之气，获天地之精，故名。”李时珍在《本草纲目》里也言：“仙家以为芝草之类，以其得坤土之精粹，故谓之黄精。”黄精是一种药食两用的中药材。药用，可用于脾胃虚弱、体倦乏力、口干食少、肺虚燥咳、精血不足、内热消渴等症及治疗肺结核、癣菌病等。食用，可以糖生食，脆嫩甘甜，食用爽口，还可以炒食、煲汤、蒸食、熬粥、泡酒、做药膳等。山地林缘、灌丛中或山坡半阴地最适宜种黄精。

萧老说，五宝田的村民过去是不会种黄精的，这得感谢一个人，叫魏善军。前几年，精准扶贫，开展“万企帮万村”活动，魏善军担任会长的湖南省江苏商会帮扶五宝田。他带领商会的企业家们来到五宝田，不但筹资 300 多万元，为村民通水、通路、通桥，修建了村部大楼和村民文化广场，一改五宝田之前没有村部、没有广场的历史。同时，他认为，村里有优良的“耕读文化”传承，村民有勤劳肯干的传统，必须充分发挥这一优势，为“耕”注入新的内涵，除了耕田种粮外，还应发展与耕相关的其他产业。他想到种植中药材。他认为这里山高林密，土地肥沃，空气质量好，是种植中药材的好地方。于是，他先后三次请来省中医研究院的专家，对这里的地理、气候等进行深入的考察和论证。发现五宝田海拔高，山林茂盛，黑砂土质，不但适合普通中药材的种植，而且非常适合喜阴、喜湿气、耐寒的黄精生长。得到专家的论证肯定，他马上动员村民种黄精。但黄精种植前期的种子和人工工资投入较大，种一亩黄精，其前期种子钱和人工工资大概需要1万元。为激励大家，商会决定这些费用全部由商会承担，并带领商会人员和专家，专门赶往几百公里外的安化，积极为村民采购黄精种苗，还请来黄精种植专家，手把手指导村民种植。就这样，黄精种植在五宝田落地生根。如今，黄精成为村里种植业的主打产业，村里还成立了黄精种植合作社，吸引近百户村民参加，种植面积也一年年扩大。其中种植黄精面积最大的是米小花，她一家就种植了100多亩，按目前的每亩3万元收益计算，仅这一项，米小花就能收益300多万元。

萧老说：“黄精变‘黄金’，农民大翻身。”

说完了“耕”，萧老又开始说“读”。

在五宝田人看来，养崽不读书，等于养头猪。怎么样也要送孩子读书。村里还专门设立了助学奖励金奖励读书，每年对考上本科的本村学生进行奖励。所以，村里考取大学的人一年比一年多。特别是这几年考上大学的更多，仅2023年就考取了14人。

说着，他翻开手机给我看。手机里保存了一系列照片，那是2023年8月，大学开学之前，村里召开的大学生新生座谈会的照片。14位新考上本科大学的学子，围坐在一起，话家常、谈理想，分享学习心得，憧憬美好未来。这次座谈会发放助学奖励金7000多元。

看完照片，介绍完一切，萧老突然自豪地对我说：“全村目前只有110多户，420多口人。这么点人口，这么小的一个村，一年就考上了14个大学生，应该够多了吧。”

我十分肯定地点头称是：“真了不起。别说这么小的一个村，一年考上14人，就算是一年考上4人，都值得骄傲。”

无需再多说什么，从一滴水看出江河的奔涌，从奔涌的江河感受一滴水的心意，五宝田的“无闲田”和“奖读书”，充分说明了其“耕读兴家”在新时代的传承，无论是“耕”，还是“读”，都传承得红红火火、蓬蓬勃勃，并且都赋予了新内涵，注入了新活力。

## 村民如是说

在古村流连，我发现除了我们这些外乡人外，家家户户似乎少有人在家。

问萧老，萧老说：“十年前，留在村里的人，的确比较少，除了几个出不去的，全村没几个人在。如今，古村开发出来了，旅游火起来了，种植、养殖也都搞起来了，人一个一个也都回来了。”

“那为什么村民家里看不到几个人呢？”

“这不是农忙季节吗？小孩读书去了，大人则都上山下田了。”

原来如此。

我对萧老说：“我想找一些村里人聊聊。”

萧老马上说：“这还不简单？等会儿到了中午，他们回来吃中午饭，我们上门去找就是。”

跟随萧老又在村子里转了好一阵子。

中午临近，正如萧老所说，一个又一个人慢慢回来了。

萧老首先将我带进萧湘武家，他刚从地里回来，见有客人来，马上让座。

萧老向我介绍说：“他是我们村里的‘老书记’。”

“老书记？”我一时反应不过来，无论怎么看，他目前也只有40多岁的样子，怎么看都看不出“老”来，怎么成了“老书记”？

一问，他的确是个“80后”，才过40岁，之所以叫他“老书记”，是因为他曾经在村里当了两届支部书记，两届期满后，他不再当了，退了下来，

“新书记”上任后，他自然就成“老书记”了。

说起古村，他顿时来了兴趣。他说——

他生长在古村里，小时候，这里每一个地方都给他留下了深刻的记忆，每一个地方都给他的童年带来了无数的快乐。最喜欢干的事情就是和小伙伴一起在村前的玉带河里抓螃蟹、敲鱼。那时溪水里的鱼又多又傻，多到一群群地在水里游，傻到见人来就躲到石头底下，小伙伴们搬起石头向躲鱼的石头砸下去，一声闷响，躲在石头底下的鱼就都被震晕了，搬开石头，一条条鱼像被酒醉倒一般，晕头转向，翻着白，浮出水面，大家只管去捡就是。

而最喜欢玩的地方，还是耕读所，这里光线幽暗，即使在白天，一楼都是黑漆漆的，最适合玩捉迷藏。因为耕读所地方大，又是荒废着的，村里老人家纷纷把为自己准备的棺材摆放在里面，看上去更加阴森。但萧湘武不怕，捉迷藏时，总是藏在棺材里，一般人是不会这么做的。因此，每次他都藏得特别好，小伙伴们怎么找也找不到。等小伙伴们找得不耐烦了，他从棺材里猛然爬出，吓大家一大跳，他却哈哈大笑，快乐无比。他特别喜欢这样的游戏，以至于乐此不疲。

萧湘武说，过去，村里的老房子里不知藏了多少宝贝。20 世纪 90 年代，村中一户人家将年久失修的房屋拆了重建，拆房时，突然发现天花板上有一个隐蔽的夹层，打开夹层一看，里面竟然藏了 30 多支枪和几百发子弹，一时成了村里的爆炸性新闻。还有新中国成立不久，有人在耕读所地下，挖出了一坛子银圆。自此后，村中便有了传言，说是民国战乱时，村里最大的地主在村子里共埋了三担银圆，只是不知道具体在哪。村民们还真在村子的旮旮旯旯里去寻过，最后什么也找不到，也便不了了之。

长大后，萧湘武离开村庄，到外面读中专，毕业后做药品销售生意，在县城讨了媳妇安了家。2011 年，村党支部换届。当时换届上级有要求，必须任用年轻干部，村里年轻党员就那么五六个，有几个还是在校大学生，大家就选了他，选他当支部书记。毕竟这里是自己的生养地，村里有需要就应该回来。当然，还有另一个更现实的考虑，按政策规定，村支部书记干满两届，老了以后就能拿退休金，也正是基于这样的考虑，他毅然地回了村。当时，他还只有31岁，是最年轻的村支部书记，也是唯一留在村里的年轻人。他清楚地记得，当时全村共有人口449人，留在村里的青壮年劳动力只剩下10多人。当年他只有一个梦想，希望能找到一个好的投资者，将古村的旅游搞起来，通过旅游带动村民的经济发展。然而，梦想永远只是梦想，干到离职，他都没有找到这么一个人。

他说，那时虽然也有扶贫，但力度没有后来这些年大，尽管这样，他还是想尽办法为村里干了两件大事，一是修了两座木桥方便村民过河；二是修通了村子往中方县丁家岭的马路，这条马路建成后，村里到怀化市的路程缩短了三分之二。过去，从村里到怀化，要包一大圈，开车要走两三个小时。现在不要了，一个多小时就能到。将这两件事干完，他的任期也到了。他辞职不再干，回到了县城，与老婆孩子团聚。他说，那时村里的基础设施很不完善，村民的生活也十分清苦，群众收入低，村集体经济为零，村部都没有，连开个会都没有地方，真是太难了。再加上老婆孩子都不在一起，每周村里、县城两地跑，实在太累。干完两届，他一刻都不想多待。将担子交给下一任，就逃也似的走了。

这几年，通过精准扶贫、乡村振兴，村里发生了天翻地覆的变化，到组都修了公路，并且全部硬化，水变成了自来水，家家户户搞环境卫生整治，整个村庄忽然之间就变好了，变美了，变富了，变干净了。国家还拨出专款，对古村进行维修和保护，古村面貌大变。乡村旅游也开展了起来，并且搞得热火朝天。受此吸引，他回到了村里。这一次，他不打算再走，定居下来。这里毕竟是自己的家乡，自己毕竟在这里长大，这里的一草一木都留下他儿时的记忆，这里的一砖一瓦都藏着他儿时的快乐。

如今，他利用自己的老房子，开起了民宿和餐馆，还种了油菜籽，种了稻子，目的就是要让来五宝田的人吃上一口地道纯正的乡野味的饭菜。虽然现在开民宿、搞餐饮抵不上药品销售来钱快，但这是在自己家里做，是在自己的村里做，比纯粹的赚钱更有意义。他说，通过这么些年的努力，现在的五宝田已经够好了，他更坚信，未来的五宝田还会更好。

告别“老书记”萧湘武，萧老又将我带到村口的萧典发家。萧典发家是进村的第一栋房子，而且是唯一一栋有些现代气息的砖瓦房。他原本在怀化木材加工厂锯木，赚了点钱，回到村里，在村口修了砖瓦洋房。

萧典发从怀化市区回五宝田来已经有很多年了，他返回村子的原因是年迈的老父亲需要人照料。回到村里的开初几年，还干老本行，在村西高地上搞了个小型木材加工厂。虽说是加工厂，但机器只有一台，工人只有他一个，不过生意还过得去。这里是大山区，山上的木材比较多。他将别人家山上的木材买过来，加工成木方再卖出去。娄底、长沙都有老板来收，每年能赚个三四万元。但后来不行了，生态保护，封山育林了，木材加工厂没有了市场。好在村里的旅游开展了起来，他把自己的家改造成了客栈。他说，开客栈，自己家还是有优势的，一来在村口，比较开阔，二来也是村里唯一一栋洋房子，还装了热水器和液化气，城里来旅游的人想住舒服点的，都选择他家，目前生意还不错。他感到欣慰的是，客栈开起来后，自己不但能照顾好老人，能够种好田，看好山，还依然能像在城里一样赚上钱，这已经是他梦寐以求的日子了。

告别他时，他握着我的手，反复说：“这个时代好！”

从萧典发家出来，直接走进了萧从正家。

年近五十的萧从正，也是从外面回来的。当年回来，也同样是为了家人。

他 21 岁起就在广东、怀化等地方帮人做铝合金门窗，在外至少漂泊了十年，直到结婚成家才回村。家里有个哥哥身体不好，需要照顾，从前都是弟弟留在村里照料，他成家后，就换弟弟出去。那时，村里的开发还没搞起来，在外打工比在家好，赚得多，但他回来后，就再也走不了，一来有个哥哥要照顾，二来自己有了妻子，紧接着又有了两个孩子，他们都需要照顾，为了他们，他只得留在村里。过去，除了种地外，他还从贵州买来几匹马，帮附近几个村子的伐木场把木材从山上驮到马路边，一天能赚个两三百元。

他见我问得细，索性给我讲起了“马经”。他说，选马很重要，性格好的马，驮重了就拼命往前赶，只想早点到目的地。性格不好的，驮重了就闹脾气，把木材打翻，一顿乱来。每次去马市场选马，他都要拉拉马尾巴，摸摸马屁股，看它是不是会踢人，摸摸嘴巴，看咬不咬人。他的第一匹马就爱咬人。后来，他把马卖掉，换了个爱打滚的骡子，骡子力气比马大，一次能驮七八百斤。如今，山上的树不让砍了，驮运的木材少了，他将骡子卖掉了。除了种田外，他还种了点黄精，养了一点山鸡和稻花鱼。古村开发出来后，旅游旺季时，他的山鸡和稻花鱼很受欢迎。山鸡按传统方法养殖，全喂谷子，肉紧实，熬出来的鸡汤格外香。稻花鱼是这几年发展起来的新项目，禾苗栽下去后，就将鱼苗放进田里，鱼就靠吃田里的虫子和稻花成长，等到稻子成熟，鱼也长大了、长肥了，这样喂养大的鱼，鲜香可口。山鸡、稻花鱼都是原生态的农产品，城里人喜欢，来了，都是几只几只、几袋几袋地拿。如今，他改变了观点，再不讲在外打工比在家好了。在家，不但可以照顾家人，还能赚到钱，这样的日子，是过去连想都不敢想的。

55 岁的萧从光原本是县耐火材料厂的职工，2000 年下岗，回家种地。那时还有一肚子的怨气。如今，他不再埋怨。他在村里按传统老房子的样式起了一座新屋，做成农家乐，并在新屋的墙面上拉起大幅广告——“兰陵农家乐”。去年“十一”长假，光他的“兰陵农家乐”就来了百来号客人，每天都有大几桌，甚至还有人在他家屋顶搭帐篷，忙了一阵好的。他说，人是累了点，但钱也赚到了。

萧典儒则独辟蹊径，为村里人酿酒。把粳米蒸熟和着自制的草药酒曲放缸里十天，待发酵后，再蒸出热气腾腾的酒。因用的是草药酒曲和传统烧蒸工艺，属原生态产品，深受人们喜爱，生意做得很不错。这几年，他从外引进了“竹筒酒”工艺，就是将运用老方法蒸出来的酒，注入鲜活的竹子里，让酒跟竹子自然生长，几个月后，待竹的汁液、养分、微量元素等与酒高度融合后，砍竹，取酒，就成了独具特色的“竹筒酒”。他给自己的竹筒酒取了个诗意的名字——“瑶山清酿”。瑶山清酿，入口绵甜温和，竹味浓香，自然清纯，很受客人喜爱，如今成了古村的一个特色品牌。

总之，通过与村民们的进一步交流，让我深深感觉到，古村人的生活是幸福的，古村里的人是满足的。他们通过各自的努力，继承和发扬了“耕读兴家”“三余余三”的文化精髓，使古村变得越来越美，使自己的日子变得越来越好。

## 一个村庄的集体传承

古村看了，与村民也聊了，最后，我想从村干部这一层面进一步了解古村。

我问萧老：“能否找村书记聊一聊？”

萧老马上说：“完全可以。”

遂将村书记萧仕杰的电话拨通。萧书记说他正在乡政府开会，一时回不来，我只好在电话里对他进行采访。

萧书记说，近年来，我们充分发挥村支“两委”“火车头”作用，全力推进古村落保护、村民生活环境治理和精神文明建设，大力弘扬传统文化，传承耕读传家精神，组建了文明创建工作领导小组，制定了《五宝田村村规民约》，并委托了专业机构——北京世纪千府国际工程设计有限公司编制了《五宝田历史文化名村保护规划》，目前，我们正按照保护规划，一步一步落实。

萧书记说，除了你看到的这些写在房屋上的文化外，还有你没有看到的其他文化。我们是瑶乡，瑶族人民形成了自己独具特色的乡风习俗，有着双唢呐、霸王鞭、唱大戏、黄泥鼓舞、长鼓舞等多种文化形式，还有极具地方特色的毛狗肉、血鸭、蝌蚪伴青菜、油炸蚱蜢、火烧四脚蛇等独特的饮食文化。节日也比较多，每年十月的“盘王节”是最隆重的节日之一。每逢“盘王节”，村寨房舍要打扫干净，男女老幼梳妆打扮，换上节日盛装，祭祀盘王，唱盘王歌，跳起黄泥鼓舞和长鼓舞，追念先祖功德，歌颂先祖英勇奋斗精神，欢庆丰收，酬谢盘王。此外，春节前瑶乡人民都会家家户户打糍粑敬奉“高坡大王”。相传瑶族被官兵围赶至高坡塘，无路可逃，眼见就要被剿灭，却见一人一只脚踏在高坡上，另一只脚从高坡上垂入河中洗脚，官军见状溃逃，瑶族因此得救。为感谢巨人救命之恩，便奉其为高坡大王。这些节庆活动，都是我们进行文化传承的极好载体。近些年来，我们还创新举办了“美丽瑶乡行·走进五宝田”“稻花鱼节”等新的文化传承活动，不但组织村民参加，还吸引了全国各地的游客前来观光旅游并参与到文化传承活动之中。

萧书记说，为搞好文化传承，我们推动精神文明建设常态化，还大力开展了“乡贤讲堂”“孝心示范”“好媳妇好婆婆”等一些村民们喜闻乐见、各具特色的活动，全村每年评选出一系列的“五好文明家庭”“孝心示范户”“好婆婆”“好媳妇”等优秀典范，在乡贤文化讲堂上广泛传扬他们的优秀事迹，从而调动了广大村民参与文明新村建设的积极性。今年全村共评选出了村级“五好家庭”10户，村级“孝心示范户”“邻里团结户”各5户，“好婆婆”“好媳妇”各5人，对他们都进行了表彰。通过表彰先进和典型带动，如今的五宝田村，总体感觉是，环境干净了，乡邻和谐了，乡风文明了，收入也提高了，人们安居乐业，日子一天比一天红火。

萧书记最后说，习近平总书记对乡村振兴提出了“产业兴旺、生态宜居、乡风文明、治理有效、生活富裕”的要求，下一步，我们将沿着这个目标继续努力。总之，我们相信，随着古村保护工作的进一步加强，文化传承的进一步开展，人们生活只会越来越富裕，未来的五宝田会更加美好。

与萧书记通过电话后，我突然想起了萧书记讲的“乡贤讲堂”以及我在村里四处看到的悬挂在各个角落的标语小牌。我向萧老进一步了解“乡贤讲堂”和这些标语小牌的情况。

萧老说，“乡贤讲堂”设在耕读所的偏屋里。因讲堂以教育下一代为重点，所以由村关心下一代工作委员会来管理，他就是关心下一代工作委员会的主任，副主任是原来的村主任萧典军，成员有村妇女主任黄小兰、党员萧从文、老党员萧典柏、致富户代表萧从光、百姓代表萧典儒和萧典亮等。

萧老说，我们经常运用“乡贤讲堂”开展活动，传播乡村文化，弘扬正能量。很多人都在这里讲过，比如退休老师黄始喜，他也喜欢五宝田的文化，对五宝田的文化研究也很深，还准备写一本书，他算得一个乡贤；还有致富户代表萧从光，他也讲过，现在在村里投资开了民宿，他就讲怎样为传承文化服务；还有老党员萧典柏，他就讲怎样孝敬老人，怎样爱家；而老村主任萧典军就讲怎样传家风、讲道德；等等。印象最深的一次，是几年前，那次的人来得特别多，讲堂里都坐不下，有些就站在外面。那次连县里的宣传部长都来了，还带来了县里的一个道德模范。萧老先讲了五宝田的情况，特别介绍了村里的耕读文化和村里的好家风、好民风。那个道德模范讲述了自己十余年如一日地照顾病残丈夫、照料两个失学的侄子、侍奉年迈的公婆的事迹……听到感人处，很多群众都流出了眼泪。宣讲结束后，还有一些人不愿离去，效果很好。

而那些挂在古村各处的写上各种宣传标语的小牌子，是村里统一制作的，内容与保护古村、遵纪守法、道德规范和乡村文明等有关，目的就是提醒和教育村民以及来这里旅游的游客，要传承传统文化，讲道德，守法律，讲文明。比如：贴在“兰陵别墅”大门口的宣传牌就写了“国家当爱，法律当守，父母当爱”的内容；贴在“振青园”大门上的宣传牌就写了“修身律己，崇德向善，礼让宽容”的内容；贴在“师俭清风”大门上的宣传牌就写了“学先贤践行忠孝，教子孙力为勤俭”的内容。还有其他各处都悬挂了宣传牌，有的写了“文化修家，忠孝传家，清廉持家，正直授家”；有的写了“仁爱道义，诚实守信，孝悌和睦”；有的写了“束发为髻，化蛹成蝶”；等等。

是的，太多了，太广了，也太齐了。

从这些情况看，五宝田的文化传承，真正做到了“一个村庄都在传承”，而这些传承的内容，我认真看了，全部围绕“爱国家、孝父母、睦宗亲、倡耕读、重勤俭、戒非为”的传统美德，这与当今的社会主义核心价值观高度契合，与乡村振兴中的“乡风文明”高度契合，与乡村振兴的中央要求高度契合。

美哉，五宝田！

壮哉，五宝田！

时间过得很快，终于到了与五宝田说再见的时候。

告别萧老，带着无限感动和无上崇敬走上返程路，就在走出村口时，我忍不住再回过头去，对这块文化宝地再一次地深情仰望：小溪潺湲，青山叠翠。“一水护田将绿绕，两山排闼送青来”，耕读所门口的对联又跃然眼前……

五宝田，一个深藏大山褶皱深处的百年古村。

用“耕读兴家”的生活气象，活出了一个村庄的人间值得！

用“三余余三”的传承境界，传出了一种文化的集体尊严！

# 尾声 “远”村不远

行走，山长水远；归来，日暖风和。

走进“最远那个村”，我见证了边远与偏僻。

走出“最远那个村”，我收获了感动与惊喜。

告别一段时光，抖落一路风尘，有且只有两字深深刻在记忆深处——“远”和“变”。

远，名副其实。我所走进的“最远那个村”，要么远离省城，要么远离市区，要么远离县城，要么远离乡镇。从十几公里到几十公里，到上百公里，到几百公里。走进任何一村，都要翻山越岭，都要艰苦跋涉。而尤为特别的是，它们不但“远”，而且“远”而“乱”、“远”而“高”、“远”而“偏”、“远”而“险”、“远”而“难”、“远”而“深”……这些附加其上的“标签”，使它们的“远”更加充满艰难和挑战。

变，天翻地覆。我所走进的“最远那个村”，无不是天蓝、水清、山绿、路宽、房新、院净、村美、物丰、民富。不但如此，许多村还一跃而成为全国先进。如“远”而“乱”的羊角坪村，被评为“全国乡村治理示范村”“全国模范人民调解委员会”；“远”而“高”的雪峰村，被评为“全国服务农民、服务基层文化建设先进集体”；“远”而“偏”的大坪村，被评为“全国乡村旅游重点村”；“远”而“险”的山背村，被评为“中国美丽休闲乡村”；“远”而“难”的古冲村，被评为“全国民主法治示范村”“全国生态文明村”“全国妇联先进基层组织”；“远”而“深”的五宝田村，被评为“中国历史文化名村”“中国传统村落”“全国文明村镇”“国家森林乡村”；等等。

在走进这些村庄之前，我极尽所能地发挥了我的想象，将这些村的“远”想象得十分“严重”，将这些村的“变”也想象得十分“完美”。然而，当我走进这些村庄后，其“远”的“严重”程度超乎我的想象，其“变”的“完美”样子超乎我的想象。它们的“远”令我望而生畏，它们的“变”令我肃然起敬。

或许有人会说，我所走进的都是些边远小村，我所面见的都是些普通小人物，我所呈现的故事也都是些平凡小事。然而恰恰是这一点，更令我感动。小村庄，大舞台。小人物，大贡献。小故事，大历史。它们虽是小村，但“村”小“事”大，它们反映出的是中国乡村振兴的伟大实践，是党和国家部署的重大战略，是国之大者。这些人虽是一些小人物，但“人”小“功”高，正是他们，以各具特色的奋斗与创新，成就了一个个村寨，造就了一段段传奇，他们是时代大潮中不可多得的弄潮儿，是中国乡村建设功不可没的英雄。村庄和村民的故事的确都是一些琐碎小事，但“事”小“是”大，这些小事里蕴藏着大政策、包含着大成就、涌动着大潮流。正所谓“滴水藏海”“一叶知秋”。我们完全可以从这一滴“水”中，领略到乡村振兴之“海”的壮阔，完全可以从这一“叶”上，感受到山乡巨变的“秋”的斑斓。正因为它们的“远”和“小”，它们的振兴才更具代表性，它们的巨变才更有说服力。

行走在乡村的路上，不断有村民对我说，从来没有遇到过这么好的时代，也从来没有过上过这么好的日子，现在党和政府的政策这么好，这么重视农村、这么重视边远山区的农民，更是从来没有过的。

是的，历数中国历史，没有哪个朝代、哪个时期有今天这么好的日子。虽然我国自古以来以农立国，对农业一直十分重视，但也没有哪个朝代、没有哪个时期像今天这样如此举全国之力“精准扶贫”“乡村振兴”，且“一个都不能少”。

据已有的考古得知，中国的乡村出现在农业起源后的新石器时代，距今5000至10000年。在漫长的乡村进化史中，人类从树梢走向大地，从洞穴走向原野，从采集走向农耕，从渔猎走向驯养，从蒙昧走向文明，从游走走向定居，从独处走向群落，于是，便诞生了乡村，也诞生了世界上唯一发展至今没有中断过的中华文明。诞生于农耕的中华文明，“重农”成为它的核心内容。在浩如烟海的中华典籍中，不乏这样一些闪着金属光泽的铿锵文字：“农为邦本，本固邦宁”（《尚书》）；“民之大事在农”（《国语》）；“农，天下之本，务莫大焉”（《史记》）；“农为国家急务”（《宋史》）；“务农重本，国之大纲”（《晋书》）；等等。农稳，国稳，天下稳；乡治，国治，天下治。“重农”使中华民族立于世界民族之林而经久不衰。翻开中国历史，不难发现，一部长城一样恢弘厚重的中华民族史，从某种意义上说，就是一部苍苍茫茫的农业发展史。纵览这部大史，凡农业兴旺、农民安定，则国家统一、社会稳定；凡农业凋敝、农民不稳，则国家分裂、社会动荡。重视农业生产，处理好国家、农民与耕地的关系，历来都是治国安邦的一项重要工作。然而，在旧的社会制度土壤里，无论怎样“重农”，只要没有改变封建土地制度，农民就无法从根本上改变被剥削、被压迫的命运，就不可能过好自己的日子，更不可能有“一个都不能少”的脱贫，也更谈不上乡村振兴。

进入新时代，习近平总书记牵挂最多的是农业，走得最远的是农村，关怀最多的是农民。他告诫大家，“从世界百年未有之大变局看，稳住农业基本盘、守好‘三农’基础是应变局、开新局的‘压舱石’”，“强国必先强农，农强方能国强”。就是在如此高度的重视和关怀下，一系列利好，暖如阳光，普照乡村。一系列功绩，坚如磐石，彪炳千秋。精准扶贫，全国832个贫困县全部摘帽，12.8万个贫困村全部出列，近1亿农村贫困人口实现脱贫，在中华民族五千年发展史上，首次整体消除绝对贫困，中国人民的千年梦想、百年夙愿一朝实现，并且实现了从贫穷落后到全面小康的历史性飞跃。乡村振兴，一大批“产业兴旺、生态宜居、乡风文明、治理有效、生活富裕”的美丽乡村脱颖而出。广袤乡村，日新月异。山乡巨变，光耀人间。中国农村走进了中国历史上从没有过的新境界。

有这样一些数据不得不说：

——自 1982 年以来，至 2024 年，中央出台了 26 个关于“三农”问题的“中央一号文件”。仅党的十八大以来，就出台了 12 个。2024 年“中央一号文件”更是提出了“学习运用‘千村示范、万村整治’工程经验有力有效推进乡村全面振兴”的要求，十分清晰地为“有力有效推进乡村全面振兴”画出了“路线图”。

——财政对农林水的支出持续发力，仅近五年来合计支出就达 11.5 万亿元，其中 2019 年 2.24 万亿元，2020 年 2.40 万亿元，2021 年 2.21 万亿元，2022 年 2.25 万亿元，2023 年 2.40 万亿元。

——至 2023 年底，具备条件的乡镇和建制村 100%通了硬化路，农村自来水普及率达到 90%，通 5G 的行政村占比超过 90%。

——至 2023 年，66 万多个村开展了清洁行动，62 万多个村生活垃圾进行收运处理，48 万多个村普及了卫生厕所，5 万多个村已经建成美丽宜居村庄。

——仅 2019 年以来，涌现出了“全国乡村治理示范村”3003 个，“全国乡村旅游重点村”1399 个，“全国美丽休闲乡村”1273 个，“全国森林乡村”7586 个，“全国文明村镇”1973 个，受保护的“传统村落”8957 个，“中华历史文化名村”528 个。

——农民收入更是芝麻开花节节高，至 2023 年，农村居民人均可支配收入达到了 21691 元，是党的十八大召开前的 2011 年的 3.1 倍，是改革开放前的 1977 年的 185.2 倍。

——教育、医疗、养老等基本公共服务水平不断提升，农民群众自办文化活动丰富多彩，广大农民群众在乡村振兴中有了更多的获得感、幸福感、安全感。

……

气象万千。欣欣向荣。一路繁华。

“最远那个村”就是这气象万千、欣欣向荣、一路繁华里最普通、最普遍的“这一个”。

据有关部门公布的数据显示，目前中国共有村庄 69.15 万个。在如此众多的村庄里，除了我走进的“最远那个村”外，还有千千万万个与我走过的“最远那个村”一样的“最远那个村”，还有千千万万个比我走过的“最远那个村”还远、还边的“最远那个村”。但可以肯定地说，不论是什么样的“最远那个村”，都一定焕然一新地鲜活在时代的大潮里。比如中国最北的村庄——黑龙江漠河北红村；比如中国最南的村庄——海南西沙赵述岛村；比如中国最东的村庄——黑龙江抚远县通河乡黑瞎子岛小河子村；比如中国最西的村庄——新疆维吾尔自治区乌恰县斯姆哈纳村；比如闻名中外的“悬崖村”——四川大凉山的阿土列尔村；比如被网友称为“中国最后的原始部落”的村——云南沧原县翁丁村；比如被联合国粮食开发署确定为“最不适合人类生存地区”的村——宁夏回族自治区“西海固”村；等等。这些过去边远偏僻、贫穷落后、人迹罕至的地方，如今都已成为和美乡村，有的还成为热门的网红打卡地。

漠河北红村，如今已是一片远离城市喧嚣的净土，乡土气息浓郁，植被和生态环境保存完好，正如游客称赞的那样，“连星空都干净到纯粹”。近几年，每年都有成千上万的人从世界各地涌来，看北极风光，体会那份“最北的幸福”。

如今的西沙赵述岛村，让你见识啥叫“最清”的海。网友说，什么叫一眼见底？在赵述岛的海上，就能一眼见底。这一片海域的海水非常清澈，海水的颜色在阳光和海底岩石、珊瑚礁掩映下，色彩斑斓。加上白沙千里的海滩、整齐崭新的办公楼、绿荫如盖的岛洲灌木、数十平方公里的美丽珊瑚礁……让每一个到访者大饱眼福。

黑瞎子岛小河子村，江汊纵横，水草丰盛，不但每天迎接祖国的第一道曙光，而且栖息着大量珍稀野生动物，有丹顶鹤、黑鹤、鸳鸯、鸿雁、棱皮龟，等等。如今，无数的人们涌向这里，迎接祖国的第一道曙光，与野生动物亲密接触，体验“最东第一村”的美妙神奇。

乌恰斯姆哈纳村，是中国版图——啼鸣公鸡鸡尾上“翘在最后”的那根羽毛。这里距乌鲁木齐1500公里，距首都北京5000公里。虽然如此遥远，但这里如今成了重要的通商口岸，很多游客为了一睹“最后一根羽毛”的风采，纷纷涌向这里，使这里一时车水马龙，热闹非凡。

大凉山阿土列尔村，实施易地扶贫搬迁后，村民走下大山，搬进县城新房，与世代生活的“悬崖村”挥手告别。当地政府将“悬崖村”进行旅游开发，孩子们上学徒手攀爬的藤梯、村民生活的土坯房等都已成为独特的旅游资源，村民们也吃上“旅游饭”。

沧原翁丁村，建在山体横生的小山脊上，俯瞰与山水格局相契，宛如天上之寨。它背依青山，北望绿水，植被茂密，景色秀丽，村寨与自然生态环境完美融合，形成一副优美的人地和谐的山地生态图景。先后荣获“中国传统村落”“全国特色景观旅游名镇名村示范”“中国美丽休闲乡村”“中国历史文化名村”“全国乡村旅游重点村”等一系列荣誉称号。

“西海固”村，是宁夏回族自治区南部贫困山区村的统称，这里因自然条件恶劣，曾被联合国粮食开发署确定为“最不适合人类生存地区”。如今这里不但所有贫困村全部脱贫，而且出现了一系列“明星村”。吉西县火集村，锚定现代化，靠种地“火”了起来，成为西海固地区著名的“蔬菜产地”；吉西县的龙王坝村，2024年2月，带着当地特色农产品，亮相第60届法国国际农业博览会，惊艳了全世界的目光。泾源县新旗村，利用“雪季”开展冰雪文化体育旅游，用茫茫“白雪”换回滚滚“白银”。一个“雪季”，接待游客近10万人，光售票收入就在100万元以上。

不用再一一列举，中华大地上千千万万个“最远那个村”，的确都与我所走过的“最远那个村”一样，甚至比我走进的“最远那个村”发展更快，生活更好，它们都在时代巨变的大潮里焕然一新，成为一个又一个前所未有的“村庄美”“村风好”“村民富”的“和美乡村”。

这些“最远村”，用它们的“远”，坦坦荡荡地告诉我们——

无限风光在远方。

这些“最远村”，用它们的“变”，真真切切地告诉我们——

新山乡巨变，已刀刻斧凿般铭刻在中华大地上。

# 后　记

时间若白驹过隙，一转眼，两年多很快过去。

从谋划“最远那个村”，到寻找“最远那个村”，到走进“最远那个村”，到写作《最远那个村》，到写成《最远那个村》，到出版《最远那个村》，两年多时间里，有过迟疑，有过彷徨，有过艰辛，有过疲惫，但更多的是收获，是惊喜，是感动。收获来自上上下下的支持，惊喜于方方面面的帮助，感动于每一个村庄的日常。

最远那个村，因为“最远”，走进它们，的确是一件劳形苦心的“重活”，不但费时间，费力气，更费精神。几乎每一个“最远村”都藏在大山深处，都远离市区、远离县城、远离乡镇，不但路远，而且路难、路险。每一次走进，都是翻山越岭，都是长途跋涉，都是精疲力竭，其中的苦与累，只有亲身经历的人才能体会。因此，在艰难地走进一些村庄后，我曾有过迟疑和彷徨，要不要再继续下去？然而，这些村庄所表现出来的一切，又对我产生了极大的吸引力，这种吸引力，促使我更加坚定地走了下来，且越到后来，目标更明确，精力更充沛，眼界更宽阔，思路更清晰，脚步也更快捷。

这一次的行走，一开始，我就给自己立下一条“规矩”，不惊动任何一级政府，任何一个部门，怀揣一个采访本，径直走进我从“四大山脉交汇”“三省（区）土地交界”的无数个村庄里“海选”出来的“最远那个村”，径直走进一个个党支部、一个个村委会，径直走进一个个院落、一家家农户，采访一个个村干部、一个个村民，径直找到一个又一个乡村工作的直接参与者、见证者、受益者，不受任何干扰地去聆听、去观察、去感受、去发现、去思考、去记录、去书写。渐渐地，一个又一个真实的村庄，一段又一段美丽的故事，一个又一个生动的人物，如一朵朵芬芳的花，开在我眼前，鲜活于脑海，铭记在心间。

行走是艰难的，写作是苦涩的，但出版是快乐的。本书得以顺利出版，要感谢湖南省作家协会将我此次的“行走”作为“定点深入生活”项目进行扶持。要感谢省作家协会胡革平书记，当我将其中一章节投给省作协“湖南名家写名村”征文时，引起了胡书记的关注，他马上将其推荐给《湖南文学》，并在该刊“庆祝中华人民共和国成立75周年”特刊上发表。要感谢中国报告文学学会副会长、省报告文学学会常务副会长纪红建老师，在我开展行走时就给予诸多的鼓励，中途又多次过问，并积极为我的写作出谋划策。要感谢《啄木鸟》杂志，闻听我的行走后，不但向我约稿，还积极推荐，使我的创作成功入选中国作协“新山乡巨变创作计划”名刊名社拓展计划，后以封面头条位置发表部分内容。要感谢《创作》杂志，辟出重要版面率先推出部分内容，使我的写作得到更多人的关注。要感谢湘潭大学出版社，不但在我行走之初就将此书纳入他们的出版视野，而且在我行走、写作的过程中，一直给予诸多的关怀和指导，特别是出版社副社长蒋海文为我的采访、写作提出了很多极具针对性的意见和建议。我还要感谢我走过的那一个个“最远村”和“最远村”里那一个个普通人，是他们让我在整个行走过程中，不断地收获惊喜与感动。正是有了他们，才有我的走进“最远那个村”，也正是有了他们，才有您看到的《最远那个村》。

“最远那个村”，振的是村，兴的是国。

《最远那个村》，写的是村，赞的是国。